聚学文丛

周楞伽与文友

周允中 —————— 著

文匯出版社

出版缘起

曾子曰："士不可以不弘毅，任重而道远。"读书之事，乃名山事业。从古至今，文化事业需要一代又一代人的接续与传承。

"聚学文丛"为文汇出版社推出的一套文化随笔类丛书，既呈现读书明理、知人阅世的人文底色，也凝聚读书人生生不息的求索精神。

"聚学"一词，源于北宋文学家范仲淹的"聚学为海，则九河我吞，百谷我尊；淬词为锋，则浮云我决，良玉我切"（《南京书院题名记》），意在聚合社科文化类名家的治学随笔、读书札记、史料笔记、游历见闻等作品，既有丰富的精神内涵，又有独到的观察与思索，兼具学术性、思想性和可读性，力求雅俗共赏，注重文化价值，突显人文关怀，以使读者闲暇翻阅时有所获益。

文丛致力于文化普及读物的出版，在市场经济的环境中坚守初心，不随波逐流，以平和的心态，做一些安静的书，体现文化人的责任与担当，以此砥砺思想，宁静心灵。

书中日月，人间墨香。希望文丛的出版能为广大读者营造一处精神家园，带来丰富的人文阅读体验与感受。

文汇出版社
二〇二四年四月

前言

　　父亲周楞伽已经去世三十多年了，每每想到与他在虹口度过的四十个春秋，总不免使我悲从中来：如果能假以天年，我深信他一定会创作出更多深受读者欢迎的作品，也会整理和注释出更多的古籍；假如没有那场"文革"，他决不会精神分裂，病卧床榻达三年之久，然而这一切都仅仅只是假如而已，现实生活是严酷的，它决没有假如。

　　我家大约在一九四六年从上海沪西迁到虹口区，住在临近溧阳路的同加路（一条小路）上。从我懂事的这三十五年里，我目睹了父亲夜以继日挥笔疾书的佝偻背影，聆听过他多次对我的谆谆教诲和温馨扶助，更亲切地感受着他那颗为所钟爱的文学事业熬尽心血，蜡炬成灰而不断搏动的赤子之心。然而这一切都将成为年轮，永远印刻在我无法忘怀的生命之旅中。

　　父亲九岁在老家宜兴患伤寒症，双耳失聪，成为了一个残疾人。在当时的旧社会要想自立自强，其困难的程度是可想而知的。但是他仅仅依靠读过三年级的小学程度，顽强地学习写作，渐渐摸索出一条战胜自我的写作方法。终于踏上了成为一个作家的道路。

　　父亲十二岁开始来到上海，帮助做律师的祖父，抄写状纸。并且广泛阅读，研究写作。他从十五岁开始，就混迹在游乐场，替十来家游艺小报，写作鸳鸯蝴蝶派风格的评价文章，并且和马彦祥一起替孙拂尘创办的《光报》不断写作，成为这张报纸的台柱。

一九二九年他写作了中篇小说《白烧》，径自去西门书店寻找创造社的骨干、堂兄周全平，投稿准备出版他平生第一部的处女作。此稿深受周全平的赏识，于是投入资金准备出版，可惜刚刚打印好纸板，因为书店销路不畅，资金周转不灵，西门书店突然关门打烊了，使得他成为作家的美梦顿然夭折。但是他并未灰心，依然奋斗不息，努力学习写作，终于在各种报刊杂志上发表了许多作品。后来结集出版了多部短篇小说集。如《楝树港的一夜》《旱灾》《失业》《田园集》等作品，成为当时新进的作者。

一九三五年，他终于完成了成名作《炼狱》，这是以"一·二八"后，上海这个大都市为时代背景而创作的长篇小说。也是最早涉及城市青年下乡，企图改变农村境况的小说。与此同时，他开始与鲁迅先生通信，并且在一九三六年，成为中国文艺家协会的四十位发起人之一。

他一生曾主编过《文学青年》《东南风》《新文艺》《文艺连丛》《万岁》《先导》《小说日报》等刊物，通过实践，无论在编辑和写作上，都得到了快速的进展和收获。

孤岛和沦陷时期他创作了大量的小说、散文、剧本和文艺评论，还翻译过《钢铁是怎样炼成的》《暴风雨中所诞生》《裘德》等外国文学作品。其间曾经遭受日寇三次搜捕，两次有人通风报信，他闻讯潜逃成功，但是不幸有一次被日寇抓捕，遭受拷打，但是他始终未曾交代过任何人和事，敌人因为他耳聋也就不了了之。

抗战胜利后。我父亲用三个月的时间写出了八十万字的《中国抗战史演义》，深受读者欢迎，半年之中连印三版。此书二〇一七年由江苏人民出版社重新出版。

我父亲由于写作的范围广泛,当年又居住在人来人往的南京东路上,寄寓在靠近浙江中路,祖父开设的律师事务所的大沪大楼里,在二十世纪三十年代结识了许多新文艺的作家和文友,四十年代又参与小报和海派杂志的编写,五花八门的作者朋友更是数不胜数。他善于观察身边的平凡琐事,并且提炼成为小说,所以被现代文学馆副馆长吴福辉先生列为新市民写作一派的作者。

解放军渡江南下准备解放上海期间,父亲暗中迅速编写了中国共产党和人民解放军发展简史的通俗小册子,准备向市民大众介绍和了解革命的历史。一九五二年创立新人出版社,编写了《新民主主义教程》《青年的思想改造》《中苏友好手册》《基本知识问答》《大众应用文》等,尤其是《革命人生观讲话》,内容广泛讲述了什么是马列主义、毛泽东思想、阶级观点、集体主义观点、自身思想改造的必要,如何开展批评与自我批评,十分适应当时青年求学参军的需要,向市民大众通俗宣传如何适应新社会的变化,积极投身到社会主义建设之中去。所以,父亲去世之后,组织上的悼词评价他生前热爱党,拥护社会主义,他对马列主义的学习也很认真,这是他之所以能够在学术上取得成就的重要原因。

新中国成立以后,进入上海古典文学出版社工作(后改为上海古籍出版社),历任编辑、编审,开始从事古典文学的编辑和研究。注释整理出版的古籍有《裴启语林》《殷芸小说》《裴铏传奇》《剪灯新话》《绿窗新话》《西湖二集》等,另外写作有《插图本唐代传奇选译》《幻术奇谈》《漫话金瓶梅》《封神演义故事》《清末四大奇案》《清代七大奇案》《李师师传奇》《哪吒》《岳云》等著作。

一九五六年公私合营以后，父亲进入古典文学出版社工作，交往结识的均是研究古典文学的一些文史工作者。现在将他过去结交的文友和文坛往事写出来，无疑是一桩别有生趣的事情，也为研究现代文学和古典文学的学生、教师和学者，提供一些具体的资料，无疑也是一桩颇具功德的事情。于是我将自己历年来，发表在各个报刊杂志上的文章搜罗起来，结集出版，以此作为纪念父亲去世三十多年，供献于他灵台的一瓣心香，并且以此就教读者，希望诸位读后能够不吝指正。

周允中

二〇二五年四月二十八日

目 录

陈伯吹与父亲的友谊

　　父亲周楞伽与陈伯吹先生结识，大约是在一九三一年。当时，陈伯吹在陆费逵创办的中华书局编辑《小朋友》杂志，通过投稿关系，父亲开始认识他。见面的时候，他盛赞父亲的字写得好，娟秀流畅，别具一格。父亲告诉他，因为自己的父亲毕业于梁启超创办的神州法政学堂，是位律师，所以从小就练习毛笔字小楷，抄写状子。日积月累，练就了一手好字。

　　陈伯吹与父亲谈及现在人们对儿童文学不太注意，缺少这方面的成名作家，希望父亲能够持之以恒，不断努力，成为儿童文学的巨擘。对于陈伯吹先生的鼓励和支持，父亲虽然没有成为当世著名的儿童文学作家，但还是孜孜不懈地在这个园地里耕作，出版了各种儿童文学作品。当时，陈伯吹先生还诚意邀请父亲编写两本《小朋友物语》，父亲当即笑着答应了。后来他果然没有爽约，完成了他的处女之作。这两部有关儿童文学的小册子，后来也由当时的中华书局出版发行了。

周楞伽青年像

二十世纪九十年代初，上海少年儿童出版社编辑出版了《我和小朋友》一书，是为了庆祝这本杂志创刊七十周年。父亲在文章中回忆道：当年陈伯吹编辑《小朋友》杂志，颇具匠心，那时候的刊物都是直排本，唯有《小朋友》用四号字排印，每页红蓝颜色变换，是自左至右的横排版，便于小朋友阅读。最有意思的是封面三个题字"小朋友"，也请小读者和小作者题签，并且刊登照片。父亲就在杂志上题过字，登过照片。只不过当年陈伯吹编辑的《小朋友》是适应少年儿童阅读的刊物，不像现在出版的杂志，已经成为低幼儿童的读物了。

后来陈先生转而在北新书局编辑《小学生》杂志，经陈伯吹的热忱相邀，并且在他的鼓励和支持下，父亲发表了一系列的儿童文学作品，其中有《小泥人历险记》《红杠子先生》《巨人国》《两个小学生》《小猫儿》《田园里的谈话》《橱窗里的谈话》《幺幺乎小姐》《少年爱国者》等作品，还结集出版了儿童文学作品集《小泥人历险记》《两个小朋友》《月球旅行记》和《敏儿苦学记》等。

他在《小泥人旅行记》这本书的出版自序里，颇为深情地告诉广大读者："说到我写儿童文学的经过，我就不能不感谢陈伯吹先生，这是一位特别可以纪念的朋友。他是鼓励我写作儿童文学的第一人，也就因着他的鼓励，才使得我于文学事业心灰意冷之余，重新又提起笔来。而也就从这基础上，再次踏入文学的领域。说起来是很不敬的，我对儿童文学的贡献，就只有这么一些，也许不免要被人批评，说我是把儿童文学做垫脚板、敲门砖，然而，对于首先提携起我来的陈伯吹先生，我是永远也不会忘怀他的。"

　　抗战爆发，上海沦为孤岛和沦陷区，文人的生活极为拮据，正当我们家无米下锅、嗷嗷待哺的困难时分，又是陈伯吹先生派遣他的弟弟、作家陈汝惠先生，来慈淑大楼寻找我父亲。因为父亲当时正在此处五二八房间，替国民党"三青团"地下宣传部部长毛子佩先生编辑《小说日报》，陈汝惠特意转交一封陈伯吹先生的亲笔信，邀请父亲为顾冷观编辑的期刊《小说月报》写稿。而当时，陈伯吹也用夏雷的笔名，替《小说月报》翻译外国的文学作品并且写作散文和小说。这种困难时期相濡以沫的友情和关怀，父亲是永远不会忘却的。

　　"文革"结束，父亲通过上海少年儿童出版社的编辑包启新，开始写作儿童文学作品《哪吒》和《岳云》。陈伯吹当时任出版社的副总编，他闻讯后，叮嘱有关编辑，要抓住作者，关心作者，并且抓紧书稿的竣工和编辑。当时，由于父亲琐事缠身，稿约不断，也是在陈伯吹先生和有关编辑的商量之下，先行出版《哪吒》的上册，并且作为当时少年儿童"红领巾读书活动"的推荐书目，一炮打响。后来上海、武汉等多地广播电台长篇连播，天津、北京、湖南长沙、湖北武汉、河北石家庄等各个电影和少年儿童出版社，分别出版了各种各样的连环画和快板书，尤其是河北美术出版社出版了十七册的连环画，成为经销不衰、一版再版的畅销产品。这部作品还被翻译成了朝鲜文和维吾尔文，流传在少数民族地区。

　　在《哪吒》这部儿童长篇神话小说出版之前，也是由陈伯吹先生提议，经由社长陈向明决定，先行由专刊儿童文学作品的《巨人》杂志发表。现在，《哪吒》即将由北京某电影文化公司拍摄制作，父亲的在天之灵，也会感谢陈伯吹先生的提携之恩的。

　　此后，陈伯吹先生还关心着父亲的另外一部长篇历史小说《岳云》的诞生和出版，通过上海文学研究所所长、著名民俗民间文学专家姜彬的审读，予以出版。后来，还叮嘱少年儿童出版社的编审黄亦波，催促父亲写作《岳云》的续集《岳雷》，可惜天不假年，父亲夜以继日地写作了十章，仅仅只有五万多字，就撒手人寰、驾鹤西去，留下了无尽的遗憾。

　　陈伯吹先生去世已经多年了，他在儿童文学事业上的贡献，是有目共睹的。即使是教育方面也颇有成就，这里就不赘述了。他的儿子陈佳洱就曾经是北京大学的校长。至于陈伯吹的弟弟、厦门大学教授陈汝惠，更是教子有方，一个儿子陈佐湟是国家艺术剧院的艺术总监；另外一个儿子陈佐洱，曾任国务院港澳办常务副主任、全国政协常委、全国港澳研究会会长，而且是一位著名的作家。真可谓是薪火相传，后继有人。

原载《钟山风雨》二○二○年第二期

陈伟达和上海学协的往事

一九三八年秋，有一位暨南大学史地系的学生钱今昔，通过赵景深教授的一封介绍信，夜间到父亲居住的武定路紫阳里来拜访。

他是当时上海学生救亡协会的西区交通员，说起他们整个上海学协在王经纬（当时是暨南大学物理系学生，后改名陈伟达）的领导下，已经召开了两次代表大会，开展了献金、募衣募物、街头活报剧演出、印发传单"告全市同学揭起反汪运动"、办刊物、搞书评等活动，大家热火朝天。当时创办的《学生生活》半月刊，已经出版了有几十期，还将继续办下去。还创办了一本《文艺》的刊物，旨在培养文学新人，希望父亲能够提供一些短论和小小说在上面发表。

另外，他提及他的父亲工作的中央银行，随国军西撤重庆，不料，他父亲因思念亲属，精神失常，跌落在悬崖山谷，生死未卜，家庭的收入顿时失去了来源，生活十分困难。他自己正在半工半读，希望父亲能够介绍一些刊物和出版社，让他投稿度过眼下的困难时期。父亲当即答应了他。后来在钱的回忆文章中，一直表示很感激我父亲的支持和帮助。

钱今昔是学协的西区交通员，经常将一些党的文件，以及毛泽东和周恩来等党的领导人的讲话，油印以后，传送给父亲阅读，使得父亲能够及时了解党的政策。不久，学协又出版了一本《青年大众》，父亲用苗坪的笔名写了一篇《世界是我们的》文章，发表在第二期上面。

不久，王经纬通过钱今昔告诉父亲，学协的宣传工作完全由周鸿慈负责。周鸿慈又名周一萍，是暨南大学会计系的学生，曾经在暨南校刊上发表过《中国经济复兴之现阶段》《预算法币与工业连锁》《上海商品检验参观记》等文章，还在赵景深主编的《青年界》杂志上，发表过习作短小说《下着牛毛雨的天》。

王经纬离开上海以后，周一萍担任了暨南大学的地下党委书记。皖南事变以后，周去了新四军苏北根据地盐城，担任过《苏北日报》社长。解放以后，任温州地委副书记，台州地委书记。"文革"前后，担任过国防工办副主任、国防科工委副书记，还出版过一本《抗日战争时期上海学生运动史》。

至于王经纬，他是江苏灌云人，后来改名为陈伟达，学生时期喜欢写格律诗，曾经发表过《送别》和《村夜》等旧体诗。他是一九三三年考入暨南大学的，一九三七年入党，抗战时期，受粟裕命令，担任政治保卫队队长，专门对付汉奸特务。一九四五年任淞沪地区书记。解放以后，曾经先后担任杭州市委书记和浙江省委书记。"文革"以后，担任天津市委第一书记、中央政法委副书记。

一九八四年，天津南开大学中文系召开全国古小说会议，特意邀请父亲出席。当时，父亲很想去见见天津警备区司令方之中少将。方在一九三六年编《夜莺》杂志的

一九八四年，天津南开大学召开的全国古小说会议，中排左起第五人周楞伽，第六人段熙仲，第七人刘叶秋（段是南京师范大学教授，刘是《辞源》三位主编之一，兼任南开大学中文系客座教授）

时候，和父亲有过多次见面交谈的友谊。尤其在三马路同安里的新钟书店，方之中递交他所编辑的《夜莺》一卷三期杂志校样时，遇见过父亲，内中有一篇鲁迅写的批评张春桥的文章《三月的租界》，就是由父亲抽出来，交给张本人阅读的。

父亲却了解到，当时担任天津市委第一书记的陈伟达，曾经与他在暨南大学一起办过杂志。于是，古小说会议的召集人、《词源》主编之一的刘叶秋教授，叫父亲写一封信去，邀请陈伟达莅临指导。父亲去信以后，久久没有回信，一直到会议结束，返回上海，才收到天津南开大学宁宗一教授的来信，告诉父亲，前一时期陈书记正在北京开会，并且转来他的一封回函。内容是：

周楞伽同志：

您好，惠书收到，迟复为歉。

听南开大学宁宗一同志说，您年逾古稀，但思维敏捷，身体健康，且著述甚丰，实为我国古文学界之幸事。

来信溢美之词，当归党的三中全会路线正确。您所提建议，我已向报刊发行部门提了要求。

老同学一别四十余载，愿下次来津时能见面叙谈。

谨颂

夏安

陈伟达上（在上海是用王经纬）

一九八四年七月三日

原载《书屋》二〇二二年第五期

两个口号争论中的郭沫若

二十世纪三十年代，围绕"国防文学"和"民族革命战争的大众文学"两个口号，文艺界展开了激烈的论战，对于这场论争，至今都是从事现代文学研究的一个专题。父亲周楞伽也曾经参与过这场论战，写了许多文章。生前也留下了不少回忆此事经过的笔记，以及未经发表的遗文。所以，我一度也留意过这段历史和往事，现在只想谈谈，两个口号争论中的郭沫若。

"国防文学"这一口号最早提出的是周扬，他用企的笔名，在一九三四年十月二日的《大晚报·火炬》上发表了一篇文章，题目就是《国防文学》。后来鲁迅提出了"民族革命战争的大众文学"，引发了进步文艺界内部的争论。

郭沫若最早参与并且发表意见，是在一九三六年七月一日出版的第四期《文学丛报》上。他文章的题目是《在国防的旗帜下》，他认为："目前的文艺界树起了'国防文学'这个旗帜，得到了多数派的赞成，结成了广大的统一战线，我认为是时代的要求……向着这个积极的反帝运动动员了的大家，才是我们的主体，值得我们拥护到底的主体。'国防文学'便是这种意识的军号。"根据郭沫若在这篇文章后面的题后记，可以发现，这篇文章是写于一九三六年的六月九日。也可以看出，郭沫若先生是坚定地支持"国防文学"这一口号的。一个月以后，他又在《文学界》杂志一卷二期上，发表了《国防·污池·炼狱》的文章，他首先表态支持"国防文学"这一口号，并且主张首先应该将国防文学扩大为国防文艺，其次作品应该是多样的统一，再者是作家关系的标志，而不是作品原则的标志。有人担心是否会堕入爱国主义的污池，生在被帝国主义侵略的国家，大家觉醒了，要认真的爱国，积极地做反帝的斗争，这样的爱国主义可以目为炼狱，而怎好视之为污池？……在这样的意识下，真正有爱国情热的人，所走的，也就是进步的现实主义的路。

一九三六年七月，留日学生房坚从日本归国返沪，准备编辑出版一本文学杂志，在西藏南路的一家小饭馆，邀请了一些文学青年共同商讨研究，其中参加者有父亲周楞伽、陈毅（后改名陈沂，曾经担任过上海市委副书记）、王梦野等人。正在吃喝交谈之中，来了聂绀弩和欧阳山，于是，添碗加筷，边吃边谈，共同商量决定替杂志取名为《文学大众》，编辑由王梦野和欧阳山负责。并且对当时争论激烈的有关"国防文学"和"民族革命战争的大众文学"两个口号的争论，杂志应该采取统一战线的立场，决不能够听任双方各自为主的宗派主义思想和立场。

经过一番紧鼓密锣的准备，《文学大众》终于在当年九月五日正式出版。房坚在日本时候，与郭沫若比较接近，返沪以后，租住在江湾的宋家港，他的热情很高，除了出版刊物，还准备举办一个读书会，广泛吸纳青年参加，同时拿出一部分资金作为奖金，评选和奖励青年习作，努力培养文学新苗。

当时，江湾地处偏僻，不通公交车辆，送稿和校样需要途经虹口日租界，会遭到日本人的检查，为了藏匿稿件，不被搜去，房坚慌乱之中，常常会乱塞乱填，丢失稿件。最可笑的是，有一次，通过北方学联邀请而得到的一篇重要论文，本来是要登载在第二期上的，不料，不知道给房坚塞在什么地方，目录上登了出来，期刊上却没有此文，后来刊物被国民党图书审查取缔后，他不知道从何处又找到了，只好交由王梦野拿去，改了题目的名字后，发表在林综主编的书里。

《文学大众》创刊号上最重要的文章，是郭沫若的《青年们，把文学领导起来》的论著，他指出："人年纪一老，世故一深，种种的顾虑便攒了起来，缺乏青年人所有的，并为艺术所必具的真挚、新鲜、明朗的优点，中国人敬老尚齿的哲学太经久了，凡是古的东西，便是好的东西，凡是老人便是好人，弄得一国上下都发生了霉臭，死的拖着活的走，快要把中国拉到巴比伦、埃及、印度去了。这种传统是随着私有财产开始的，因为老人有财产，有名誉，故而老头子有他的尊严，相沿既久，老头子便和尊严成了合金，只要是老头子便可以不可一世。而一些'少头子'，要想出人头地，其捷径便是去拥戴老头子，或者自己装老头子，这种私产制度下的遗毒，我们应把它扬弃。把青年人的公平、勇敢、犀利、敏捷、明朗、热诚、好群等种种积极的美德，发挥出来，领导一切，至少目前来领导我们的文艺，把一些老头子（半老头子）一同拉着，让他们也青年化起来。"

接着，郭沫若在反对"复古""存文"的封建文化中，号召青年们："要有火车头那样的勇猛，飞机头那样的神速，不顾死活地，脚踏实地的，用尽全力作彻底的工作。我们不要让老头子来领导青年，要让青年来领导老头子，这是青年所应该有的使命！……把罩在中国文坛上的老气、妖气、腐气、市侩气、政客气，通同扫荡干净，使得广大青年们为'国防'而战。"

《文学大众》在刊登郭沫若这篇长文时，写了一个编辑后记表示：郭沫若先生并非在推崇青年，却是在警告青年，希望中国青年不要易于老去，从事文学的人尤其应该发挥青年的热情，振作起青年的精神，怀抱利器，为民族的新生命而战！郭沫若先生的《青年们，把文学领导起来》一文，我们应把它经常作为一个口号来看。

最奇怪的是，人民文学出版社出版的《"两个口号"论争资料选编》收录了郭沫若的文章多篇，却漏却了这么一篇重要的文章，不知道是什么原因。

之前，在六月出版的《光明》杂志中，郭沫若已经表明："把年老的人当作偶像来参拜，决不是有志气的年轻人所应当为的事情。"

在七月出版的一卷四期的《东方文艺》上，郭沫若又发表了《对于国防文学的意见》，对所谓国防文学进行评析，认为是基于现实背景强调救亡图存主题的文学创作方向。针对这一概念，在后来九月十日出版的《文学界》一卷四期上，郭沫若又在《搜苗的检阅》一文中，更是直截了当的指责"民族革命战争的大众文学"这十一个字的口号，根本不大众化，易被曲解。就当时文学领域的口号问题发表看法，指出某十一个字的口号在普及性上存不足，容易引起歧义。他建议调整相关提法，同时强调在严峻形势下，文艺界应避免内部分歧，加强团结。

九月下旬，《今代文艺》出版，据唐弢说，原来这杂志的老板，是准备邀请唐弢和庄启东来做编辑的。后来，唐弢去鲁迅先生那里征求意见，鲁迅劝他还是回绝的好，于是，这本杂志后来就由侯枫当上了编辑。在这杂志的一卷三期上，用手迹制版的方法，刊登了郭沫若的一幅戏联，内容涉及当时文艺界人士间的一些情况和互动。郭沫若曾经将这幅对联提前告诉过金祖同。

金祖同是浙江嘉兴人，祖孙三代都是学者和书画家，金祖同早年聪慧异常，十来岁就与章太炎讨论过殷墟甲骨文的文字，曾经参加过上海金山卫戚家墩的文物考古调查，并且筹办了"吴越史地研究会"。

一九三六年春，他遵照上海著名收藏家和银行家刘体智的叮嘱，携带刘所收藏的甲骨文制作成的拓片二十册，东渡日本，师从郭沫若共同学习、研究。后来，郭沫若写作了《殷契粹编》一书，书中就提及，有金祖同的功劳和帮助。另外，作为旁证，当时，上海的《铁报》就曾报道：金祖同已东渡日本，准备与郭沫若研究甲骨文，须一年后方可归国。一九三七年，全面抗战爆发，金祖同暗中协助郭沫若秘密回国。并且撰写发表了《郭沫若归国秘记》，驳斥了日本方面的诬陷和谩骂。

那么，这副对联是怎么会刊登出来的呢？原因是九月二号郭沫若来到金祖同的寓所，谈及当时文坛上的纠纷，提笔随手就写下了这副对联。还对刚刚抵达日本的金祖同道："我虽处身海外，对两个口号的争论倒也看得清楚。"金祖同随即将这副对联寄给了《今代文艺》的编辑。此外，据金祖同说，他在郭沫若的家中，曾经见到茅盾写给郭沫若的一封信，劝说郭对于目前两个口号的争论，不要发表意见，以免亲痛仇快。

　　十月十日在日本东京出版的《质文》二卷一期上，登载了郭沫若辑录的《国防文学集谈》，参加者有任白戈、魏猛克、张香山等左联作家，都是主张国防文学的。有人还指责胡风最近更是无聊，国防文学是有政治根据的，新提出的口号是在嘲笑真正的革命者。郭沫若最后表态，肯定了国防文学，说它目前是最适宜作为统一战线的共同目标。

　　以上这些，就是郭沫若在两个口号争论中的文章、态度和立场。

原载《开卷》二〇二二年第八期

李辉英与父亲的交谊

李辉英（一九一一——一九九一），满族人，原名李连萃，出生于吉林省永吉县大金家屯，早年就读于省立中学，十六岁只身来沪考入立达学园高中，后进入吴淞中国公学中文系学习，与何家槐等人是同学。一九三一年"九一八"事变爆发，他参加了上海学生的反日大示威，奔赴南京请愿，要求政府停止内战，出兵抗日。处女作《最后一课》发表在丁玲主编的《北斗》上。是模仿法国作家都德的作品，表达了强烈的反抗日寇侵略的精神，小说用第一人称的表达方法，强烈的现实主义传统，读来让人感到亲切生动，显示了作者早期作品长于抒情的特点。他并且因此还出席了《北斗》杂志社召开的作者座谈会。李辉英曾经谈及自己的作品时说："个人身为东北人，对于东北的沦陷，不能熟视无睹，别人可以不要东北，作为生养在东北的一份子，我不能放弃任何可以打击敌人的具体行动。"（《三十年代初期文坛二三事》）

在上海的那段生活阶段，他曾经主编过《生生》

《创作》《漫画漫话》等杂志。不过，《漫画漫话》却遭到了茅盾先生的批评。茅盾指出，小说栏里有三篇短的，艾芜的《归来》，周楞伽的《医院里的太太》和夏征农的《接见》，还有一中篇连载，李辉英的《平行线》。漫画部分题名为特种介绍的四幅画，画的是时髦女子牵狗看报，有一时髦少年牵狗经过，这两条狗恋爱了，狗主人挽臂而去，两条狗跟在后面。男女关系是漫画中最带点辛辣的讽刺作品。漫画中金钱和女色占了一半多。文字部分也未见多大的精彩。《平行线》写东北民众的反日，只登了一个开头，留待以后再说。《归来》除了当作风土画看，侨胞的痛苦未被作者强调。《医院里的太太》跟漫画部分的一些男女关系画倒很臭味相投。父亲见了这样的批评，心里甚是不安。当时《救亡情报》的主编刘群，多次劝慰父亲，不必介意，以后的写作只要努力向上，茅盾先生是会改变态度和看法的。

在《漫画漫话》第四期上，父亲发表了《第三种人的三种把戏》，指出：一九三二年施蛰存主编的《现代》一卷三期上发表的《关于文新与胡秋原的文艺论辩》，所引起的关于第三种人的争论，曾经轰轰烈烈、煞有介事地热闹过一场，然而，曾几何时，在残酷的历史光照之下的第三种人（见鲁迅的《论第三种人》和《又论第三种人》）的真相终于完全暴露出来了。其内容如下：

去年出版的《文艺画报》第三期（一九三四年二月）上，有一位劝青年读《庄子》和《文选》的先生，作了一篇名叫《题材》的随笔，指责《文学》上的一位批评家（茅盾），批评描写儿童心理的题材没有多大意义，是文坛上的婴儿杀戮现象。事实上，文坛上儿童杀戮的刽子手，倒不是《文学》上的那位批评家，反到是和这位先生同调的第三种人。

李辉英的长篇小说《万宝山》，在上海湖风书局出版以后，受到了周扬和茅盾的盛赞，被列为《抗战创作丛书》之一。一些相关的文学史书上，将此作品赞誉为"东北抗日的先声"。文章写到了中国人民和朝鲜人民，共同反抗日寇侵占我国东北领土的斗争。此外，李辉英和鲁迅有过交往，称赞鲁迅"是个不知疲倦的战士""照耀在每个人心中的光芒"。后来，他参加了左联，并且接受左联的工作安排，分配在上海反帝大同盟工作，并在泉漳中学任教。一九三三年左联改选以后，他担任了左联执行委员。

一九三四年，我做律师的祖父，因为生意上的原因，迁居到法租界的长乐路大德村营业。年底，有一位青年来拜访父亲周楞伽，经自我介绍，原来是东北作家李辉英。那时候他和父亲，经常在钱歌川编辑的《新中华》杂志上刊登作品，于是从钱歌川处，打听到了父亲的住处。他的住处与父亲的寓宅，相距不远，当时，他就住在九星大戏院隔壁切面店的前楼。因为"一·二八"淞沪抗战爆发以后，中国公学被炸停学，他便移居在法租界的贝勒路上，依靠写作维持生活。从此两人经常来往。李辉英特别喜爱打麻将，于是父亲也就应邀常去他家打麻将玩耍。李的家中只有一妻一子，完全依靠他写作维持生活，他落笔很快，一天最多可以写作近万字，但当时做上海滩的亭子间作家，生活都十分贫困，经济十分拮据。

两人结友后，就一起逛书店，访文友，曾经去过王任叔和穆木天的家里，吃过便饭。还在河南路喝冷饮时，遇见过崔万秋，经过李的介绍，崔就热忱地邀请父亲同饮，希望以后替他主编的《大晚报》副刊《火炬》多多写稿。

当时，父亲经常在萨空了主编的《立报·言林》上刊登文章，于是就介绍了李辉英也在此发表了很多随笔和散文。后来李去了北平，还经常在这个当时中国发行量最大的小报上发表随笔，其中以《重温返乡旧梦》和《忆旧》等短文章，发泄他痛恨日寇侵占东北，难以重温旧梦的悲伤。以及一年以后，他参观沈阳北大营的所见所闻，回忆"九一八"事变给东北人民带来的灾难，愤怒地指责日寇吹嘘自己建立的王道乐土，完全是强奸民意的无耻宣传。

此时，孔罗荪在武汉主编《大光报·紫线》，来信约父亲写稿，还介绍唐弢前来相见催稿，父亲将李辉英介绍了孔，不久，就经常在这张报纸上见到李的随笔和散文。

这以后，父亲还和李辉英、方土人、庄启东一起去吴淞郊游，因为父亲的经济条件较好，费用就由父亲独立承担了。当时，李辉英在吴淞读过书，对那里很熟悉，一定要拉大家去一家汤团店吃点心，说是这个小饭店的女服务员很漂亮，引得大家食指大动，结果吃完汤团，也没有见到这位汤团西施，惹来大家一番善意的嘲笑。

李辉英曾经告诉父亲，他从小生长在东北农村，家里虽然是个土地主，然而因为地处偏僻，教育很落后，很多儿童终身都是文盲，他认字识文完全靠他的嫂子亲自手把手的教导，才使得他懂得了阅读和写作。可惜他的嫂子因为患病，不幸早早去世了。每谈及此，他就不免热泪盈眶，显得十分痛苦。

不久，父亲在光华书店遇见了过去租住在我家江阴路的房客姜克尼，他是著名的电影演员，还是国民党市党部的整理委员。听说父亲在写新文艺作品，就邀请父亲帮助他一起编辑《文艺电影》杂志。父亲表示，自己虽然写过一些影评文章，但与电影界不熟悉，就婉言拒绝了。事后与李辉英商量，李劝父亲接受下来，因为姜答应使用稿件有绝对自由，他可以向左翼作家拉稿，把刊物变成带有保护颜色的进步刊物。父亲在他的一番劝说之下，就回信答应了姜克尼的邀请。刊物从第三期开始，便由父亲参与编辑。刊物发表过李辉英的散文《龙潭山》，文章描绘了家乡绚丽的景色和他无穷的思念，从侧面抨击了日寇侵略东北、蹂躏家乡民众的罪恶。父亲编辑的第三、四期出版没有多久，因为亏本，老板决定停止出版，杂志突然寿终正寝了。父亲十分生气，因为李辉英拉来了徐懋庸和沙汀的文章，还发布了广告，却如此草率结束了，实在有损朋友之间的情谊。

一九三五年是杂志年，李辉英编辑的《创作》，是一份很有分量的大型刊物。几乎每期都会刊登父亲的一篇小说。有一次，在熏风出版社，当着老板汪淼的面，李竟然将父亲的作品做了退稿的处理决定，引起父亲的不满和愤怒，李显得十分无奈和窘困。还是庄启东从旁劝说，指出作家不是每件作品都是上乘的，需要不断深入和提高才是。从退稿之中认识自己的不足，才是作家不断进步和提高的阶梯。父亲被庄的一番侃侃而谈感动了，不由得转怒为喜。

随着营业的发展，祖父将律师事务所搬迁到了南京路三阳南货店的隔壁，大沪银行的楼上，由于相距较远，李辉英和父亲来往就少了。

这一年的秋天，因为《新生周刊》发表了易水的文章《闲话皇帝》，被日本方面认为是在侮辱天皇，对国民党当局大肆兴师问罪，政府加紧了对文艺作品的审查和封锁。李的小说集《山河集》和散文《岁月集》都在答应出版的基础上，遭到了退稿，原因是内容涉及东北的题材，出版商怕吃官司，不敢擅自出版。《岁月集》后来通过庄启东的介绍，由新钟书店改名《再生集》出版。《山河集》也改名《人间集》，由北新书店出版。

这一年，李辉英在徐懋庸和曹聚仁主编的《芒种》半月刊上，发表了散文《痛余录》，谈及收到家乡母亲的来信，说是夏天饮马河突发大水，田禾都被潦死，衣服被子都被土匪抢走。原来山里多橡树，可以作为燃料，现在日寇为了扫荡山里的抗日联军，将山岭上的树木焚烧殆尽，整个冬春，家中没有烧柴，不知道将何以处？文章之中，流露出了李辉英极度的痛苦和无奈。

一九三五年初，父亲决心写作三十万字的长篇小说《炼狱》，内容以"一·二八"事变为基础，反映当时青年的不同走向。李多次劝说父亲停止写作，说绝无可能出版，而且会遭来当局的迫害。但父亲已经欲罢不能，到年底终于竣工，并且自费出版，结果销路颇佳，初版一千册销售一空。北新书店老板李小峰，来电话催父亲赶快添货，书到立即付款。父亲正要去送书，李辉英却来拜访。见面就向父亲要一本。父亲向他道歉，说家里已经没有存货了，书店又催得紧，只好下次再版送他。李没有吱声，抱着书籍一起送到了四马路。此后，李辉英就决绝不再来往。父亲一直以为他产生了不满的情绪，内心愧疚不已。

其实，李辉英是去了北平，受聘编辑《北平晨报》副刊，并且担任了北方左联的领导人之一。不料，到了北平，报社了解了李辉英是左联的领导人之一，就拒绝邀请他出任副刊编辑。他就在北平落脚居住，当上了多产作家。卢沟桥事变发生以后，他离开北平来到内地，参加战地学生剧团奔波于各个战场，积极宣传抗日。

"中华全国文艺界抗敌协会"在武汉成立的时候，他也流落在武汉，继续依靠写作生活，并且为上海杂志公司编辑了一套《战地报告文学丛刊》，他自己也写了一篇中篇报告《军民之间》，作品记录了"战地服务团"在中条山前线的活动和工作，但却遭到了茅盾先生的批评："作者只写了工作所引起的表面上的反映，而没有写到民众内心潜藏的，对于那些工作的意见，乃至写工作本身的，也太像官样的公文。"（《文艺阵地》二卷三期）

后来，他又参加了王礼锡率领的作家战地访问团，去了重庆，担任了国民党某部队长官的秘书，直到抗战胜利，并且出版了长篇小说《雾都》，这是他的抗战三部曲的第一部。后来还陆续出版了长篇小说《松花江上》等作品。

抗战胜利之后，李辉英历任东北各个大学的讲师和教授，一九五〇年定居在香港，担任香港中文大学教授，以及其他各种社会职务。直到一九七六年退休。他还主编过《热风》《笔会》《文学天地》等刊物。在香港他依然坚持写作，发表了大量的小说、散文和学术专著，计有千万字，真可谓是多产作家。

一九八四年，他来北京出席第四次文代会，父亲托人写信给他，希望他来上海的时候，相聚聊一聊。到底是多年的老朋友了。可惜这一夙愿没有成功，因为听参加会议的同志介绍，李辉英后来得了脑血栓，出席会议的时候，也是坐了轮椅参加的。所以已经是无法再南下旅行，会晤过去的文友了。也造成了父亲终生的遗憾。

原载《新民晚报》二〇二二年九月二十日

鲁迅去世之后的一场争论

鲁迅去世之后，父亲周楞伽应黎烈文的邀约，急就章般地写了一篇《哀念之余》的短文，发表在《中流》杂志一卷十二期上，用以悼念鲁迅先生的不幸病逝。

不料，文章刚刚发表，就遭来不同的意见和批评，由此引发了争议。此事已经过去八十来年，写将下来也许能够为现代文学史增添一些史料。

《哀念之余》引发争论的文字，有这样几处，现在我简要摘录如下：

鲁迅先生的死的征兆，在他最近发表的几篇作品里，是很可看得出来的，尤其是发表在《中流》第一、二期上的《这也是生活》和《死》，很明显的刻画着这位老战士的心力交瘁的状态。他羡慕着能够像心纵意的躺倒的人，对于应该动手的事情都起着"要赶快做"的念头，甚至还立下了遗嘱。更奇怪的是在《女吊》那篇文章里，他竟谈起"吊死鬼"来，固然我们并不像那些功利的人一样，希望鲁迅先生的每篇文章都有利于社会的变革方面，但从来就少读到他"谈神说鬼"的文章的我们，读到了这样的一篇作品，总不能不认为是个奇迹。这也许是精神上的感应，因为我们正也如鲁迅先生一样，不相信人死后有所谓鬼魂之类存在的。

然而，鲁迅先生毕竟给我们留下了珍贵的遗产，他的眼光不仅洞烛现在，而且还远远看到将来。他指示我们民族的出路，文学运动的方向，特别是拉丁化新文字的提倡，将使大多数民众都获得求知的新武器。我们不必过分惋惜他的死亡，只应该遵照他的遗教，加倍努力的作去，等有一天民族解放完全成功，那时再来一场广大的纪念，这才纪念得有意义。

不久，在聂绀弩主编的《热风》创刊号上刊登了署名平蓉的文章《〈女吊〉解》，文章猛烈地批评了周楞伽的文章。内容简要介绍如下：

看周楞伽先生的文章，是以为《女吊》是篇知堂老人之流的谈神说鬼的文字，且作为一个奇迹，鲁迅先生在这里似乎是"相信人死后有所谓鬼魂之类存在的"了。假如我的猜测还有几分可靠，那这《女吊》的解法，就全是周楞伽先生自己没有看清原文的拟测。事实自己证明：鲁迅先生既从没有以谈神说鬼来消遣过，也没有迷信过什么鬼魂之类的东西，就在将死的时候，也没有丝毫精神变态之类的情形。他从生到死，从文字到生活，内外始终如一：冷静，坚实断然的存在，是全用不着别人来帮着证明的。

作者接着引用了鲁迅先生《女吊》一文中开头和结尾部分的内容，还引用了这么两段：

假鬼一落台，就该跑到河边，洗去粉墨，挤在人丛中看戏，然后慢慢的回家。倘打得慢，他就会在戏台上吊死；洗得慢，真鬼也还会认识，跟住他。这挤在人丛中看自己们所做的戏，就如要人下野而念佛，或出洋游历一样，也正是一种缺少不得的过渡仪式。

……绍兴的妇女，至今还偶有搽粉穿红之后，这才上吊的。自然，自杀是卑怯的行为，鬼魂报仇更不合于科学，但那些都是愚妇人，连字也不认识，敢请"前进"的文学家和"战斗"的勇士们不要十分生气罢。我真怕你们要变呆鸟。

引文之后，作者平蓉严肃指出：像这样的文章，还不似《出关》的创作，还不似《无常》那样的回忆，而是直接战斗的，有着明白的论评的杂感。而周楞伽先生对之竟认为是谈神说鬼的消遣，甚至有迷信的嫌疑，才真正是奇迹，奇迹到使我疑心周先生原并没有看文章，是胡扯说说玩的。

与此同时，作者又引用了大量鲁迅的谈神说鬼的文章，指出这些文章，并不是什么迷信和消遣。再者，又着重指出对于同一件事情，可以有不同的认识和相反的意见，但是鲁迅先生这些谈神说鬼的文字，就正是充满生人的社会战斗性。

文章的最后，作者挖苦周楞伽道："哀，是表示挚爱，念，是表示感激。人才死，自己也题着是在《哀念之余》的文字中，却写出了如是的话语。倒令真的哀念者想到了别的地方去……"

见了平蓉的文章，周楞伽大动肝火，写了一篇《致编者》，发表在《热风》终刊号上。内容简述如下：

首先，周楞伽指出：读了平蓉先生的文章颇觉惊异，我没有把鲁迅的《女吊》，和知堂老人谈神说鬼的文字同样看待，因为鲁迅先生的文章是充满生人的社会战斗性的。我觉得奇怪，认为奇迹的原因，是《女吊》没有发表在一九二五至二六年，却发表在一九三六年他临死之前，充分显示这位老战士心神交疲的状态，而细数那一年鲁迅发表的文章，没有和《女吊》同样的文字。我在这里说一声奇迹，大概也不算怎样过分吧？

其次，周指出：如平蓉一样，我也承认鲁迅将死时候没有丝毫精神变态，内外始终如一，冷静、坚实、断然的存在。但我相信一个人将死的时候，身体内部会起一种自然的反应，存在一种"要赶快做"的念头，而鲁迅先生就是在这种念头下写的《女吊》，然而，较之十年之前，他已经是一位更猛烈的社会战士，文章的开头、经过、结尾，都带着一种猛烈的战斗性的讽刺，这就是我所说的"精神上的感应"。决不是什么精神变态，和迷信更绝对不能够混为一谈。

接下来，周指出：平蓉先生是一位功利主义者，和邱韵铎先生并无什么不同，他一心要把《女吊》解释成为有利于社会的变革方面，我看他的心血白费了，《女吊》虽然有猛烈的战斗性，但内容仍然是在谈吊死鬼。

再次，周又指出：平蓉先生的猜测，竟然变成极端的自信，栽赃诬陷，硬说我对鲁迅的《女吊》认为是谈神说鬼的消遣，我要请问到底有没有看过我的《哀念之余》？还是胡扯说说玩的？说得凿凿有据，好像我真的说过一般，像这样故入人罪，才真正是奇迹！

我悔不该写下谈神说鬼，又写下奇迹，致使平蓉先生鸡蛋里寻出了骨头，但是即使这六个字便足以构成我的罪状了吗？倘若我说了鲁迅的谈神说鬼，相同于知堂老人的谈神说鬼，是消遣，是迷信，请问，我是不是该杀头充军呢？

再者，周指出：哀，是表示哀悼；念，是表示思念，用不着平蓉先生来解释。那天，从万国殡仪馆瞻仰鲁迅先生遗容出来，心里非常难过，虽然我和他只有两三次的通信，却比常人还要感觉哀痛，由于感觉尚未泯减，《中流》的截稿期近，在哀痛的心境中，写出的文章，自己也看不上眼，因为并不看重自己的名望，也就任它发表了，只是表示自己一点哀痛之忱。

不过，在平蓉先生看来，悼念者有真的，也有假的，而我又似乎是属于假哀念者一类，但我疑惑：你们的关门主义竟有这样厉害吗？你们从什么地方看出我的哀念是假的，而你们的哀念却是真的？在你们面前，我永远不再哀念鲁迅先生了，好在鲁迅先生遗嘱中也曾经嘱咐过："忘掉我，管自己生活，不然就是傻子。"

但在我个人的心里，我仍旧要哀念鲁迅先生，因为他给我的印象，给我的教育，是太深刻了。

这场争论，影响不是太大，但也反映了当时文坛上的一些纠葛，这里似乎就没有必要多所置喙了。

原载《书屋》二○一四年第一期

茅盾先生与父亲 交往的

一、遭到茅盾的批评

父亲周楞伽与茅盾先生的交往，开始于一九三五年。那一年，父亲受国民党上海市党部整理委员、著名电影演员姜克尼的邀请，编辑《文艺电影》杂志，曾经写信给茅盾先生，向他约稿，但是却没有得到茅盾先生的应允。

不久，茅盾先生在一九三五年五月一日出版的《文学》四卷五期上，用惕若的笔名，写了一篇谈上海杂志及文学刊物的评论，其中严厉批评了父亲在李辉英主编的《漫画漫话》上发表的短篇幽默小说《医院里的张太太》，茅盾指出：这个短篇小说跟漫画部分中的男女关系画，倒是很臭味相投的。

父亲见了，甚为懊恼，因为父亲是很崇拜茅盾先生的，他正在创作的长篇小说《炼狱》，就是以《子夜》为榜样的。受到批评以后，终日惶惶不安。父亲的老朋友，影评人、共产党员刘群（后任《救亡情报》主编）竭力劝慰说："茅盾决不会对你有什么成见，你只要努力向上，茅盾先生的观念自然会逐步消除和改变的。"
这才使父亲慢慢释念。

二、请求茅盾写序

一九三五年的下半年，父亲一直在创作《炼狱》，
这是一部反映二十世纪三十年代城市知识青年的作品，
内中主要写了四五个青年，在大时代洪流冲击下的不同
命运，尤其是女主角孙婉霞孤身一人，深入到农村去，
企图改变落后面貌的悲剧，昭告当时的知识青年，在寻
找真理的曲折和苦闷之中，不要以幻想和冲动来安排自
己的归宿。

他在《炼狱》三版新序之中写道："理想是要和现
实生活相配合，在现实生活中脚踏实地、切切实实地努
力去干，才会实现的，决不是没有一定的目标，单凭空
想所能实现。她（指沈婉霞）感到都市生活的苦闷，无
出路，便不顾一切地跑到农村中去，然而单凭她个人的
力量，却无法打破农村中根深蒂固的封建桎梏，所以她
虽然以第一燕的姿态飞入农村，结果却像唐·吉诃德先
生和风车作战一样，造成了一个悲剧。"

这部最早涉及知识青年下乡，并且试图总结其教
训的小说，后来由黑龙江人民出版社以海派作家作品
精选丛书的名义，在一九九八年重版。我后来在一篇
文章中提及这是一部知识青年上山下乡"始作俑者"
的作品。

这部小说在自费出版之前，父亲曾经在一九三六年
元月上旬，写信给茅盾先生，请求他为该书作序。《新
文学史料》二〇〇二年第二期上，刊有胡风之子晓风整
理辑注的《胡风保存的老书信一束》，其中第一封即茅
盾致胡风，于一九三六年某月九日（即元月九日），从

上海寄给胡风的信中谈道："光兄，许久不见了，近况如何？念念，有周楞伽者，写信给我，说有小说《炼狱》已在印刷中，要我读后写一篇序，——他说小说清样以后送给我一看。他并说他最近和欧阳山兄很熟云云。我不知此人究竟如何？既然他说认识欧阳山兄，拟请兄便中转问欧阳兄，如果此人不是无聊之辈，则我打算回信，叫他把小说交给《文学》社转来，让我读一下再定写不写序。如果是不甚有聊之人，则我简直就不写信给他了。请兄便中问得后给我一复。复信即由文学社转，似乎可以快些。"

父亲与欧阳山相熟，是因为当时两人都在代报刊写影评文章，欧阳山代《民报·影谭》写影评，他被指定批评新片的上演地点是大光明电影院，他观摩完电影，就跬步来到父亲寄住的、祖父开设的律师事务所来拜访。那个事务所就在南京路浙江路口的大沪大楼内。所以一段时间里，两人来往密切。

由于茅盾转辗托人了解，蹉跎了时光，父亲见去信无果，就转而写信托鲁迅先生写序了。

《炼狱》第一版，在一九三六年一月十九日开始发行，同一天父亲就写信给鲁迅先生，请他能否为此书写序。鲁迅先生在一九三六年元月二十日的日记之中这样记载："晴。午后买《青い花》一本，一元捌角。下午得周楞伽信并《炼狱》一本，即复。"

这本寄赠鲁迅先生的《炼狱》，近日已经由大象出版社以《鲁迅珍藏签名本》为题出版。

鲁迅的答复是：嘱为写序，本当奉命，但作序必须细读全书，近来体力不济，兼之编校《海上述林》很忙，大作有三十万字，自顾体力时间，两皆不够，看来不可能了，有方台命，尚希鉴原。

《炼狱》出版后，销路不恶，初版一千册，一个月就卖完了。但有许多读者来信说，此书完全模仿茅盾的《子夜》，似有剽窃之嫌。为此，父亲在第三版新序之中，曾经予以回答解释道："《子夜》是以民族资本家吴荪甫一人为中心，本书即是以好几个青年男女为中心的，这是根本不同的所在。大概因为我的企图描写'一·二八'后社会的全面，有些和《子夜》类似，所以才被人目为模仿《子夜》的吧！"

不过，父亲一九九二年二月去世的时候，他原工作单位上海古籍出版社在悼词之中，依然写有这样一段话——一九三五年自费出版的长篇小说《炼狱》，是学习茅盾《子夜》的，书中写到了当时工人阶级的状况。

正因为这样，为了避免茅盾先生的误会，父亲又去信给茅盾先生，不再要求他写序了。但茅盾在给胡风的信中再次提及道："周楞伽，不再要我写序了，但他的小说出版后，我须写封信给他，述我之读后感。"（见《新文学史料》二〇〇二年第二期）

三、两次相遇茅盾

一九三六年六月七日，在上海福州路西藏路口的大西洋餐馆，举行了中国文艺家协会成立大会，父亲被列为四十位发起人之一，从寓居在苏州豆粉园的大家庭中，匆匆赶到上海。那天，下着蒙蒙细雨，父亲落座以后，经人介绍，才知道坐在他左边，隔着两个座位的人，便是茅盾。那天，茅盾先生穿的是一件灰色派力斯长衫，文质彬彬，颇具长者风度。

一九三八年夏，父亲跟随新钟书店老板李铁山南下粤港，准备开创新的文化出版事业。在从上海迁来香港的《立报》馆里，邂逅了主编萨空了先生，当时茅盾正在主编《立报》的副刊《言林》，并且在上面刊登了长篇连载小说《你往哪里跑》。

萨空了告诉父亲，茅盾就住在九龙的太子道，是一栋旧楼房的第四层，萨询问父亲是否有兴趣去拜访一下？父亲表示，倘若茅盾不高兴有人去见他，不但会碰钉子，而且会弄得很难为情的。萨空了当即拿起电话，和茅盾通了话，回头告诉父亲，茅盾先生很欢迎他去谈谈。

于是，父亲喜出望外，立即赶赴九龙。却不料错乘了油麻地的渡轮，登岸的地点虽然也是太子道，但却是在另外的一头，结果几百家门面的山路，足足走了一个多钟头。因为九龙的屋宇特别宽大，依山而筑，疏疏落落，相距很远才仅仅只有一个门牌号码。

茅盾的家，坐落在广九铁路的一座大铁桥旁边，屋里的布置很是精美雅致。两人握手落座以后，因为父亲耳朵从小失聪，茅盾先生就拿出纸来笔谈。主要是茅盾先生向父亲询问，上海文艺界和部分作家的近况。足足交谈了一个多钟头，方始告辞。出门的时候，天色暗淡，暮霭沉沉，眼前的香港已是华灯初上，灯红酒绿的光景了。

一九四二年春，当时的《东南日报》，误报了茅盾先生在日寇攻占香港的战争中遇难的消息。于是，父亲在陈蝶衣主编的《万象》十日刊上，匆匆执笔用危月燕的笔名，发表了《记谣传在港遇难的茅盾先生》，以示哀悼。结果却闹了一个消息不确的大笑话。

四、与茅盾辩论学术问题

"文革"结束，茅盾先生在上海的《收获》杂志的复刊号上，发表了《白居易及其同时代的诗人》一文。

解放以后一直从事古籍研究的父亲，读完此文，认识到茅盾先生将唐朝的两个韦应物混为一谈了。于是在上海的《学术月刊》上，发表了《唐代诗人韦应物的卒年问题——与茅盾先生商榷》的文章，内容简述如下：

韦应物是出生在西安的一位著名的诗人，属关陇贵族集团，晚年做过左司郎中和苏州刺司，世称韦苏州或韦左司。所作之诗清微远淡，似不食人间烟火。

白居易说他"五言诗高雅闲淡，自成一家体。今之秉笔者，谁能及之？"朱熹评论他的诗"无一字造作，直是自在气象"。刘辰翁说他"其诗如深山采药，饮泉如石，日晏忘归"。明朝王世贞说他的诗"平淡和雅，为元和之冠"。

然而，这样一位诗人，新、旧《唐书》都不为他立传，以致使得后人无法窥察他的身世。偏偏在他死后，又有一位同姓同名的韦应物出现，而很多人没有经过细微的洞察，错误地将这二人"合二为一"，把两个人做了一个人。

从宋代《寓简》的作者沈作喆开始，他为韦应物作的补传，就犯了李代桃僵的错误。清代纪昀作《四库全书总目提要》以误传误。直到千载以后的今天，茅盾同志还在重复过去的错误，可见，这一个双包案实在误人不浅。

茅盾同志因为白居易和刘禹锡的友情，又因为他俩都做过苏州刺史，而联想到韦应物，进而探索韦的身世，用意很好。但他轻信了纪昀在《四库提要》之中，所录的姚宽《西溪丛语》内沈作喆的话，又没有查核今本《西溪丛语》与纪昀所见本子的差别，以致犯了张冠李戴的错误。

原来，今本《西溪丛语》并没有沈作喆代韦应物作的补传，所载的是姚宽根据韦应物诗中的自叙，以及他自己搜集到的资料，代韦应物作的一篇小传。这篇小传叙述虽然不免凌乱，但考证却相当详尽。姚宽在文章中提到韦应物最后的仕历是左司郎中和苏州刺史。并且指出"官称止如此"。显然是有鉴于沈作诘所说的，韦应物罢苏州刺史以后，还曾经做过太仆少卿、御史中丞，为诸道盐铁转运江淮留后等官职的错误，特别加以纠正的。当然姚宽也有错误，他将韦应物说成是洛阳人，其实应该是京兆长安人。

姚宽说韦应物罢官以后，寓居在苏州永定精舍。韦曾经在《寓居精舍》的诗中，叹息自己家贫无法筹措路费，不能回归京城，只能够租田督促子弟耕种自给。他却远离名利角逐之场，不撄是非。哪里还会再到京城去做太仆少卿、御史中丞，并出为江淮留后呢？

那么，沈作喆怎么会缠错的，他所强加于韦应物后半段的仕历，是捏造还是事实呢？原来当时有两个韦应物，一个是左司郎中的韦苏州，一个是太仆少卿和御史中丞的韦应物。古人同名同姓的很多，但因为不同时，所以不会搞错。唯有唐人不然，往往同名同姓还同时。韩翃当时就有两个，以至于唐德宗授官时，特别批示："春城无处不飞花，寒食东风御柳斜。日暮汉宫传蜡烛，轻烟散入五侯家。与此韩翃。"

韦应物的情况略有不同，两人并不同时，当时也没有搞错，但因为时代接近，难免引起了后世的误会。沈作喆也明白，把生活在玄宗天宝年间的韦应物，和文宗大和年间的韦应物合二而一，未免有些牵强，只好杜撰一个结尾说："年九十余，不知其所终。"以求自圆其说。却没有想到，九十七岁的韦应物，刘禹锡还会举荐他作苏州刺史来自代么？

宋朝范成大也看到了这一点，他在《吴郡志》中考证说："禹锡所荐，或别是一人。"明胡震亨也在《唐音癸签》中指出："则应物殁已久矣，当另是同姓名一人耳。"近人岑仲勉也在《唐集质疑》中说："是知前后两应物，并非同人，诗人未尝登遐龄至百余岁也。"

父亲在文章的最后指出：韦应物的卒年，当在德宗贞元六年（七九〇）左右。茅盾同志没有从两个韦应物上去考虑问题，可谓智者千虑之一失。

事后，我听父亲提及，文章发表以后，他曾经将这篇争辩文章，托当时在上海书店工作，后来调入上海社会科学院文学研究所工作的茅盾的外甥女孔海珠（孔另境之女），转交给茅盾先生。

这场讨论完全是学术性质的，但是也提供了如何比堪古籍，充分占有资料的经验教训和方法。

原载《书屋》二〇一三年第五期

聂绀弩与父亲的交往

　　聂绀弩是著名的杂文家、现代作家、古典文学专家。早年加入过黄埔军校，后入莫斯科中山大学学习，一九二七年回国。一九三一年加入左联，后留学日本，因进行抗日爱国活动而被驱逐。回到上海后，曾主编过《中华日报·动向》，编辑出版《海燕》等报刊。抗战期间，一直在大后方活动，在党的领导下，从事文化新闻出版工作。新中国成立后迭受政治运动的折磨，遭经劫难。直到"四人帮"被粉碎，才获平反昭雪，并不断有新作问世，直至一九八六年去世。

　　这里，不想谈聂绀弩的文学成就，只想谈一谈他与父亲周楞伽交往的几则趣闻逸事。

一、出版《海燕》，来信借钱

　　父亲周楞伽认识聂绀弩是在一九三六年的春天。那时，父亲的长篇小说《炼狱》和中篇小说《风风雨雨》，正托群众杂志公司代理发行。而聂绀弩编辑的《海燕》文艺月刊，也是委托群众杂志公司代理发售的，由于关心自己的作品和刊物在读者中的声誉和销路，因此，两人差不多每天都要去设在四马路的门市部，经常不期而遇。聂绀弩的个子长得很高，人也相当的和蔼，但父亲总觉得他身上有一股左翼文艺理论家居高临下的神气，使人很难与他亲近。《海燕》当时发表过鲁迅的小说《出关》，又有田军（萧军）、萧红等新进作家的作品，所以，很受读者的欢迎，销路一直不错。但这刊物因为是自费出版的原故，因而在经费的周转上是相当的困难。聂绀弩等人当时为了出版这本刊物，都是靠大家三元五元、一点一滴的集资募捐凑起来的。而群众杂志公司的老板方东亮在经济上又是一个老滑头，鲁迅在私下里与人的交谈中，都痛斥过他。据孔另境先生在《我的记忆》一文中提及，鲁迅先生是这样指斥方东亮的："书贾没有一个不可恶的。最近，我和几个青年人办一个《海燕》，没出几期，就受查禁。但销路却很好，等到一封，代售的书贾们就打算赖帐，始终也收不回钱来。好的，你不给钱我有方法的，我这里都存有收据，现在爽性不要了，我打算送给小瘪三，看你们能不能赖掉这批帐。"（见泰山出版社一九三七年的《秋窗集》，时代文艺出版社出版的《鲁迅私下谈话录》予以转载。）

但据父亲在文章中回忆说，他听说鲁迅是这样批评和指责方东亮的："情愿分文不要，譬如送给了小瘪三。"究竟孰是孰非，恐怕要求教于鲁迅研究的专家们了。

由于方东亮经常扣住销出去的货款不及时结算，借口账台要到月底统一清算等话来搪塞、敷衍聂绀弩，而《海燕》是文艺月刊，到每月二十日要按期出版的。就在这时候，从群众杂志公司转来了一封信给父亲，原来是聂绀弩写来的，他认为父亲既然能有钱自费出版小说，那么，也希望父亲捐些钱作为经费，支持和扶助《海燕》的出版与生长。父亲认为这原本是义不容辞的责任，也是朋友间应尽的义务，但聂绀弩却不知道父亲为了出版这两本书，已经把历年的积蓄和稿费都投了进去，而方东亮也一样扣住书款不予结算，弄得父亲悉索敝赋，平时的生活只能靠自己写稿卖文来维持小家庭的日常开支。手头并没有多余的存款，来捐助和支持《海燕》杂志。虽然信写得很婉转，道理也讲得很诚恳，但由于没有掏出钱来，还是惹得聂绀弩很不愉快，表面上两人见面还一如故我，但心里头却存有了芥蒂，尤其是聂绀弩，表情中常常透露出几分鄙视父亲的神色。

《海燕》由于被国民党当局查封等原因，只出了两期就夭折了。这时，方之中（左联作家，一九四九年后任天津警备区司令）与方东亮洽商，出版了另外一本与《海燕》相类似的文艺刊物，名曰《夜莺》。当时，大家都认为《夜莺》是《海燕》的姐妹刊物，聂绀弩也把《海燕》未用完的剩余稿件都转给了方之中，后来并拉来了鲁迅的重要文章《三月的租界》和《写于深夜里》，刊登在《夜莺》一卷三期上。

二、撕碎请柬，却捧作品

一九三六年的上海文坛，已隐隐然分为两大派。一派是提倡"国防文学"的，另一派则主张"民族革命战争的大众文学"。父亲因为与徐懋庸较为接近的原故，又因为接连写了好几篇鼓吹"国防文学"的文章，所以被大家认为是"国防文学"一派的人物。虽然父亲自己觉得对于文坛上的派别与争论并无兴趣，但当时双方之间的成见和畛域很难消除。虽然父亲还经常与聂绀弩见面，然而，私底下两人之间的距离却越来越远，聂的态度也相当的冷淡。

不久，聂绀弩又以萧今度的笔名，参加了王元亨和马子华主编的《文学丛报》。并不断在此刊物上发表他当时的恋人，他在南京军校里教授的女学生周颖的作品。周颖比他小六岁，当时化名大戈女士，活跃在三十年代的文坛上。后来，尹庚和白曙主编的《现实文学》出版问世，聂绀弩不仅从中帮了不少的忙，还积极组稿、编稿。父亲曾在一篇文章中指出：一九三六年的上海文坛，可以说以聂绀弩最为活跃。这话现在来看仍有正确的成分。

一九三六年二月，父亲与一批青年朋友聚在一起，准备创办《文学青年》刊物，在出版之初，曾举行了两次座谈会，广邀当时文艺界的著名人士前来参加，聂绀弩自然是被邀者之一。当时，父亲将请柬亲手交给了群众杂志公司的小伙计，叮嘱他一定要交给聂绀弩。可是后来据这位小伙计说，聂拿起请柬问了一下是谁送来的，连信都没有拆开，看都未看内容，就将信撕成了碎片，抛掷在地下，扬长而去。从这件事情上，父亲深深觉得当时文坛上派别成见之深，确实很难弥合彼此间的分歧。

但不久，聂绀弩却在《现实文学》七月一日的创刊号上，发表了《创作活动底路标》的重要文章，文中指出："'国防文学'这口号本身简单，容易说，容易记，发生了相当的运用性，不但在文艺领域，就是一般的艺术领域，也正相当的应用着。如果有正确的说明，正当的发展，它不难立刻动员现中国各阶层各派别的作家，从各自底视角来反映这新的现实。不难招致更多的更熟练的更充实的《八月的乡村》《生死场》《炼狱》（作者按：后者为周楞伽的长篇小说）等作品，在最近的将来出现而为中国民族革命战争底一个大的助力。"这一来，使父亲觉得聂绀弩还是比较公道的，并不以派别的成见封杀了对作品的正确评价，这种不以人废言的作风，更让父亲私下对聂充满了敬意。

三、酒店举杯，蕴藉不满

当年七月，留日学生房坚从东瀛归来，准备创办一本文艺性的综合杂志。一日，他邀请了当时活跃在上海滩的一帮文学青年饮酒座谈，讨论如何办好这本刊物。那时，《文学青年》助编、新晋文艺理论家王梦野也来拉父亲去赴宴。这是个坐落在法租界的三等小酒馆，一番觥筹交错后，大家就当前的文坛情况，办刊的方针，编委的组成，七嘴八舌的议论正欢之际，聂绀弩和欧阳山却不请而至地也闯进了这家小酒店。于是，大家盛情相邀，增添杯盏，重新落座。正当酒酣耳热的时候，不知怎么一来，席间又发生了"国防文学"与"民族革命战争的大众文学"的两个口号的争论。聂绀弩和欧阳山为代表的"民族派"，在语言与气势上占了上风，"国防派"的王梦野有点悻悻然。当时大家都年轻气盛，所以酒席上弄得有点不愉快。

事后，父亲在《立报·言林》上发表了一篇文章，说起这次酒席上的争论，两方面都是自己的朋友，于是为了避免矛盾加深，他主张将两个口号合而为一，改为"民族革命战争的国防文学"，免得伤了大家的和气云云。但不久，王梦野也在《立报·言林》上发表了《关于〈文学大众〉》的文章，文中指出：一、《文学大众》未曾宴客，只是大家聚在一起吃顿饭，随便谈谈。他本人之所以去请周楞伽前来，也是为了请他为即将创刊的《大众文学》写些稿子而已。二、席间并未为了两个口号发生争论，不过是同一立场上的不同意见的讨论。三、座谈讨论中，确定了邀请聂绀弩也担任《文学大众》的编委，并希望不要将它办成一个宗派性的刊物。

事后，聂绀弩在他主编的《热风》杂志创刊词里，猛烈地批评了这次座谈会。他指出：与其有钱花在请客喝酒上面，不如将钱花在刊物本身上，会对读者更有利。父亲怎么也没想明白，聂绀弩在酒席上如此谈笑风生，却不料内心深处有如此的不满和牢骚。而且，事后他和欧阳山都为《文学大众》写来了稿件，欧阳山写的是报告文学《水溪二卷》，聂绀弩写的是散文《父亲》，均发表在《文学大众》第二期上。于是，父亲觉得聂的脾气很古怪，性格上随意性很大，很难接近交往。《热风》杂志当时是继《海燕》之后创办的，是出于群众杂志公司老板方东亮的要求，委托聂来编辑的。方东亮当时眼热《海燕》的畅销，后来无端被查封，所以总想另外编有一本刊物来继续，并愿出钱印行，商之于聂绀弩，于是终于有了《热风》的问世。但这刊物因内容和销路均不及《海燕》，仅出了两期，就无疾而终了。父亲因对聂绀弩刊头词的不满，曾写了一封信给聂绀弩，后来就发表在《热风》杂志上，题目即《致编者》。

四、当了西装，付清饭钱

父亲认为聂绀弩的写作态度非常认真严肃，但生活却很自由散漫。据说周总理生前也曾批评他是个"大自由主义者"。当时他手里只要一有了钱，就非花光了不可。那还是在他主编《中华日报·动向》的时候，住在静安寺附近，而他的不少朋友却住在虹口，他只要口袋里有了钱，就会赶到虹口找那些朋友下馆子喝酒，吃个痛快。下面是父亲亲耳听尹庚说起的一桩笑话。

一天聂绀弩来到虹口，请尹庚去一家广东人办的粤菜馆喝酒。点了不少可口的菜肴，开怀畅饮，一顿饱餐脸红耳赤以后，聂高声呼唤侍者付账，当跑堂拿来账单的时候，聂绀弩一边用热毛巾擦着脸，一边伸手到西装口袋里去掏钱，不料，这一掏却使他大吃一惊，原来他身上的钱竟不知到哪里去了。是不谨慎丢失了呢？还是被小偷偷走了呢？聂百思不得其解，脸上露出一副十分尴尬的神色。聂只得悄悄地问尹庚，身上是否带着钱，尹庚上下周身摸了个遍，恰巧也囊空如洗。这时聂绀弩才想起，他急急忙忙出门时忘了将钱放进口袋，丢在家里边了。于是，两人面面相觑了许久，幸亏聂绀弩聪明机智，他急中生智的按住尹庚，叫他不要随便动弹，自己假装上厕所小便，人不知鬼不觉地悄悄溜出了酒店，走进一家典当店，当掉了身上的毛料西装，换了几张法币，才了结了这顿酒食的费用。走出店门时，聂还嬉皮笑脸地对尹庚说："今天不把西装当掉，连坐车回家的路费都不知道在哪里呢？"

当年，聂绀弩因为用钱散漫的关系，一家的生活相当的窘迫，偏偏他的夫人又在这时生产了，使他花了一大笔钱。当时的文人生活都很穷苦，哪里经得起这样大量的支出。聂绀弩虽然夜以继日、焚膏继晷的想用一支笔，来维持家庭开支，弥补生活的亏空。可是，那时的刊物寿命都很短，由于派别成见的关系，能发表他作品的地方也不多，所以，聂始终难以解决他的生活困难，父亲在解放前的一篇文章中曾提及，说是聂绀弩和周颖女士刚生下来的儿子是送给友人去抚养的，未知此说确切否？

原载《钟山风雨》二○○六年第三期

曾任中共出版局长的
汪原放

自学成才参加革命

汪原放，安徽绩溪人，出身一个清寒的书香世家。早年丧父，只读过几年私塾。二十世纪二三十年代，和陈独秀、胡适是称兄道弟的朋友。十三岁进叔父汪孟周创办的亚东图书馆当了一名学徒，并且利用业余时间在夜校积极进修英语，通过刻苦自学，终于成为一名编辑、翻译和出版家。他曾经翻译出版了《伊索寓言》《一千零一夜》、笛福的《鲁滨孙漂流记》、高尔基的《我的旅伴》等外国名著，当上了一名名正言顺的亚东图书馆编译。

他还担任过《独秀文存》《胡适文存》《吴虞文存》的编辑，还主持出版发行了《新青年》《向导》《少年中国》《甲寅杂志》等期刊。《新青年》在上海创刊以后，亚东图书馆就成了中国共产党和进步的文化人士接触和聚会的场所。陈独秀早年的两个儿子陈延年和陈乔年，就住在亚东图书馆之中，由汪原放看管照顾的。每月由陈独秀支付五元大洋作为两兄弟的生活费。后来陈乔年当选为中共中央委员，并且介绍他参加了中国共产党。

为了发展党的文化出版事业，陈乔年介绍汪认识了蒋光赤、丁玲、胡也频、柔石、白莽等作家，出版了不少这些作家的作品。一九二七年四月受党的委派，汪去武汉开展工作，当上了董必武和茅盾主持的《民国日报》的编辑和经理，还出任了中共中央出版局的首任局长。

蒋介石发动"四一二"政变清党，陈乔年被捕受害，汪原放失去了和组织的联系，回到上海，重振旧业，又开始了过去的编辑出版生涯。他编辑出版了蒋光慈、阿英、洪灵非等人的小说，俞平伯、汪静之、康白情等人的诗歌，顾颉刚、陆侃如等人的研究论著，朱自清的散文，苏俄文学名著等，为现代文学的发展，以及译介外国文学，做出了杰出的贡献。

标点古籍名声卓著

胡适是新文化运动的主将，他在自己写作的《藏晖室札记》中，主张用新式标点来代替过去古籍中旧式的句读，汪原放十分赞同。

于是，他下决心做第一个吃螃蟹的人，从一九二〇年开始，亚东图书馆最早尝试用新式标点翻印古书，《水浒》是第一种。

胡适在《〈水浒传〉考证》中指出：我的朋友汪原放用新式标点符号把《水浒传》重新点读一遍，由上海亚东图书馆排印出版，这是用新标点来翻印旧书的第一次。我可以预料汪君这部书，将来一定要成为新式标点符号的实用教本，他在教育上的效能，一定比教育部颁行的新式标点符号原案还要大得多。汪君对此书的校读的细心，费的功夫之多，这都是我深知道和深佩服的。

陈独秀也在《〈水浒〉新叙》中指出：亚东图书馆将

新式标点加在水浒传上翻印出来，我以为这种办法很好。

鲁迅也曾经称赞他：大体是有功于作者和读者的。

这种新式标点的古小说，一改往昔旧小说只加圈点概不分段的老面孔，版面疏朗，印制精美，给人耳目一新的感觉，出版以后，大受读者的欢迎。

于是一发不可收，汪原放又陆续分段标点出版了《三国演义》《红楼梦》《西游记》《儒林外史》等古典文学作品。于是在当时的出版界和文学界，汪原放名声大噪，上海滩的书商纷纷效法，接二连三出现了这类书籍，标点旧小说一时成为时尚的风气。更有甚者将亚东图书馆的本子拿去改头换面，翻印出版，那些出版商这样肆无忌惮地粗制滥造，就是为了赚些昧心钱。

但是汪原放却不是这样，一九二一年，在标点《红楼梦》时，他是用的程伟元甲本，六年以后，他毁掉旧的本子，改用程乙本重排，并且对初排本做了较大的改动，修改字数达二万多，胡适对此十分欣赏，他在为重排本所作的序中称赞说："这件事在营业上是一件大牺牲，原放这种研究精神是我很敬爱的。"

此外，他还编写过《诗经今译》《书信选辑》等书籍。

对于这种新版的古典文学名著，文化学术界的人士普遍好评如潮，邵力子、叶圣陶、陈望道、茅盾都大加赞扬。而汪原放却谦虚地表示：自己这几部分段标点的名著之所以能够打响，完全归功于书前胡适先生的考证和陈独秀的序言。

回忆平生贡献古籍

汪原放是一九五六年九月调入上海古籍出版社的，

该社的前身是中华书局上海编辑所、古典文学出版社、新文艺出版社古典文学编辑室，他在古籍出版社的时间不长，由于他对古籍的整理、辑注和加工等业务，并不擅长。而且一直有志于写作一本近代出版史，根据他的特长和心愿，领导后来决定将他调入上海出版文献编辑所任职。他早年脱党以后，后来加入过民主同盟，于是又顺理成章地担任了政协民盟上海市的文史资料委员。

鉴于汪原放在出版界的声望和业绩，尤其是参加过早期党的出版事业，二十世纪六十年代初，所领导与他商量，让他以自己在亚东和大革命时期的经历，主写党的四十年出版史，他花费了六年的时间，写了一部一百二十万字的回忆录，三易其稿，终于杀青。《文汇报》原总编，后来在文献编辑所任编审的徐铸成，审读以后大加赞赏，认为史料珍贵，文字优美，值得出版。不料，还未等出版，"文化大革命"爆发，原稿被造反派付之一炬，使他痛心不已。等到"四凶"剪除，岁月已经不再待人，他只能够搜罗残稿，勉强完成了《亚东回忆录》，全书不到二十万字，只是原稿的六分之一，甚为可惜。

这本回忆录里，真实地记录了他和陈独秀、胡适等人的来往和交谊，为现代史和中共党史留下了弥足珍贵的资料。

汪原放另外一件值得人们尊敬的往事，是他在晚年贡献了一部胡适久藏在他处的古典小说《龙图耳录》。这部书最早的作者是石玉昆。石玉昆是清朝咸丰同治年间北京的说唱艺人，以单弦轰动一时，深受市民欢迎。他原来说唱的大书《龙图公案》，又名《忠烈侠义传》，是说唱本，后来演变成为无名氏的章回小说《龙图耳录》，再变就成了今天家喻户晓的《七侠五义》（又称为

《三侠五义》)。《龙图耳录》是指在石玉昆说唱时候，当场记录下来的本子，后来经过书商刻板翻印时，删去了唱词的部分，于是，就成了一本长篇通俗小说。《龙图耳录》是《七侠五义》的前身和蓝本，保存着石玉昆口述的原貌，解放前因为只有抄本，没有刊印，所以当年鲁迅先生见了此抄本，也不敢遽定作者是何人。

《龙图耳录》的抄本，据说有四种，一为孙楷第所藏，一为马隅卿所藏，一为傅惜华所藏，另外有一种为李嘉瑞所见。其中有三种已经不见了踪影，只有马隅卿珍藏的谢蓝斋抄本，在马氏去世之后落入胡适之手，亚东图书馆主人汪原放，通过与胡适的关系和交谊，才留存在他的手中。后来汪原放将此书交予中华书局上海编辑所，原本打算出版，后来恰逢"文革"爆发，以致一直延宕了下来。直到"文革"结束，才由上海古籍出版社重新整理出版，可以说这是海内外保存石玉昆口述原貌的孤本了。

诙谐幽默　为人正直

父亲周楞伽在古典文学出版社工作期间，与汪原放是一个编辑室的同事，面对面坐着，汪个子高，嗓门大，大大咧咧，不拘小节，喜欢讲一些过去的掌故和个人的光辉历史。父亲也喜欢与他闲聊，互相传播对方的一些笑话。

那时候，上海出版系统之中，有不少以作家出名的资本家，如李小峰、赵家璧、钱君匋、孔另境，一九五九年至六〇年代初，经常开展与党交心的活动，提倡和风细雨，主动洗脸洗澡，改造进步。父亲在解放之后，开办过新人出版社，也算得上是一位工商业者。所以也常常与他们一起座谈讨论，汇报思想。

汪原放对所谓的思想改造和政治学习，是比较厌烦的，因为忙于写作个人回忆录，所以也不太关心时事变化。有一次，出版局学习组出了一套政治问答题，要求回答当今世界上有哪三个修正主义的头目，那时候，中苏关系尚未破裂，这道题目的答案是：多列士（法共领导人）、陶里亚蒂（意大利共产党书记）、铁托（前南斯拉夫总统）。汪原放的答案是：刘备、关羽、张飞。答案揭晓以后，大家开口大笑，一时传为美谈。

这恐怕是老一代知识分子，对当时无休无止，疲劳战式的政治学习的一种无声的不满和抵制。作为当年曾经为党的事业做出贡献的前辈，自然有他正直的想法。

关于汪原放与父亲交往的趣闻，少年的时候，听到父亲经常谈及，记忆中最深的有这么一桩。

父亲幼年时，患伤寒症，导致两耳失聪，他在写作之余，兴致上来，经常会不顾及周围的邻居，大声地吟哦带有家乡宜兴土音的古诗词。他将这种吟诗的古调当作京戏，在沦陷区的上海，就曾经在彭大块头开办的五洲书报社，荒诞不经地表演过。

一次，在工作之余，他兴致勃发地又吟诵起这些古调来，汪原放打趣父亲说，你的京戏唱得很好，撺掇他在纪念国庆十周年，出版社搞的联欢活动中，上台表演。父亲不知是计，向他征询唱什么为好，他拿来一本《小戏考》，其中有诸葛亮《空城计》的唱段，向父亲推荐，于是父亲问他借来以后，在家中咿呀啊啊的用宜兴古调大声吟诵。那天演出，单位里还有人表演京剧清唱，在排练的过程中，汪原放与他们商量，请琴师也为父亲伴奏一段《空城计》西皮快板，琴师爽快地答应了。他就回来转告父亲，到时候，上台演出，看他的手势，只要他的手一挥，你拉开嗓子唱就可以了。父亲不明白汪是在忽悠他，竟然兴高采烈地答应了下来。

　　结果，可想而知，在联欢活动上，荒腔走板地一唱，引来哄堂大笑。这件事情，后来在"文化大革命"中，被造反派贴了大字报，攻击他在国庆十周年的时候，大唱《空城计》，影射老百姓的肚皮饿得空空的，是有意污蔑党的政策。"文革"结束，父亲遇见汪原放，提及此事，两人不禁大笑，不过汪却是连连打躬作揖，表示歉疚，由此可见，他在为人方面是何等的正直而有涵养。

原载《钟山风雨》二〇一三年第一期

一代文学大师谭正璧

谭正璧（一九〇一——一九九一），上海嘉定黄渡人，笔名谭雯、璧厂、仲圭等，一生涉猎文学艺术的诸多领域，在小说、戏剧、曲艺、文学史、古文献及文艺创作等方面都有卓越的贡献。曾任中学教师，上海美专、华光戏剧专科学校、震旦大学、中国艺术学院等学校的教授。解放后，历任黄渡师范学校校务部主任，齐鲁大学教授，上海棠棣出版社总编，华东师范大学古典文学班导师，中华书局上海编辑所特约编辑。一九七九年，受聘为上海文史馆馆员，第四届文代会代表。《大百科全书·曲艺卷》编委。著有《中国文学家大词典》《中国小说发达史》《日本所藏中国佚本小说述考》《中国文学史大纲》《中国文学进化史》《中国女性文学》《元曲六大家传略》《话本与古剧》《三言两拍资料》《曲海蠡测》《正璧创作集》等大量著作。

谭正璧幼年丧父，家境清寒，但他从小聪颖过人，千字的长文章一读即可背诵。他经常出入书场茶馆，入神地倾听评弹演唱。十一岁来到苏州，在水烟店当学徒，因不堪业师任意的辱骂而逃归老家。归家以后，与外婆相依为命，外婆因没有钱供他继续升学，于是他就购书自学，通过阅读清末民初林琴南翻译的小说，逐渐跨进了文学创作和文学研究的大门。

五四运动爆发以后，正在江苏省立第二师范学校读书的谭正璧，开始发表作品。一九二〇年，他的处女作《农民的血泪》，发表在《民国日报》的副刊上，得到了邵力子的赏识。后因为参加爱国学生运动，被校方开除，经过邵力子的介绍，进入上海大学中文系学习，倾向革命，并且完成了《中国文学史大纲》，短篇小说集《邂逅》《人生底悲哀》，创作了中篇小说《芭蕉的心》。

一九二七年大革命期间，好友同乡夏采曦任中共青浦县委书记，在夏的引导下，谭在黄渡成立了"淞社"，主编半月刊《怒潮》，反封建，反土豪，反迷信。刊物第三期以后改名为《黄花》，月出一期。大革命失败以后，夏采曦领导了"小蒸农民暴动""枫泾暴动"。谭由于受到牵连，亡命上海，一年后返回黄渡，任黄渡乡村师范学校语文教师。从此开始了他一生藏书，教书，写书的漫长生涯，五十岁以后更是闭门写作，与世隔绝，自甘寂寞，为研究古典文学做出了巨大的贡献。

一九二四年，谭正璧在上海神州女校任教的时候，编写了《中国文学史大纲》，问世后立即被日本翻译过去，这是他研究中国文学最早的处女论著。他在写作此书时，参考了鲁迅的《中国小说史略》，发现了其中的缺漏，就径自写信给鲁迅，向他求教。很快收到了鲁迅的复信，后来鲁迅在该书重印的第三版上，写下了此事，并致谢意。

谭正璧写作的《中国文学家大词典》，共有一百四十万字，提供了六千八百五十一位历代著名文学家的生卒年及其生平梗概，出版后，好评如潮，国内外学者颇多引据，英国的汉学家李约瑟博士等人都对该书有过相当的评价。中华人民共和国成立后，香港有重印本，台湾在翻印时，隐去了他的真实姓名，改称为谭嘉定。这是书商惯用的手法和侵犯著作权的行为。

抗战时期，谭正璧全家颠沛流离，逃避战乱，后来应上海务本女中的聘任，重返上海，但他珍藏的书籍却因此而全部遭到散失。上海沦陷时，所有的公立学校都受敌伪的控制，谭出于民族气节，不愿去任教，而且坚决拒绝了大汉奸周佛海授意他编辑为汪伪政权张目的《政治月刊》。当时一般的私立学校待遇比较低，不足维持全家的生计，当时生活之艰难，难以言表。他的一个女儿出世后仅仅只有八十七天，就活活饿死在襁褓之中。一日只有三顿稀粥。为了生计，白天他奔波在几个学校任职兼课，晚上执笔在昏黄的灯下著书写文章。为了赖以果腹，谭在这段时间里，写了大量的历史小品、短篇小说、各种多幕剧、独幕剧，总计不下百万字，另外还著有《师范应用文》《文学源流》《国学常识》《国文入门必读》《外国名人传》《历史演义丛书》等。

父亲周楞伽就是在上海沦陷时期认识谭正璧的。当时，父亲在上海的浦东大厦五〇一室，与金性尧合作主编了一本《万岁》的综合性文艺刊物，邀请谭正璧担任特约撰稿人。他当时送来了文艺论文《李义山诗的钥匙——锦瑟诗》《金圣叹论》《清代的禁书》，历史小说《滕王阁》，小说《意外的悲喜剧》，散文诗《落叶之什》，显示了谭先生多才多艺的写作能力。尤其是他写作的回忆录《我的童年》，讲述了自己自幼失去父母，在著名塾师瞿凤起办的私塾里，接受严格训练的经过和往事，使人读后，感叹嘘吁良久。因为从小由老师和亲戚带领，他经常出入戏院、茶馆、舞台，尤其爱好评弹和京剧的表演艺术，为他日后从事中国戏剧、曲艺和通俗小说的写作和研究，奠定了良好的基础。谭家是做推销烟草生意的商人，原本家境不错，后来遭到亲戚的诈骗和欺负，破产败落，生活艰辛万状，这从小在他的心里留下了难以忘怀的伤痕，也使得他发愤读书著述，成为了承前启后一代大家。

新中国成立后，谭正璧与我父亲一起在中华书局上海编辑所工作，都从事戏剧、通俗小说的研究，但两人却为了一件事反目，后来终生没有往来。原因是我父亲在一九五七年的时候，受上海古典文学出版社的约稿，整理《剪灯新话》，内中缺少明代作者邵景詹的《觅灯因话》，于是就向谭正璧商量，借用他所收藏的万历年间的刻本阅读，不料我父亲竟然不经谭的同意，连夜抄好，也不加说明，就归还给了他，并且将《觅灯因话》附在正式出版的书后。虽然仅仅只有不到两万字，而且都是为了保存古籍，满足读者研究和出版古籍的需要，但也应该在书后加以说明和示谢。谭后来听说了这件事十分不满。当时资料欠缺，编辑之间以邻为壑的现象，经常存在。远不如现在，资料丰富宏大，搜索网站即可共享。当然，目前这种学术研究的广泛性和普遍性，是任何时期都难以比拟的。这件事情的过错全在我父亲，这完全是不请自饮、不教而诛的荒唐行为，是文人无行的突出表现。

当然，也有读者指出周楞伽以诵芬室本为底本，将《觅灯因话》附于卷末，使得这本世极罕见的传奇小说能够流传于世。此集子《觅灯因话》在语言艺术上的显著特点是朴素雅洁，不假雕饰，思想内容和艺术手法都颇具特色。（见"中国社会科学网"《〈觅灯因话〉

简介》）

作为留存典籍，泽被后人，是每一个国人应该具备的资质。古人的著述是公器，不应该藏之深山，终止淹没。这恐怕也是无可非议的。

谭正璧擅长中国戏曲小说的研究，一生还写了《元曲六大家评传》《元代戏剧家关汉卿》《说唱文学文献集》《弹词叙录》等，这些有关戏曲曲艺的著作，钩沉辑轶，功力深厚，填补了中国古代文学领域的许多空白。谭正璧还为《辞海》撰写古典文学条目九百一十四目之多。

进入二十世纪八十年代，谭的双目失明，在女儿谭寻的帮助下，两代人继续笔耕，完成了《木鱼歌·潮州歌叙录》《古本稀见小说汇考》《评弹通考》《评弹艺人录》《螺斋曲谭》等大量著作。他发表与出版的著作有一百五十多种，字数在几千万字以上。施蛰存先生称他是"著作三身"。谭正璧一生喜爱看书，藏书，积书，著书，曾经藏书两万多册，是海上著名的藏书家。"文革"时期，谭因为是出版社的编外编辑，工资停发，为了维持生活，全部藏书只能够通过上海古籍旧书店的职工言午许，转卖于他人。这真使他欲哭无泪，终身痛不欲生。

一九九一年冬，谭正璧走完了人生的漫长岁月，在一片漫天皆白的大雪纷飞之中，于自己的斗室里悄然离世，终年九十岁。

原载《钟山风雨》二〇一九年第五期

周立波往事种种

一、革命战士 文坛新秀

周立波原名周绍仪、周凤翔，笔名张尚斌、张一柯等。一九○八年，生于湖南益阳，后来考入长沙省立一中，中学期间他学习十分刻苦，毕业的时候，已经通读了史书《资治通鉴》。后来又随其堂叔周扬来到上海，考入了上海劳动大学，在社会科学院经济系读书。一九三二年在神州国光社担任校对。因为参加印刷工人罢工，后又在街头张贴广告被捕，被判刑两年半。为此，他改名立波，即英文 liberty，自由、解放的意思。

一九三二年"九一八"事变爆发，他因为游行、宣传、请愿、张贴宣传单等活动，被国民党反动派逮捕，关押在上海西狱两年半。据周扬表示，这两年半的监狱生活，对周立波是严峻的考验，他经受住了种种考验。一九三四年出狱后，他通过周扬立即参加了左联。后来又加入了中国共产党。不久参加左联党团工作，出任《每周文学》《文学界》《光明》等杂志的编辑。曾经翻译过捷克作家基希的报告文学《秘密的中国》。和苏联著名作家肖洛霍夫的长篇小说《被开垦的处女地》，以及普希金的《杜布罗夫斯基》（又名《复仇艳遇》）等外国作品。

抗战爆发以后，他继续在上海卖文度日，一九三七年八月的炎夏，他参加了"文艺界战时服务团"，对上海市民进行募捐，但到处受到冷眼，碰钉子，那些市民不是说捐过钱了，就是说已经捐给了救济会。他感到十分的不愉快，几次想退出募捐的队伍，但看见白朗挺着怀孕的大肚子，冲在队伍的最前面，到处奔走劝说，累得脸都发白，还多次坐在马路边上连连喘气，却没有一句怨言。为此他感到十分的惭愧。经过一天的奔波，当天色昏暗、夜幕降临之际，他们这一群疲惫的作家们，终于把钱送到了难民的手中，看见小孩伸出黑瘦的巴掌，接过大饼，露出喜悦的笑容时，才感到这大半天的辛苦和劳累，没有白费功夫和精力，得到了所应有的回报和成功。

不久，周立波去了延安，后来又去了晋察冀抗日根据地，写出《晋察冀边区印象记》和《战地日记》。向全国和世界人民介绍了聂荣臻同志开创的华北抗日根据地的艰巨斗争。之后，又回到延安任鲁迅文艺学院教员、《解放日报》副刊部副部长。

一九四四年冬，周立波随王震同志南下远征，他始终以一个普通的战士要求自己。背上背包，不骑马，用自己的双脚，徒步走过七个省。他曾经多次思索把那次新的长征，写成《南行记》，告诉读者这一艰辛的历程，可惜终因为病魔缠身，没有能够完成这一文坛和军事历史上的壮举。

一九四六年，他抵达东北松江县尚志县元宝村参加土改，不久就完成了长篇小说《暴风骤雨》的写作，是最早反映农村土改运动的作品之一，曾经荣获斯大林文艺三等奖。还著有《禾场上》《卜春秀》等小说、散文，以及反映工业发展的长篇小说《铁水奔流》。

二、与父亲笔战　拥护"国防文学"

现在，要讲述的是周立波与父亲的交往。一九三四年，周扬用企的笔名写了《国防文学》的文章。一年后，周立波在《时事新报》上发表了《关于国防文学》予以支持。同时在一九三六年二月化名张尚斌，在《大晚报》上发表了《国防文学和民族性》，他在文章中提出："一·二八"战争的时候，中国的资产者对敌军尽了不少后援的力，他们的物质接济和精神鼓励虽然没有广大勤劳大众的援助的伟大，却也是不能忽略的史实。这史实，证明了中国的民族资产者，有许多还有着反帝的强烈要求。

当年四月，父亲与《救亡情报》主编刘群，合资创办了一本综合性的文艺刊物《文学青年》，在创刊号里父亲发表了《一个疑问》的文章，向周立波提出质疑，他指出："事实所昭示的是，中国的民族资产者不是有许多还有着反帝的强烈要求，而是卑鄙无耻地向敌人投降，出卖民族的权利……张尚斌只看到了浮面的现象，而没有把握住事实的本质，这样的论调出于自己的阵营，有严厉评判的必要。"

此后周立波在《生活知识》二卷四期上再次发表了《为"国防文学的民族性"问题答周楞伽先生》。文章反驳说："对于作为一个阶层的中国民族资产阶级也是可以走上资本主义以外的前途的。"又说："我在《星期文坛》上的文章，因为某种原故，'阶层性'的字样删去了，内容是说这两者的关系的。但发挥至不详尽。"

写完此稿之前，他来到父亲居住的南京东路三阳南货店隔壁的大沪大楼，将此尚未发表的原稿，请父亲审阅，征求父亲的意见和看法。父亲加了一段按语："我同意张尚斌这篇文章的意见，我的《一个疑问》，内容包含相当的错误，完全是由张先生的论调太笼统，含糊引起的，现在张先生既然承认过去的论文'发挥至不详尽'，那我的错误也就可以由他的这篇文章，得到改正的机会了。"

当时周立波刚刚出版了他所翻译的《被开垦的处女地》，就赠送了一本给父亲。父亲也回赠了一册自己的著作长篇小说《炼狱》（此书一九九八年由黑龙江人民出版社重版）。这本《被开垦的处女地》，父亲还转借给著名杂文家周木斋阅读过。

一九三七年初夏，在方东亮创办的群众图书杂志公司，父亲又相遇了周立波，周立波向父亲征询对他答复的文章还有什么不同的意见和看法，由于当时关于国防文学的争论，随着鲁迅的去世，已经趋于淡化。所以父亲也没有与他做进一步的深谈。就此握手匆匆告别。

不过，有意思的是，父亲编辑的《文学青年》杂志的栏目，却是完全按照周立波的那篇《非常时期的文学研究纲领》去设置的。如农村文艺、街头小报、文艺通讯、报告文学、连环画等。这不得不说在当时的历史环境之下，是文艺走向人民大众的必由之路。

其后父亲与周立波还有两次见面。一次是在一九三五年十二月二十二日，在西藏路基督教青年会举办的上海文化界救国运动大会上，两人都在这次大会的宣言上，签名呼吁国民党政府奋起抵抗，同时声讨日本侵略者的野蛮入侵。

另外一次相遇是在一九三六年六月七日，中国文艺家协会成立大会的会址上，即大西洋西餐馆的大厅里。长条桌的两边坐满了作家，父亲与他目光相接时，都略微点了点头相互致意。

三、多有创见 写出巨著

因为"国防文学"与"民族革命运动的大众文学"两个口号的争论，导致了一些人对鲁迅先生有所误解，鲁迅去世之后，周立波立即发表了《无可言喻的悲哀》。他沉痛地指出：中国反帝反封建斗争的最强韧的骁将鲁迅去世了。多少年来他是那么顽强的，以他自己所描画的那样的勇士的身姿，用他自己所独创的"脱手一掷的投枪"服务于他的祖国。并且称赞鲁迅是"东方文学的大师"。另外，当年周立波和鲁迅先生也曾经有过通信之谊。

此外，周立波在《一九三六年的小说创作》一文之中，针对吕克玉（即冯雪峰）一篇文章中有轻视艺术上的意识和观点的说法，以初生牛犊不怕虎的精神，批评指出，"不错，意识和世界观要和生活实践、创作实践联击，吕克玉说'没有实践就没有理论'。但是他却忘记了另外一句话'没有革命的理论就没有革命的行动'"，他的这番言论是符合实际的。没有高瞻远瞩的革命理论的指导，群众自发的运动，是难以走向革命胜利的前途的。

在上海的这段时间里，他奋笔疾书，著述了《文学中的典型人物》《艺术的幻想》《文学的永久性》《一九三五年中国文坛回顾》等大量的文章，后来收集在他的文集《亭子间里》。

值得讲述的是，解放以后，父亲阅读了他的著作《山乡巨变》，对他的文笔和艺术技巧深深佩服。这是周立波深入湖南农村，和农民兄弟姊妹同吃同住同劳动的丰硕成果。在一起耕田、播种、除草、施肥、挑泥、晒谷的生活激流之中，获得大量的素材，产生出灵感，才能够写出农业合作化运动所带来的历史性的巨大社会变革。

《山乡巨变》的小说，深刻描写和反映了这一运动对几千年私有化经济基础的冲击，塑造了许多典型的人物，并且将人物安排在特定的社会习俗、家庭生活、人际关系和生产劳动之中，从细琐的家常生产生活之中，突出人物的性格特征和风貌。不仅可读性极强，而且思想性也极高。尤其是环境描写的丰富生动，极具地方特色和民族风采。受此影响，父亲在一九五九年，也开始学习周立波的创作方法，写作了反映家乡苏南农村的合作化运动的巨大变化。一年以后，全文竣工，取名《田野朝阳》，共三十万字，投寄给了几个出版社，来函都说文字通俗亲切，结构完整，内容也丰富。只是以农村之中的中农作为中心人物来写作，主题有农村"中间人物"和"中间道路"的嫌疑。所以经过审读和讨论，不宜出版。这部书稿，在"文革"中被造反派抄走，后来不知去向何处。

周扬同志生前曾经高度评价周立波同志，说他"除了小说创作外，在散文、报告文学、文艺理论、翻译、外国文学、中国古典文学等方面，都有所贡献……"

四、热爱领袖　报导抗战

周立波在一九四八年哈尔滨的《知识》杂志上，发表了《叫人永远忘不了》的文章。高度评价和颂扬了毛泽东同志。他指出边区的每一个战士和知识分子都想见见毛主席。他对人谦和恳切，平易近人，不是站在人民上面的导师，而是和你并排的朋友。他学问的渊博是惊人的，对古今中外的知识像大海那么深广，然而却又不择细流，常常不耻下问，向别人请教，问这问那。那次延安文艺座谈会上，毛泽东同志强调要向鲁迅学习两句话，"横眉冷对千夫指，俯首甘为孺子牛"，对待人民大众要鞠躬尽瘁，死而后已。

周立波曾经指出，在《解放日报》工作的时候，发现许多同志的原稿都曾经经过毛泽东同志的修改，使得文章的意思更加明确，更加全面，斗争性也更强。他说毛主席还曾经把油印小报上的好文章推荐给《解放日报》转载。周立波表示我们一定要学习毛泽东同志"甘为孺子牛"的精神，从一点一滴的小事做起，为革命的大厦增添一砖一瓦。如果不想做小事，光想做大事，是不会有成就的。

他在晋察冀时期，还作为战地记者报道了大量当地游击队英勇杀敌的故事。如《晋西北战区四十日记》。描写了大量山西军民抗日杀敌的故事。

《在山西沁州》一文中，他见到了一一九师师长刘伯承，了解到，几天之前他刚刚指挥了反击日寇在昔阳等地的六路围攻，采用的战术，是攻击歼灭其一路，动摇敌军军心，趁势攻击其他几路，并且夜袭敌人军用列车，伏击增援敌军，取得了重大胜利。

在《师生游击队》文章中，高度颂扬了太原成成中学的师生，因为太原陷落，翻山越岭，经过艰苦跋涉，来到清源，受到了贺龙师长的热情招待。他们个个身背枪支，悬挂两枚手榴弹，教员扔下教鞭，学生放下书本，组织成立了这样一支游击队，校长是队长，队员就是学生，而且已经是身经百战的游击战士了。现在正准备开往雁北前线，杀敌报国。

　　这些生动的故事深深感动了周立波，他在一九三九年十二期的《战时记者》杂志上，大声疾呼：新闻人才到敌人后方去，迅速报导敌后游击队是如何反扫荡，如何打击敌人的，更是如何撕破敌人的欺骗嘴脸，用他们无所畏惧的英勇行为，为鼓舞全国人民的抗敌意志，发挥着巨大的作用。

　　周立波同志虽然去世已经多年，然而他对中国现代文学的贡献，对人民革命事业的贡献，是难以估量的。

　　周扬同志曾经表示：他是属于人民，属于无产阶级的。（见周扬《怀念立波》）

原载《世纪》二〇〇六年第二期

上海小报界的抗日英烈 冯梦云

冯梦云，原名冯恭茂，笔名冯大少爷、玲珑、怡红公子、翡翠、记者等，浙江慈溪人。家世清寒，只读过几年私塾，少年干练。冯梦云十三岁时双亲去世，就独力挑起家庭重担。为了解决弟妹的生活，十五岁来沪当学徒，先在一家五金店当职员，再学报关行。由于从小爱好文艺，业余时间读书写稿。后来，由于投稿关系，认识了小报界文人洪水水和卢一方，不但与他们结下了文字之缘，并且引为知己。不久，经洪与卢的介绍，进入《小日报》任编辑，从此踏进上海小报界，开始了他的报人生涯。

冯接编《小日报》后，初出茅庐，锋芒毕露，工作十分卖力。不仅四出采访，还担任特约撰述，报评社论。当时，明星影片公司拍了部由洪深编剧的电影叫《冯大少爷》，于是，大家就把这一外号转送给了他，他不以为忤，反而干脆用冯大少爷四个字做笔名，发表各种文章在报刊上，并因此而声誉鹊起，使得冯大少爷的诨号在小报界不胫而走。

冯梦云接办《小日报》后，做了多项改革。先是取消稿费，节省开支，另外小报由八开改为四开，放宽篇幅。因而该报一时蒸蒸日上，令沪上小报界刮目相看。冯手下有一帮朋友肯帮忙，为他义务写稿，虽然这些人的文字和内容不能说是上佳，但仍可维持。但是，时间一长，由于总是这些人写稿，素材有限，因而版面逐渐沉闷起来，内容也变得味同嚼蜡。冯虽然绞尽脑汁，却苦于没有孙悟空的三头六臂，于是销路一落千丈，每期印刷不到三千，恹恹一息，刚接办时的生气荡然无存。老板查士端见了非常灰心丧气。为了扭转这种每况愈下的局面，终于请来了鸳鸯蝴蝶派文人中的斫轮老手张丹斧、张春帆、周瘦鹃，隔日供稿，每千字二三元不等。冯梦云也觉得鹊巢鸠占，脸面无光，就脱离了《小日报》，自办《大晶报》去了。

《大晶报》是三日刊，该报之定名，就是想与《小日报》对立，争一日之短长，用大晶来压倒小日。文字多为冯梦云自己的作品，为了提高报纸的质量，冯想出了用现金征求外稿的办法，每月一结，并在文末注明甲种稿酬和乙种稿酬。

冯梦云外号大少爷，却没有一点资本家的纨绔习气。踏实苦干，处处流露出事业家的天才。他办报纸，编辑、广告、发行、排字、印刷、校对，十八般武艺件件精通。一个人里里外外，应付自如，长袖善舞，精明干练。忙碌的时候如同千手观音，转眼就将一切安排定当。逢到国庆、元旦，增出特刊，印刷厂的工人忙得不可开交，冯大少爷脱却长袍，卷起衣袖，向架子上拣取铅字，手握铜盘，排稿拼版，一副内家行手的模样，不但技术纯熟，而且富有美感。所以，当时小报界的同人都说：允文允武，唯冯大少爷一人而已。

《大晶报》是在冯梦云经商的二弟的资助下创办的，社址设在汉口路望平街西民丰东里。该报在内容上注重社会、政治、文化界的动态，宗旨是针砭时弊，抨击腐败现象。例如它曾揭发国民党市党部宣传部长、市教育局长陈德征，利用职权每月收受《新闻报》一百元的干薪，却只字未写。还痛斥了军阀孙殿英盗墓掘宝、不发军饷的不法行径。这个土匪军人恼羞成怒，竟派人前来上海找冯算账，冯不惧淫威，公开声言准备与之对簿公堂，体现了一位新闻报人的浩然正气。尤其是冯在报上刊登揭发国民党财政部长宋子文在自己家的住宅后面，自建一座豪华的自来水亭子，用于解决自家的饮用水问题，而置广大百姓的生活疾苦于不顾的新闻，引起了读者注意与好评。由于《大晶报》敢想敢说，不畏权贵，因而深受读者的喜爱，日销量竟达两万份左右。

冯梦云将《大晶报》的基础打好后，便顶下了宁波路老闸巡捕房隔壁一栋门面房子，开办了"大晶印刷所"，由小报老板而兼印刷所的经理，一时风光无限。当时上海滩承印小报的地方，都是在虹口海宁路锡金公所隔壁一条小弄堂里，名称叫中外印刷所的厂家。自从大晶印刷所创办后，小报界的印刷生意被冯拉去了一大半。

一九二九年七月，冯梦云又创办了《铁报》，《铁报》是因《硬报》的夭折而创办的。当时的小报界，兴起了一股政治报道的浪潮，以"言论自由"为标榜的改组派大将陈公博，在上海成立了"大陆大学"，招兵买马，聚集徒众，一些热血青年齐来投效。于是陈公博委任爱徒李焰生创办《硬报》，言论激烈，大胆攻击，赤裸无隐，笔扫千军。尤其以敢于揭露当时军政头目的秘史而著称于世，大受上海小市民的欢迎。

　　后来《硬报》因故停刊，冯梦云见有关政治的新闻报道是一时之潮流，便趁时利导，赶紧办起了《铁报》，并聘请何二云与谢啼红两员干将担当主编。何二云原先就是《硬报》的第一撰稿人，谢啼红又名谢豹，小报界外号豹子头，主编过《上海报》和《上海日报》，这两张小报当时也以政治稿件为多。于是，当时有人评论说，冯得此哼哈二将，纸上谈兵更加生气虎虎，阵营堂堂，显得煞有介事。外界不明底细的人，还以为冯大少爷是金陵新贵、党国红员。

　　在《大晶报》和《铁报》同时出版发行之际，冯又异想天开地办了一个《太阳报》，取阳光普照的意思。大少爷野心极大，企图通过大事宣传，一方面扩大《太阳报》的销路，另外，为他正在开办的"上海电话购货公司"，为他那些铺天盖地的广告宣传，拓展一个阵地。然而，事与愿违，《太阳报》在出版了三个月以后，终于因经济上牺牲太大，再加上精神上力有不逮，不得不垮台了。当时有人在小报上讯笑他，说他是顶了石臼做戏，吃力不讨好，一刹时阳光顿敛，光芒骤歇。于是只得临时变计，忍痛牺牲，在出足了百期之后，与广大读者再会了。

　　冯梦云在出版《大晶报》、创办大晶印刷所的同时，又开办了大晶书局，三位一体地形成了大晶商业集团。此后还创办过高乐歌场、华东歌场、都城舞厅、金城茶室、上海电话购货公司、飞达三轮车行等企业，兼任过《文汇报》营业部主任，以自己的实干精神和长袖善舞享誉小报界，是当时上海滩一位成功的商人兼作家。

　　冯梦云编辑《大晶报》的时候，有一位负责广告业务的挚友叫毛子佩（后任国民党上海"三青团"宣传部部长），抗日军兴，他们俩因都具有爱国热忱，而投向了国民党 CC 派的吴绍澍（时任国民党"三青团"上海主任委员、市党部主任委员。后投诚革命，任国务院交通部参事），并进入吴的《正言报》工作，主持日常事务。另外又以高乐歌场和慈淑大楼五二八房间作为地下活动的场所，作为抗日宣传和组织活动的秘密联络点。

"八一三"淞沪抗战爆发后，冯梦云亲自奔赴前线，采访战地新闻，及时报道我军英勇杀敌的消息。揭露日寇屠杀无辜百姓的滔天罪行。为了让上海市民了解战况，《大晶报》一天出三报（早报、午报、晚报）。这是当时小报界的创举。不久，上海的大小报纸先后停刊。十月五日，《上海报》《小日报》《大晶报》等十家报纸联合出版《战时日报》，由龚之方任主编，冯梦云任编辑顾问，不断发表抗日救国的新闻。《发刊词》上报人更是慷慨陈词："我们未曾忘记自己是一个大中华民国的百姓，我们知道自己是有五千年历史的黄帝子孙。所以我们要干，干到敌人的铁骑不再来践踏我们的国土为止。"

《战时日报》不仅登载国民党军队抗战的消息，也报道八路军英勇杀敌的新闻。爱国将领张发奎的《告民众书》、著名作家郁达夫的杂文《倭寇的穷技》、朱德总司令的《论西班牙战争》《日本决不可怕》等都登载在此报上。冯还写作了《华北大战的总检讨》《八路军与晋北大战》《南京之攻防》等二十余篇专论。条分缕析，大大鼓舞了民心。

国军西撤后，上海的租界成了"孤岛"。留沪的进步作家自费出版了以刊登杂文为主的半月刊《鲁迅风》，冯梦云自告奋勇与巡捕房联系，登记备案，在有可能遭到敌伪暗杀的危险的情况下，毅然挂名担当起了发行人的重担，表现了一位爱国报人无私无畏的高尚气节。

孤岛时期，上海滩的小报大量刊登长篇通俗连载小说。当时，冯梦云与毛子佩、陈蝶衣一起创办了《小说日报》，馆址就设在慈淑大楼五二八房间。陈蝶衣因患病住院，便竭力推荐父亲周楞伽参与编辑。在毛子佩和冯梦云的盛意相邀下，父亲终于点头同意。于是父亲一方面主编《小说日报》第一版，另外撰写历史小说《葳蕤五记》、文言小说《情焰小缄》。同时，父亲将自己编辑的《新文艺》丛刊编辑部也设在这个房间里，加上冯的电话购货公司，三只皮包公司都局促在这里。但五二八房间经冯梦云的精心布置，却很美观大方。

一天，父亲兴致偶来，率尔操觚地写了一篇分析当时世界大战前因后果的文章，冯读了之后，连声叫好，自愧不如，竭力主张由父亲去写大战中的人物和战局发展，他分工改写宣传抗日，动员读者的文章。于是，父亲接手冯梦云的工作，在《小说日报》第一版上，用今张仪的笔名，开辟"战国策"的专栏，大谈时局的发展与变化。用枕戈（枕戈待旦之意）的笔名，在"演讲台"栏目上，谈二次世界大战的人物和形势预测。

这样过了一段时间，父亲因看不惯小报文人整天躺在床榻上，吞云吐雾抽大烟，写黄色艳情小说的风气，竟然匪夷所思，异想天开地想对小报界进行改革，并以先知先觉自居。他在接编《小说日报》半月之后，写了两篇杂文《小型报的使命》《需要一个清洁的运动》。主张小报界自动起来改革内容，提倡高尚趣味。认识到大时代文化工作者负有的使命，不断提高读者的程度，使得广大读者认识这个时代。

这样一来引发了一场轩然大波，金小春、王小逸等作者纷纷在小报上向父亲开火，造成了小报界范围广、时间长的一场大规模的笔战。结果乱子越闹越大，卷入的人越来越多。父亲甚至召开读者座谈会，展开讨论，寻求支持。毛子佩见父亲得罪了如此多的小报作者，深表不满。这些小报作者也日夜在毛的面前媒孽父亲的短处。这时，冯梦云多次劝父亲，停止与小报界的笔战，说这些小报读者都是小市民、银行职员、有闲阶层，如果完全肃清黄色小说和低级趣味，小报都得停刊，作者就将失去自己的饭碗。父亲也深深懊悔自己的莽撞，表示愿意停止笔战，并希望冯能从中转圜斡旋。不久，因冯梦云是宁波人，喜好打台球，我父亲就居间介绍冯的老乡，光明书店的老板王子澄，相见相识并交结成打台球朋友，王子澄还特意邀请他俩吃了一顿饭。

父亲对冯大少爷的经商脑袋是十分赞赏和钦佩的，为此他还曾在《小说日报》上，写了一篇《捧冯大少爷》的幽默文章予以发表，指出冯大少爷就是每天为本报撰写《浮生小志》的玲珑，与他相识，初见面颇有"相其貌，似钱庄挡手；观其腹，似中藏无量脂油"，最使我佩服的是他善于计划的脑筋，创办电话购货公司接二连三的遭受打击，但这是"天亡我，非战之罪"。现在又要创办"家庭幸福会"，广事厂商参加，印行幸福券以便分送各个会员。前天承他把详情告诉我，思想的缜密，擘画的周详，真使我五体投地的拜服。朋友间本来不应该互相标榜，可是，对于梦云却不由得我不捧，因而作《捧冯大少爷》如上。

一九四二年十一月二十六日，几个便衣特务突然闯进冯家进行搜查，查出了许多抗日文件与资料，于是将冯逮捕带走。二十天之后，冯妻接到姓宋的人送来一封冯梦云亲笔写的信。信中告诉她关押的地方，用钱疏通的办法，以及立即销毁办公室所有内容的文字。另外，还有一件血衣。原来是日本宪兵在审问时，残暴地施以酷刑而留下的罪证。当时日寇为了威逼他供出抗日志士的名单，用一只大木桶装满冷水，将冬天里身穿棉衣的冯大少爷，浸入冷水之中，只露出嘴巴和鼻子，过了很久，才让他出桶，然后立即逼迫他坐在烈火旁，将棉衣烘干。冯梦云原来就患有鼻炎，经过这番磨难，脑部严重受损，鼻子里不时流出腥浓的液体，奇臭难闻，痛苦不堪。

日本宪兵拿出搜查来的《战时日报》《鲁迅风》《文汇报》《正言报》等所谓的罪证，逼迫冯梦云交代，尤其是他当时与一位名叫王应时的通信，内容是谈论《战时日报》中冯的那篇《南京之攻防》，王在信中说他："对军事地理宏见卓越，……已汇呈蒋、白、唐（白崇禧、唐生智）诸当局外，尚乞分神再作简括扼要制敌于死命的妙计，火速快邮代电，力促当局采纳。"日寇认为此信足以证明冯与国民党当局的关系。在敌人的严刑逼迫之下，冯承认了自己办报确有抗日动机，但他系一无职无权的报人，如何能够交代得出与重庆方面的联系呢？于是他在不断遭受日寇的残酷刑罚之下，得不到良好的治疗，难以经受这种非人道的待遇，终于在一九四四年二月十七日光荣为国捐躯，成为上海小报界的一名英烈而永垂史册。

值得骄傲的是，二〇二〇年由宁波档案馆编辑的《爱国报人冯梦云》一书，已由宁波出版社出版，正像序言中说的："先生是不该被遗忘的。"

原载《钟山风雨》二〇〇七年第二期

父亲与刘群的交谊

　　父亲周楞伽与刘群相识在一九三五年的春天，那时候，《文艺电影》的编辑石凌鹤，刚刚被撤去了职务，由国民党上海市党务整理委员、电影演员姜克尼任主编。姜克尼原来是我们家在上海南市江阴街的房客，他无意之中在光华书店遇见了父亲，知道父亲眼下正在搞新文艺创作，就竭力相邀父亲一起编辑《文艺电影》。

　　有一天晚上，在贵州路明智里的某号，以姚苏凤的《每日晨报》和姜克尼的《文艺电影》发起，召开了一个集会，欢迎新近回国的戏剧大师欧阳予倩。

　　在这个集会中，姜克尼介绍父亲认识了一个穿着灰色长袍的青年，"我是萍华!"（即刘群），父亲站起来和他握了握手，发现他身材稍显矮小，剃着平顶头，鼻子很大，但眼珠却很小。看人的时候，眼睛眯成一条缝，似乎有些近视。萍华真名叫朱崇彬，湖北人，他替《晨报·每日电影》写影评文章时候，用的笔名就是萍华。他告诉父亲，目前他正在复旦大学读书，学的是政治经济学，他有位姐夫姓邹，是平汉铁路局的局长，生活费用都靠着这位姐夫的资助，但他平素喜爱的却是文艺。

据冒舒湮先生在《大地》杂志一九八〇年第四期，发表的《记上海〈晨报·每日电影〉》一文中的记载：一九三四年十月，"电影小组"领导成员被迫脱离明星公司，并从《每日电影》隐退，化名转移阵地，另由地下党员宋之的、萍华等接替《每日电影》的岗位。可见早在一九三四年之前，萍华就是共产党员了。

从那时开始，通过萍华的介绍，父亲也开始替《晨报·每日电影》撰稿，当时上海滩的影评人三分天下。凌鹤主编的《申报·电影周刊》，鲁思主编的《民报·影谭》，还有姚苏凤的《晨报·每日电影》，三者之间形同水火，常常互相攻击。父亲第一篇影评文章，是评论孙师毅的新编电影《新女性》的，他反对女主角韦明的自杀，主张她应该努力奋斗去创造光明的前途。却不料这一观点，遭到了唐纳的竭力反对和批评，形成了范围广泛的一场大辩论。（详情可见我在《电影艺术》二〇〇八年第六期上发表的《唐纳和周楞伽、宋之的的一场笔战》）

正在此时，《晨报·每日电影》换上了穆时英和刘呐鸥等一群软性论者担任编辑，他们提倡和传播"眼睛吃冰淇淋，心灵坐沙发椅"的歪论，使得萍华、宋之的和父亲都退出了《晨报》。宋之的后来去了山西，萍华陪同他来，父亲借给了宋十元法币作为盘缠。

不久，父亲搬迁到了南京路先施公司对面的大沪银行大楼楼上居住。这时候通过萍华的介绍，结识了许多作家，如欧阳山、杨骚、陈鲤庭、沙千里、于伶、艾芜、柳乃夫等。

当时父亲正在写作长篇小说《炼狱》，萍华为了让父亲了解农村现状和年轻学生的思想，特地邀请父亲去江湾的复旦大学的宿舍，住了一个星期。在共同的生活中，父亲对他的身世有了了解。他过去是在北平的大学里读书，后来因为搞学生运动，遭到国民党的逮捕，遭受过严讯逼供，后来通过亲戚朋友的救援，才得以释放出狱，转学来到上海复旦大学就读。听了他的苦难而又光荣的历史，父亲对他更加敬佩了。

不久，汉口有一位叫孔罗荪的，正在编辑《大光报》的副刊《紫线》，写信来向父亲约稿，父亲寄去了一部十万字的中篇小说《三十年代》，予以连载。同时，因为萍华是湖北人，和孔是同乡的关系，也就介绍他去写稿。后来，父亲又介绍他给李辉英主编的《创作》写书评，他在该刊物上发表的第一篇书评，是评论万迪鹤的小说《火葬》。

那年的秋天，父亲去苏州住了两个月，埋头写作《炼狱》。重新返回上海时，发现萍华在社会科学界开始崭露头角。他除了继续为《民报·影谭》写稿外，还和复旦大学的校内同学贾开基等人创办了《客观》这本理论性的刊物。为了寻求刊物的发行，他还带着父亲去四马路的群众图书发行公司，认识了老板方东亮，接洽发行父亲的长篇小说《炼狱》。

全国木刻展览会第一次在上海展览的时候，刘群是组织奔走最力的一个人。他还介绍了三位年青的木刻家野夫、沃渣、温涛为父亲的这部长篇小说木刻插图。

"一二·九"学生运动爆发以后，全国立即兴起了抗日救亡的高潮。萍华原本就是学生运动的中坚，他狂热地组织和领导着救亡活动，参加了沈钧儒、邹韬奋、章乃器组织的文化界救国会，并且担任救国会的机关报《救亡情报》的主编。几种新近出版的刊物《生活知识》《时代论坛》等，经常有他的宏文发表。此时，他的笔名改为了刘群。当时团结在他身边的青年越来越多，他便与父亲商量出版一本综合性的文艺刊物，经过集体商定，取名为《文学青年》，由父亲担任主编，经费是大家共同筹集的。这本刊物是提倡报告文学的，父亲在一篇回忆录中提及："这本刊物奠定了报告文学在中国的初基，虽然这完全是出于时代的要求，任何人都不敢贪天之功据为己有的。"但是现在的中国现代文学史，似乎都未提及这本刊物，我觉得实在是一件很遗憾的事情。

不久，文坛上出现了"国防文学"和"民族革命战争的大众文学"这两个口号的争论，父亲开始受徐懋庸的怂恿，也写了一系列的文章鼓吹"国防文学"，后来发现文坛上的朋友各分壁垒，互相攻击，闹得不可开交，觉得有些厌烦。正好我母亲和我的奶奶，为了一些生活琐事发生了矛盾，加上接近年关，于是父亲回到了老家江苏宜兴，蛰居读书，杜门不出，准备不再与闻世事了。

不料，时隔两个月左右，刘群居然不忘故人，从上海辗转打听到了父亲在宜兴的居住地址，写信来指责父亲不应该在这风云激荡的时代自暴自弃，勉励他不要把生命消耗在无聊的岁月之中。在这仿佛隔离尘世的小县城里，突然收到这样一封来信，不啻空谷足音，父亲决定过完春节，就回到上海，再作冯妇。

一九三七年初春，父亲回到上海，就居住在刘群的家中。此时，他单独租下了一栋石库门建筑，楼下开辟设立了一座小学校，楼上自己住了两间，另外一间租给了翻译家金则人，父亲租住在亭子间。使父亲极为吃惊的是，刘群在最近一年中，自费写作印刷了两本书籍，一本是《中国学生运动之路》，另外一本是《学生运动论文集》。虽然这两本书都遭到了国民党市党部的禁止，但是，他为上海杂志公司撰写的《告彷徨中的中国青年》却获得了极大的成功，原书出版不到三个月，便发行到了五版，销售的数目不下十万余册。

住在一起，父亲才对刘群的家庭和他的身世有了了解。当时他有一个四岁的女儿，他的岳母也和他住在一起，还有一个堂妹在楼下的小学里，担任教课的工作。不料才过了两个月，刘群居然生了个双胞胎，而且都是男的，大家都向他道喜，他也高兴得合不拢嘴。在孩子满月的那天，他特地摆设了汤饼宴予以庆祝，楼上楼下摆满筵席。那天，宋之的也从山西赶来，当时他正以写的《武则天》一剧轰动上海滩，刘群还因为父亲和唐纳笔战的隔阂，强行拉着两人对饮了一杯，握手言欢。

金则人后来搬走了，父亲就住进了厢房，和刘群的卧室望衡对宇，发现他的写作能力实在惊人。他一大清早起床，漱洗完毕，就率尔操觚，手挥不停地写作，一直写到深夜两三点钟，还不肯休息。有时候，父亲前去劝说，刘群却回答说："我总觉得时间不够，我希望能够再写得快一些，因为按照现在青年的需要，至少要快三倍，才能够应付当前形势的发展。"

为了救亡图存，为了青年的追求，作为一个青年的共产党员，他简直付出了自己全部的精力和健康。当时，他正在进行青年生活和工作的调查，预备写一本二十万字的著作，题目是《再告彷徨中的中国青年》。他还特地印就一张表格，附在《再告彷徨中的中国青年》的书后，共提出了十一个大问题，六十二个小问题，填写这张表格并且寄给他的青年很多，用来粘贴的剪贴簿，竟然有三大册之多。此外，他在去世之前，还替生活书店编写了一本《战时民众宣传工作》的手册，并且把稿费盈余，全部捐献给了救济难民之用。

正当他雄心勃勃地想要完成这一艰巨的任务时，"八一三"淞沪抗战爆发，全面抗战的伟大时代打破了他的计划。使得他的生活发生了巨大的变化。一九三七年八月底，他参加了抗日救亡演剧队第三大队到内地去做宣传工作。临走之前，刘群还殷殷叮嘱父亲照顾好他留沪的家属，谁知道他这一去，却没有再回来。

回来的是演剧队的队员伊明，他带来了演剧队正副队长应云卫和郑君里，分别给父亲和刘群家属的信件。原来他在进行救亡宣传时，患上了白喉症，于九月四日悄然病死在武进医院里了。据说，他临死之前，喉头的肉，一块一块地掉落下来，更因为身体强壮，耐不住病痛的折磨，翻来覆去地挣扎，使得医生不得不把他捆绑在床上，让死神残酷地来宰割这位年轻的党员。

十月十五日，文化界救亡协会在慕尔鸣路（茂名北路）女青年会，为刘群召开追悼会，父亲送去的对联是："万言倚马，千里奔波，热诚为救亡，取义舍生君遂愿；三载论交，一朝永诀，凄凉伤往事，知友寥落我心悲。"

"文化大革命"爆发的时候，父亲被关在牛棚里面，天天认罪写检查交代。有一天，收到在武汉工作的侄女婿吴泰成的来信，原来他在武昌区委工作，区长就是刘群的遗孀朱涵珠，他们作为革命造反派，正想组织材料，炮轰、揪出朱涵珠。父亲不顾自身的安危，急忙写信给吴，告诉了刘群生前光辉的战斗业绩，阻止了一场更大规模的批斗。

一九八六年，父亲应湖北省曲艺家协会的邀请，替他们的刊物《传奇天地》写作《无双才女李清照》的中篇小说，下榻在东湖宾馆，又通过侄女婿，找到了刘群的遗孀。她在自己的家中多次设宴，宴请父亲，并且介绍认识了刘群的两个子女，都在武汉大学任教。刘群地下有知，也应该回眸笑慰了。

此外，需要补叙一笔的是：父亲在一九八四年三月二十三日，给当时上海社会科学院文学研究所的陈梦熊教授去过一封信。信中提及，他在一九三七年春，在亡友刘群的家中认识了陈沂（曾任解放军文化部长，上海市委副书记），对他发表的作品情况，不详，但可以去信武汉，询问刘群的遗孀，地址可以致函武汉大学历史系朱雷转朱涵珠。另外父亲又指出：刘群不论是文学、电影、社会科学都有很多著译，他下笔很快，每天能写数万言，在社会科学界，可以与钱亦石齐名。

原载《钟山风雨》二〇一七年第二期

父亲在一九三六年

一九三六年文坛上掀起了"国防文学"和"民族革命战争的大众文学"两个口号的争论，父亲周楞伽曾经参与了这场争论，并且主编了被目为"国防文学"一派的杂志《文学青年》，他所著的长篇小说《炼狱》，也被认为是国防文学的代表作。近年来，我一直在注意收集这方面的资料，仅以此题目，写作一段历史的回顾与借鉴。

一、两个口号争论前的文坛形势

"国防文学"的口号最早是一九三四年十月二日周扬用企的笔名，在《大晚报》上首先提出来的。但当时反应寥寥，乏人相应。直到一年以后，由他的侄子周立波在《时事新报》副刊《每周文学》上，发表《关于"国防文学"》，才引起了文学界和学生界的注意。

一九三五年九月，《时事新报·青光》的编辑朱曼华，为了吸引读者，就有计划的拉拢左翼作家发表进步作品，写作抗日救亡的文章，来扩大报纸的销路。为此他与左联的宣传部长王淑明商谈，经过与左联书记徐懋庸、组织部长何家槐研究决定，双方同意用《每周文学》的名称，在报纸上出一副刊。

《每周文学》出版以后，影响很大，深获好评。鲁迅也写了两篇文章发表于此，一篇是《杂谈小品文》，另外一篇是《论新文学》。当时胡乔木也常常在上面撰文发表意见。周立波受左联委托，是《每周文学》的审稿人。

周立波的文章发表以后，立即响应的是何家槐，他在《作家在救亡运动中的任务》中指出：重新提出"国防文学"很有意义，"国防文学"不但包含反帝作品，而且包含反汉奸和反封建的作品，一切作家都应该用这武器，来表现我们伟大民族和它所蕴藏着的伟大力量。

当时左联掌握的刊物有两种，一是《每周文学》，但是它在一九三六年四月就停刊了。另外就是创刊于六月，化名周渊主编的《文学界》，可惜它只有三个月的寿命，很快也夭折了。

周立波在一九二八年二十岁时，随周扬来到上海，考入劳动大学，在经济系学习。后来因为参加游行示威被校方开除。"九一八"事变以后的一九三二年四月，他在张贴罢工宣言时，被抓捕判刑，关押在上海提篮桥监狱，后来又转解到苏州反省院。他出狱以后在一九三四年十月加入左联，并且成为该组织的党团成员。

当时响应和支持国防文学最有力是上海复旦大学的学生，可以说复旦大学是"国防文学"最重要的据点也未不可。可惜现在的文学史均未提及。其中学生刘群（原名朱崇彬，笔名萍华、金鉴、群羊等，系中共地下党员）以及王梦野等人，和新闻系编《文摘》的贾开基，外文系的胡洛，后来编《新认识》的孟华，最为积极和活跃。他们自费创办了一本叫《客观》的半月刊，大力鼓吹和倡导"国防文学"。父亲曾经应刘群的邀请去江湾的复旦大学住了一周，与大家一起座谈和写稿。当时为《客观》写稿，非但没有稿费，还要倒贴钞票，支付笔墨纸张和印刷费。但是大家的热情很高，可见当时热血青年抗日救亡的激情。可惜《客观》在国民党反动派的扼杀下，仅仅只出版了不多几期，就停刊了。

一九三五年十二月十九日，王梦野在周立波之后，紧鼓密锣地写了《民族自卫运动和民族自卫文学》的文章，发表在《客观》一卷十期上。他强调，文学界的统一战线要打破宗派，团结成千上万的文学青年，运用各种文学的武器起来斗争。当前最好的形式就是报告文学，运用它不仅能够使得大众得到热切的情报，而且能够提高抗日救亡战斗的情绪。

二、徐懋庸来找父亲

三月十日，徐懋庸来找父亲。一年以前，徐在劳动大学的同学姜克尼曾经邀请父亲一起编辑《文艺电影》，父亲和姜克尼为此乘车去金神父路拜访过徐懋庸，不巧未曾相遇。后来徐为《文艺电影》写了杂文的稿件寄来，徐编辑《新语林》时，父亲也写了两篇短小说《讨债》和《父与子》寄去。所以两人早已声气相通。后来由《生活知识》的编辑徐步的介绍认识，并且经常来往，彼此成了好朋友。徐懋庸这次来的目的，是要为《生活知识》出一辑《国防文学特辑》，由他负责组稿，于是父亲又推荐了复旦大学学生王梦野也参与写稿。

当时父亲向徐懋庸表示有关"国防文学"的材料太少，不知道应该如何下手，徐懋庸此刻从口袋里掏出一本油印资料，上面的标题是《论帝国主义统一战线和中国民族解放运动》，署名是王明。父亲孤陋寡闻，不知道王明是谁，就向徐懋庸打听了解，徐介绍说："王明是中共的领袖，这是他在共产国际七大上的发言报告。还有一篇是《论殖民地半殖民地的革命运动与共产党的策略》的发言稿，忘了带来，以后有机会可以供你一读。你这次可以根据王明的讲话，先写一篇文章，来应应急。"父亲听了以后，肃然起敬，翻阅了一下其文，觉得文章写得很有力，也很进步。

当夜，父亲奋笔疾书，写成了题目为《建立"国防文学"的几个前提条件》一文。第二天，徐懋庸前来取稿，翻了一翻父亲的草稿，点着头很满意的走了。过了十天，此文就发表在《生活知识》一卷十一期上。

当年八九月间，父亲避居在苏州写作长篇小说，一天，偶尔到观前街闲逛，不料途中恰好遇见了徐懋庸，于是就邀请他到吴苑深处去饮茶聊天。坐停不久，父亲就鲁迅先生发表的《答徐懋庸并关于抗日统一战线问题》一文中的几个有关问题向他请教和诘问，徐懋庸刚刚遭到鲁迅的批评以及左联内部成员的指责，内心本来就十分痛苦和愤怒，心绪不佳，父亲自幼生病耳聋，说话缺少婉转耐心，言谈之间惹恼了徐懋庸。他撸起衣袖，一脚踏在长凳上，瞪大眼睛，拍着大腿，指头直接指着父亲大声怒吼，吃相十分难看，结果两人都怒目相视，脸红耳赤，不欢而散。过了几个月，父亲在福建中路遇见他，立即上前与他打招呼，他竟然佯装没有看见，昂起头，挺起胸脯，侧过脸似乎并不相识的擦肩而过，从此两人再也没有见过面。

三、《文学青年》创办始末

一九三五年十一月间，有一位名叫周昭俭（又名周俭）的青年，通过群众杂志公司寄来一封信给父亲，说是因为经常在报纸副刊上读到他的作品，希望能够见面聊聊。信中还说他在一个月之前就和鲁迅先生通过信，鲁迅不但回了信，而且赠送了他五本书，于是父亲约他来到南京东路大沪大楼我祖父的律师事务所交谈。

过了一天，他果然如约来了，十七八岁的模样，穿着蓝布长衫，看上去人很忠厚。言谈之下，他说起自己有一个朋友叫姚芷馥，想出资创办一个文艺刊物，于是父亲就请他邀请姚芷馥来寓所商谈了两次，决定由父亲主编，姚芷馥发行，出版一本大型的文艺刊物。不久送去草稿排印清样时，文明书局印刷所的老板过维三前来告诉父亲说，姚是个滑头商，手里根本没有钱，要不是看在父亲的面子上，早就拒绝承印了。

父亲让周昭俭前去询问，事实果真如此，姚根本拿不出钱来。父亲与刘群一讲，刘也颇觉意外，因为稿子已经齐备妥当，难以中途变卦，两人商量以后，决定共同出资来经办此事，版权页上印的发行人是周俭，刘群的意思和是让他挡一挡国民党的耳目和外界的视线。

此时刘群已经从复旦大学毕业，担任上海救国会机关报《救亡情报》的主编，又与金则人共同编辑了《青年修养丛书》。刘群写的《告彷徨中的中国青年》，销量竟然达到十数万册，在当时的青年之中影响极大，而且一次取得了一大笔稿费。于是他在武定路紫阳里租赁了一大栋石库门房子，在房子的底层开办了一家贫民小学，由他的老婆管理。我父亲由于婆媳不和，就脱离了封建大家庭，到上海来卖文为生，租住在作为二房东刘群家的亭子间和后厢房。

由于对当时的大型刊物《文学》轻视报告文学的不满，加上当时《海燕》杂志销路不错，从牟利的角度出发，决定将刊物取名为《文学青年》。这一来，却吓退了许多名家，纷纷拒绝来稿，刘群因为忙得不可开交，就介绍了他的同学兼同乡王梦野来当父亲的助理编辑。

《文学青年》的创刊，可以说是"国防文学"理论和实践结合的产物。因为它的栏目和形式，完全是按照周立波《现阶段下文学的内容和形式》一文的要求，来组稿和编排的，如报告文学、墙头小说、街头壁报、群众朗诵诗、独幕短剧、速写、短论、连环画等。

《文学青年》创刊号是在四月中旬出版的，出版以后父亲立即邮寄了一本给鲁迅先生，这在鲁迅日记中记载得很清楚。

第二期的《文学青年》在五月出版以后，销路很差，只能够销出去七八百本，使得父亲忧心忡忡。正在考虑减少印数，避免亏损严重之际，一天晚上刘群来到父亲的亭子间，告诉父亲《文学青年》已经被国民党当局通过公共租界警务处禁止出版发行。第二天刊物代销的群众杂志公司老板方东亮送来一张传票，要求父亲去警务处谈话，经过商量，决定由王梦野陪同一起前去，如果有意外，王赶紧回来汇报，再设法营救。结果去了以后，只见到了一位翻译，他转告说《文学青年》因为内容过激，已经由国民党上海市党部照会租界当局禁止发行。当场签字画押，保证不再出版，就一起退了出来回家。

刊物被禁止以后，父亲手头还保存着第三期的稿子，第二期的销售款也很快结算到手了，大家一合计，打算更名为《青年习作》出版。但因为文明出版社的老板过维三不肯再印，一时间竟然找不到印刷所。父亲被当时设在三马路（汉口路）同安里新钟书店豪华排场所迷惑，再加上编辑庄启东又是老朋友，就建议是否交由新钟书店代印。大家都点头同意，和老板李铁山一洽

《文学青年》杂志封面

谈，他就满口答应，还说刊物出版以后可以由他的书店代销一部分。说得是天花乱坠，可是将钱交给他以后，却始终见不到印好的清样，天天前去催问，李铁山借口印刷所忙没有空，来不及排印，并且花言巧语地欺骗说过几天保证可以印出来。

其实新钟书店早已外强中干，他出版的父亲的《田园集》就一直拖欠着稿费，李铁山由于过于讲究排场，资金捉襟见肘，不久终于破产垮台。

新钟书店垮台的另外一个原因，是遭到了郭沫若的痛斥，信誉一落千丈，再也无法维持经营了。原因是他出版的《新钟创作丛书》，广告宣传列出的郭沫若作品《历史小品》，根本就没有此书，仅仅因为郭沫若在日本东京的《杂文》上，发表了几篇历史小品，编辑庄启东根本没有征得郭沫若的同意，就拿来作为书名以资号召，而且竟然把《历史小品集》变成《历史小品》，再缩减下去，印成《历史小》。郭沫若曾经被李铁山办过的文艺书局拖欠过稿费，于是怀着不满和余恨，在《光明》杂志一卷二期上，发表了《痛》的随笔，狠狠痛击了这个滑头奸商，说他如果再省略下去的话，只剩下郭沫若的四角半了。于是舆论哗然，他再也没有脸皮驻足书业行当了。

父亲因为忙于写作《风风雨雨》，过了一段时间再去新钟书店询问，不料想大门紧闭，招牌拆除，从门缝里看进去，室内空空荡荡，这一下吃惊不小，自己的损失无妨，《青年习作》的文稿和印刷费也被席卷一空，怎么向交往的朋友交代。回去和刘群一说，两人一起去找二房东，二房东也不知道他的下落，这时候父亲想起李铁山曾经介绍国民印刷所印过他的书稿，马上赶过去一问，果然就在此处，最后和老板商谈妥当刊物依然由他们印刷，已经付给的钱，在结账的时候扣除，才了结了这场无头官司。

《青年习作》是在八月十日出版的，编辑林志石是父亲写作社会科学文章时，所用的笔名。发行人吴燕琴是个化名，发行地点改写在北京宣武门，是为了减少上海方面的注意和麻烦。刊物的最后一页有一封《文学青年》致中国文艺家协会的祝贺信，签署的时间是一九三六年六月七日，可见这期的刊物被足足延宕了两个月。

《文学青年》虽然夭折了，但是和鲁迅先生依然保持着联系，父亲通过周昭俭向鲁迅传话，对鲁迅批评他称赞王明的报告是贤明的见解一事，负疚地表示：自己在政治上很无知，幼稚得很，今后再也不会去写这些非我所了解的东西，先生身体不佳，要多休息，我不会再来信麻烦先生了。

刘群则通过《救亡情报》，与鲁迅先生保持着联系，他派遣记者陆诒化名芬君，在内山书店拜访了鲁迅。鲁迅对统一战线和国防文学发表了很多的见解，这就是后来鲁迅在《夜莺》一卷四期上发表的《几个主要的问题》。该文曾经在《救亡情报》上，是用答记者问的方法，首先披露出来的。

四、何家槐和两次座谈会

一九三三年，文坛上曾经发生过何家槐偷窃徐转蓬创作的所谓"文抄"事件，弄得他名誉扫地，鲁迅有"何家槐窃文，其人可耻"的批评（见《致娄如瑛》函）。

《文学青年》在创刊之前的二月间，召开了第一次座谈会，本来是商量如何办刊的，结果在何家槐的导演下，变成了讨论有关"国防文学"的座谈会。座谈会的主席刘群刚刚结束开场白，何家槐就疾不可耐地表示：

"国防文学"口号提出以后，青年作家极其热心，老作家却冷淡得很，漠不关心，比如《文学》杂志根本看不到什么救亡运动的影子，二月号上发表的《即景文学和应景文学》一文，好像是说，现在的反映救亡运动的文章是应景文章。讨论的中途，他又激动地站起来，表示支持林淡秋的观点，认为老作家对于救亡运动，对于群众的战斗生活隔膜了，至少是不接近，所以写不出强烈斗争气息的作品，所以他主张应该围绕国防文学组织一个作家协会。

第二次座谈会是在四月上旬召开的，这次座谈会被鲁迅认为是一次攻击他的会议。证据是五月十四日何家槐寄给鲁迅的信中提及的内容（此信发表在《鲁迅研究资料》第二辑里）："在收到先生的复信以后，我原想再写一信，但是，不知怎么一来，关于我的谣言起来了，说我在文学青年社攻击先生，骂先生破坏统一战线和文艺家协会。"他解释说自己决没有骂过鲁迅，"只是有人（周楞伽）提起先生，又有人（刘群）主张学习巴黎作家大会的经验，无论如何要请先生参加和领导文艺家协会，为了使先生知道我们的愿望，决定由文学青年社联络青年文艺社和上海青年文艺界救国联合会，共同签名写信给先生。"于是，大家当场推定王梦野等人负责办理此事。

四月二十一日何家槐去信给鲁迅先生，并且附上文艺家协会成立的缘起，请求鲁迅加入并予以领导，但是鲁迅却坚决地拒绝了，表示签名并不难，但挂名却无聊之至。

胡风曾经在有关的二十二条回答之中说："现在竟要这个何家槐来信要鲁迅签名入会，不但是向宗派投降，而且是在受侮辱的情况下投降，如果鲁迅不签名入会，那就是反对甚至破坏统一战线。鲁迅拒绝了，而且是在提出对左联解散方式的质问下拒绝的。"

五、父亲与王梦野的分歧和争论

王梦野是当时的文艺理论家，笔名楚阳、楚囚、MI，他是国防文学积极的鼓吹者，吴福辉先生曾经编著过《沙汀传》一书，扉页有一张他和艾芜、沙汀、白薇、杨骚、杜谈的合影，可见他的活动能力是很强的。一九三六年六月七日中国文艺家协会成立，父亲被推举为四十位发起人之一，当时父亲正避居苏州写稿，王梦野来信催促父亲赶快来沪与会。开会那天，正下着雨，父亲由人陪同一起到福州路西藏路的大西洋西餐馆，参加成立大会的。父亲坐在白薇、洪深等人之间，开会要付茶点费，洪深没有带钱，问父亲借了一块法币后，拿起桌子上的蛋糕，一块一块不停地吃，好像饿坏了。一会儿他面前一盘蛋糕就报销了。会议的主席是夏丏尊，傅东华负责收钱和其他会务工作。何家槐是会议记录，会议从下午两点一直开到六点多，才在淅淅沥沥的雨声中结束了。

八月十六日，父亲在《立报·言林》上发表了《一个希望》的文章，指出在七月份研究创办《文学大众》的酒席上，"国防文学"的王梦野与民族大众的聂绀弩为了口号问题，争吵了起来，自己抱定主意坚决不表态属于哪一派别。由于态度暧昧，使得两派都很不满意，父亲想调和一下气氛，建议将口号归并在一起，起名为"民族革命战争的国防文学"。结果遭来同行的一顿臭骂，大家都对他十分不满，他只好闭口不言。后来他又在此报上发表了《两个办法》的文章，竟然异想天开地建议在全国所有的杂志后面都附上一张选票，举行全国读者总投票，以投票的多少来决定两个口号的取舍标准，或者是将口号更名为"民族革命的国防文学"。

王梦野见了这两篇文章以后，极为不满，撰文指出，那次关于讨论《文学大众》创刊的座谈会，是他去邀请周楞伽来参加的，并不是什么宴会，是聚集在一个三等酒楼随便谈谈，讨论的主题是刊物的编辑方针和栏目安排，不存在两派的斗争，不过是同一立场上不同意见的讨论，他谢绝周楞伽冠我以"国防文学"派的恭维，但是他始终坚持国防文学的口号是正确的，"民族革命战争的大众文学"这一口号在逻辑上就不能成立。

自此以后，王梦野与父亲的矛盾和分歧开始暴露和加深，父亲写了《踏》的文章，含沙射影地指责，文坛上有些人总想把别人踏下去而显示自己的正确，正像鲁迅先生在《出关的关》里的文章："现在许多新作家的努力之作，都没有这么的受批评家注意，偶或为读者所发现，销上一二千部，便什么'名利双收'呀，'不该回来'呀，'叽哩咕噜'呀，群起而打之，惟恐他还有活气，一定要弄到此后一声不响，这才算天下太平，文坛万岁。"父亲接着写道："其实批评家踏死作家，其动机却不很纯，这大半原因是因为批评家也想做作家，愤恨别人风头出得厉害，不免由羡生妒，由妒生恨，想冷不防一脚踏死了他，此所以《八月的乡村》得不到良好的批评，却到处宣传作者态度骄傲，并且从而表示不满者之多也。……鲁迅因为是思想界的权威，高居文坛的宝座，一些心怀不满的人也想踏他，所以鲁迅曾经说过。'我也曾经提出过我对于组织这种统一的团体的意见过，那些意见，自然是被一些所谓'指导家'格杀了，反而即刻从天外飞来似地加我以'破坏统一战线'的罪名。"

　　王梦野见了此文以后，极为不满，认为是在讽刺他，于是写文章予以反击，指责现在文坛中有些人物对国防作品有一种厌恶的感觉，在敌人的侵略之下，以国防为主题的创作，其意义是无法否定的，国防的作品面对敌人的侵略不是太多而是太少了。但固然也有不熟悉东北情况的人在写小说，闹出"松花江里产黄鱼"，东北农民穿草鞋"一类的笑话。这是在讽刺挖苦父亲的长篇小说《炼狱》，描写主人公杜季真从上海去东北，参加义勇军的情节是追求时髦。

　　不久，随着鲁迅先生的去世，两个口号的争论暂时得到了平息，王梦野也参加了吊唁仪式。父亲也写了《哀鲁迅先生》，文章指出："为了尊重他最后的意见起见，文坛上两个口号的争论因着鲁迅先生的去世，应该结束争论，而把'民族革命战争的大众文学'作为现阶段文学运动的口号。"

　　王梦野见了，极为生气，认为父亲简直是朝秦暮楚。他用楚阳的笔名在《申报·星期文艺》上发表文章，影射父亲："喊喊喳喳，一无所为，叽叽喳喳，事无所成，朝三暮四，毫无立场。"后来，两人在刘群的家里相遇，就这篇文章争吵了起来，相互指责，吵得面红耳赤，悻悻然不欢而散。

　　　　　　　　　　　　　　　　　原载《闲话》第十期

离石笔下的鲁迅

　　最近在替《老照片》杂志撰写有关沈寂的文章中，提及了李时雨和离石。

　　李时雨（一九〇八——一九九九）出生于黑龙江巴彦县，早年毕业于北京法政大学。一九三一年秘密加入中国共产党，在中共中央社会调查部工作，打入敌人内部十多年，著有《敌营十五年》和《烽火历程》等作品。抗战时期曾经是汪伪政府的立法委员，担任过上海伪保安司令部的军法处长。抗战胜利以后，又进入军统担任上海站少将组长。一九四九年后出任国家宗教局副局长兼顾问。

　　沦陷区时期的一九四二年四月，父亲周楞伽通过上海滩的宣传部长张冰独的介绍，担任李时雨创办的《先导》杂志编辑。这是一本当时类似于过去《东方杂志》和《新中华》一样的综合性刊物，内容涉及政治、经济、军事、文化等各个方面。最奇诡的是谈到目前书籍和报刊发行的困难时，竟然将陈独秀当年创办《新青年》作类比，说陈独秀当年为了推销这本刊物，自己亲自肩扛手捧的到北京大学附近的饭店去贩卖，可见刊物在草创时期，筚路蓝缕之艰难。

创刊号的发刊词是父亲撰写的，题目是《我们的文化与态度》。文章指出：战争给人类带来了空前的浩劫，文化是彼此沟通的唯一工具，是祖国历史的重要环节，它不能够停止，必须新生。另外还用惕安的笔名写了《研究文艺应具的观念》等文章。

李时雨写了《新中国的文化建设》《论物质精神与社会建设》《复兴上海市的几个基本问题》《外来不可取》等政论性的文章。

后来不知道什么原因，李时雨与中央书店的老板，曾出资创办《万象》杂志的平襟亚发生了争论，双方大开笔战。父亲不知好歹，竟然去劝和打圆场，惹怒了李时雨，停止出版《先导》，也免去了父亲的编辑职务。将杂志社从江西中路迁到了云南路二百六十五弄，改名光化出版社，主办《光化》杂志和《光化日报》，编辑由离石担任。我因为要了解父亲在上海沦陷时期的情况，于是去信询问沈寂有关离石的情况，结果他也不甚了了。于是我开始寻找各种资料，想进一步了解这位离石先生。

后来在各种报刊杂志和工具书里面查阅到，离石原名石江，四川人，中学与大学毕业于重庆，曾经编过《爱国日报》，发表过许多小说和散文。他从北伐途中退役以后，寄居在上海，看见美的书店征求小说，就写了一部五万字的中篇，取名《爱吗？》，三天以后收到书店老板张竞生的来信："尊稿可用，希面谈条件。"于是在萨坡赛路见到了这位性博士，获得了三百元的稿费，接着梁寒操邀请他进《民众日报》编要闻，写社评，因为他父亲去世，回老家重庆。过后，又去了南京，田汉和华汉劝他写杂文，王平陵劝他写小说，欧阳予倩和唐槐秋劝他写戏剧。可见他当时也是一位多才多艺的文学家，可惜现代文学史上没有留下他的只言片语。

石江曾是鲁迅在广州中山大学的学生（他自云在大礼堂经常听鲁迅讲课）兼同事，曾经担任过该大学地质系的技正。后来参加过北伐战争，又担任过国民党政府在贵州省的县长，以及黔北新闻社的社长，写过《湘黔行》的长篇游记。因为不习惯官场的应酬，离职到上海、南京等地当了记者和编辑，还在光华大学教过书。

离石在广州曾经与鲁迅谈话，鲁迅告诉他一生很讨厌他的姨妈。那是一次他的外婆去世了，母亲扶柩恸哭，姨妈也在痛哭，他站在母亲的身旁，看着她们在号啕大哭，后来姨妈不哭了，她也劝住他母亲不要再哭了，她想拉他母亲离开灵柩，一不小心把他也推倒了，受到疼痛，他也哭了。自从那件事情以后，她虽然平生对他没有什么不好，然而他偏偏一生恨她。这说明生命力受到伤害以后的反抗，竟然是这样的坚强。

离石曾经陪同鲁迅先生去光华大学演讲，返程乘电车，送鲁迅回家的路上，恰逢以《情书一束》闻名于世的章衣萍夫妇，当时鲁迅早就开始疏远章衣萍了。原因是鲁迅去了厦门大学教书，高长虹此时写了一首诗，说是："我在天涯行走，太阳是我的朋友，月儿我交给他了，带她向夜归去。夜是阴冷黑暗，他妒忌那太阳，太阳丢开他走了，从此再未相见。"当时流传高长虹是太阳，鲁迅是夜，许广平是月亮。对于这场三角恋爱，鲁迅认为是高长虹在害相思病，而章衣萍却在其中传播流言蜚语，遭至鲁迅的气愤和不满。为此，鲁迅曾经不无讽刺和调侃的对人说，章衣萍写了《情书一束》，我来写一本《情书一捆》，会有读者吗？

　　离石曾经在《太平洋周报》一九四二年一卷十八期，写过《鲁迅先生逝世六周年祭》，叙述了他和鲁迅在广州中山大学交往的经过，他曾经多次去学校的大礼堂听过鲁迅的讲课。还多次去拜访过鲁迅先生。

　　离石还回顾了学生当年与鲁迅开玩笑的琐事。例如有一次鲁迅在学校大礼堂讲课，黑板上不知道是谁，画了鲁迅先生的一个半身像，并且旁书一行："阿Q，你为什么三年不剃头呢？"因为鲁迅头发很长，所以学生开玩笑画了这样一幅漫画。鲁迅见了，笑了一笑，把漫画从黑板上拭去，开始讲课。到了下次前来讲课，鲁迅已经剪成了平头，大家鼓掌欢迎，他笑道："阿Q今天是剪了头的。"大家又一阵鼓掌，然后开始讲课。

　　还有一件事，鲁迅和茅盾对门而居，当时茅盾正在撰写《追求》和《动摇》小说，为此常常深夜失眠，却抬头看见鲁迅的室内亮着灯光，曾经和鲁迅说："不独失眠的是我茅盾，还有失眠的像鲁迅一样。"鲁迅却笑着说："我不是失眠，而是失钱。"

　　离石在那篇文章中高度评价了鲁迅先生，他指出：这位中国的高尔基，已经离开我们两千多天了。凡是从事文艺的青年们，是不会忘记他的。在中国的新文坛上，无疑他坐稳了第一把交椅，他在中国新文坛上树立了不朽的功绩。在他之前，或与他同时的文人，有不少是从事文艺运动的，然而，谁也不及他受着全国青年的崇拜，以死的哀荣来说，也就胜过别人多了。他对于中国文坛的功罪，有他的全部遗教在，绝不是断章折句的人可以委屈批判的。

　　据他说，曾经拜访过鲁迅先生在大陆新村的寓所，有过一次长谈，谈的都是当年两人离开广州以后的一些事情，不料这次谈话却是一次与鲁迅先生的永诀。事后，他一直关心着鲁迅的病情，他的朋友荆有麟（国民党军统文化特务，曾经是鲁迅的学生，写过《鲁迅回忆》，解放后被镇压）常常来信，禀告他关于鲁迅的病情。

父亲在离石编辑的《光化》杂志第二期上，发表过一篇小说《无盐》，说明两人虽然工作交替，但是并无任何芥蒂。离石后来病贫交迫，据他自己叙述，一支笔要养活全家十来口人。另外他为人特别好赌，再多的钱，在赌博中，被他挥霍殆尽。抗战胜利之后物价飞涨，生计艰难，他终于死于肺病。

原载《温州读书报》二〇二四年第八期

毛子佩与父亲的交往

　　毛子佩，字文植，笔名马知先，浙江余姚人，一九〇六年生。一九三三年任上海《铁报》社社长。一九三七年毕业于上海持志学院。一九三九年任中国国民党上海特别市党部执行委员兼宣传处处长，三民主义青年团上海支团部干事会干事。一九四三年入国民党中央训练团党政训练班第二十五期。一九四五年任上海市社会局第四处处长。一九四六年任上海市参议员，中国纺织建设公司专门委员，余姚旅沪青年联谊会理事长。一九四七年被选举为国民党国民大会代表。

　　毛子佩早年曾经向杜月笙拜过门生，参加过杜月笙组织的恒社，他长期在上海的小报界办报，长于社会交际，和上海的工商界极为熟悉。他所办的《明星日报》曾经捧红过胡蝶，使得她成为中国第一位"电影皇后"。他还办过的《铁报》《小说日报》等许多小报，很多工商人士的产品广告，都是在他办的小报上刊登发布的。

　　抗战之前，经过朱家骅的介绍，他认识了吴绍澍。太平洋战争爆发以后，吴绍澍来上海，出任国民党上海市地下统一委员会主任，毛子佩成了吴的心腹干将，被任命为"三青团"上海地下宣传部长。

他主要为吴绍澍办理三方面的事情。一是党团的活动经费，重庆有时候无法如期汇到，连工作人员的工资都发不出来，大多数都由他先行垫付。二是吴绍澍去重庆述职，需要准备携带几大箱孝敬官场大员的礼物，都由吴开列清单，由毛子佩照章办理妥当。三是由他充当蒋介石驻沪代表蒋伯诚和吴绍澍的联系人，暗中进行抗日秘密活动。

然而，抗战胜利以后，不到半年的时间，吴绍澍就在CC派和军统势力的联合排挤之下，黯然下台。吴绍澍从宦海沉浮之中，开始觉悟，经过一番审时度势，决定改变立场，转而靠拢共产党，弃暗投明。并且利用毛子佩所办的《铁报》，抨击国民党四大家族的贪污腐化，支持进步的学生和工人运动，反饥饿反内战，针砭时弊，反映人民的呼声。

一九五〇年，毛子佩出任怡大化工厂经理。一九五五年，因为受到潘汉年、杨帆冤案的牵连，被捕入狱。一九七五年国家和政府落实了对国民党原县团级以上人员的政策，他被恢复了公民权。党的十一届三中全会以后，他的历史问题终于获得平反。一九八〇年安排为上海市文史馆馆员。

父亲周楞伽在抗战爆发以后，曾经随新钟书店老板李铁山一起去广州和香港经营文化出版事业，后来因为遭遇日寇轰炸，无法开展出版、著述等文化事业，只得怏怏然返回上海。

一九三八年初秋，父亲在闲逛中，路上遇见正在《新闻报》做外勤记者的宜兴同乡金笑鸳，他硬拉父亲去霞飞路的貂蝉茶室叙谈，认识了茶室老板毛子佩。毛子佩又介绍了他的朋友来岚声和文宗山、潘勤孟等一批小报界的人士。来岚声说起他想办一个《自修》的杂志，内容类似李平心在战前创办的《自修大学》。想请父亲做主编，并且邀请一些知名的进步作家来茶室吃一顿饭，商量一下办刊物的方针和内容。于是，父亲邀请了王任叔（巴人）、唐弢、柯灵、周木斋、赵景深等人，在毛子佩开设的茶室里叙谈。后来，来岚声却聘请王任叔担任了主编，遭致了父亲的极端不满。

不久，冒舒湮从延安考察回沪，经常拉父亲去毛子佩的茶室叙谈。有一次，恰巧来岚声也在茶室，就拉着毛子佩来向父亲道歉，父亲心有余愤，没有搭理他。冒舒湮是社会名流冒鹤亭的小儿子，明末四公子冒辟疆的后裔，有点公子哥儿的脾气，早就听闻父亲的诉说，就大声呵斥了来岚声几句，结果毛子佩和来岚声以为他俩是来寻衅闹事的，连连打招呼，赔不是，这才算结束了这桩公案。

又过了一段时间，父亲看见报纸上有人在征求旧杂志的广告，而这些杂志，正是父亲多年来收藏的，由于书报杂志越积越多，就想处理掉，于是写信前去应征，想不到求征的人竟然是毛子佩。两人落座饮茶叙谈，父亲问他要这些杂志有何用处，他回答正在筹备出版一张小报，取名《小说日报》，第四版专门登载北洋军阀时代的历史，所以需要这些杂志提供材料。并且希望父亲也能够操瓢相助。后来父亲也就替这张小报写稿，并且开设了一个专栏写《葳蕤五记》。每篇稿费五元。后来因为停发稿费，父亲也就停止不写了。

一天，毛子佩又登门拜访，说起过去父亲的稿件，很受读者欢迎，因为没有稿费，中止写作，也在情理之中，所以不便勉强他写作。现在决定发送稿酬，请他能够继续写作下去，另外希望他能够写作一部中篇小说，在小报上连续刊登，这两个专栏的文章，每月奉送稿费六十元。于是除了《葳蕤五记》之外，父亲又写了一篇文言小说《情焰小缬》予以连载。

《小说日报》的编辑部，设在南京东路慈淑大楼五二八室，编辑是冯梦云和陈蝶衣。陈蝶衣在一九四〇年夏患病住院，于是他向毛子佩竭力推荐父亲周楞伽来担任编辑。于是从一九四〇年的九月一日开始，父亲用自己的真名周华严，主编《小说日报》第一版。当时父亲还另外主编了一本《新文艺》的刊物，作者都是当时一些进步的作家，但因为销路比较困难，为了增加收入，父亲就和毛子佩商量，在《新文艺》杂志上，刊登毛子佩创办的广告公司的一部分广告，盈利对分。毛子佩为了拉拢父亲做编辑，便一口答应。父亲兴奋之余，却忘了签订合同，真是失策。

当时，在《小说日报》编辑部里，除了陈蝶衣之外，还有一位是冯梦云，他在编辑部里开设了一个电话购物公司，常常在第一版上撰写国际时局的文章，但是，他对国际形势和世界知识的了解很贫乏，对第二次世界大战的战局分析、推断，常常有些隔靴抓痒。于是父亲常常写一些短文，分析战局的前因和预测结果，内容和分析远胜于他，冯自愧不如，决定改写身边琐事和社会花边新闻，让位于父亲专门写作战场形势和当代世界著名人物的介绍。这样一来，引起了读者的注意和欢迎，毛子佩见此大为欣喜，决心革新版面，在第一版专门开辟一个专栏，让父亲写国际时局纵横谈，再写《葳蕤五记》和一篇杂文，每月薪资一百二十元。但是因为人手少，陈蝶衣又常常生病，于是，除了写稿，每天夜间，父亲还要到牯岭路的印刷所去校对文稿，非常辛苦。在印刷所里，又认识了小报主笔王小逸、谢啼红和陈灵犀。陈和父亲见面以后，再三叮嘱要父亲为他的

《社会日报》写稿。由此之故，后来就发生了与苏青笔战的缘由。这里不再赘述。

自从接手《小说日报》编辑以后，父亲认识了许多小报作者，大部分时间在新雅茶室聚会，商量稿件，有时候当场审稿，当场拍板，当场开支票付酬。一九四〇年元旦的午后，毛子佩约父亲毛在南京路沈大成点心店吃饭，谈及他为了支持《小说日报》的出版，除了煞费苦心之外，每月亏损甚巨，父亲替他出谋划策，商讨如何继续支持和发展这份小报的生存，同时表示《新文艺》杂志的广告费，可以暂时不收。

在这样的生活环境之中，如果父亲能够随遇而安，日子很能够混得过去。无奈他生性爱管闲事，看见一帮小报作者在鸦片烟榻上吞云吐雾，糜烂不堪，就想以小报的先知先觉起来革新。竟然在自编的《小说日报》上发表了一篇杂文，要求小报界起来革命，肃清黄色小说，铲除低级趣味。这样一来，引起了小报界的轩然大波。因为这些作者，都是依靠这类作品吸引读者，谋划自己生计的，这篇杂文简直敲掉了他们的饭碗，要了他们的命，于是群起攻击。首先是金小春在《力报》上开火，父亲不甘示弱，不仅撰文反击，还召开读者座谈会开展批判。这一下乱子越闹越大，因为树敌过多，引起了毛子佩的极度不满，和父亲尹邢避面，不但不给广告费，连薪资也断发了。陈蝶衣和冯梦云也多次劝说父亲，不要和小报作者笔战。小报读者都是小市民和有闲阶层，一旦改革，报纸销路何在？作者生活何在？读者又何在？说得父亲懊悔不迭，也明白自己有些轻举妄动。

此时，毛子佩在一九四一年的一月十一日的《小说日报》发表了《一个声明》的文章。内容简述如下：

前月间，陈蝶衣因为身体不适，向我一再诉苦，表示愿意交卸一四两版的辑务。我也很想让蝶衣兄调养一下，答应他慢慢地设法。后来蝶衣兄病了，进了医院，对于辑务当然不能再兼顾，于是一方面请人代理，一方面由我就商于华严先生，请他担任第一版的编辑，当时华严先生为本报担任两篇文字，一是《葳蕤五记》，一是《情焰小缄》。蝶衣兄认为华严先生新旧兼长，于第一版的辑务，一定能够胜任，竭力怂恿我和他去说，经我和华严先生谈判之下，侥幸得到了他同意，这一种事，便很顺利地解决了。此后，本报第一版的内容便处于华严先生的支配之下。华严先生首先主张将身边文学迁出第一版，搬到第四版上去，我也遵从了他的意见。从此之后，因华严先生攻讦同文，引起了与谢啼红先生的笔战，啼红先生也是本报特约撰稿的一员，忽然互相水火，我认为这现象很不好，因此劝双方息笔。这期间，我已经受到了同业间许多的非议。最近，因为《冯玉祥日记》《婆婆居旧日记》（笔者注：作者是金性尧，笔名文载道，曾经编辑《鲁迅风》，是文史名家）的刊发，大受读者的责难，每一封来信都表示厌恶，要求本报取消两日记的刊载，并恢复过去的特写和随笔。一张报纸的主持人不能不顾及读者的意见。我开始向华严先生提出了一点贡献，同时并拟定了一个改革的方案。不料华严先生突然刊出了辞职的启事，这在之前是绝对没有征求过我的意见的。同时他对于俞亢咏先生所译的《间谍》续稿，也没有刊出，而在他写的《得志楼随笔》中，却放了一支冷箭，将许多同业都得罪了，于是我渐渐认识了这位华严先生——也就是周楞伽先生的真面目。我认为一个文化人的道德修养，应该与文学修养相等。

而华严先生的态度，则使我深深感叹知人之难，这实在是一件出乎意料的事情。

从今天起，第一版的编辑仍旧由蝶衣兄偏劳，关于华严先生此后的任何行动，都与本报无关，特此声明。

在这种情况下，父亲只好写辞职信给毛子佩，急流勇退了。

一九四四年夏，作为吴绍澍（时任上海市党部主任，从事制裁汉奸和收集情报的地下工作）和蒋伯诚（蒋介石驻沪代表）联系人的毛子佩，在蒋伯诚的德义大楼寓所，被日寇捕获。被拘留了近三个月，经过营救才被释放，后来去了安徽屯溪的国民党联合办事处，返沪以后，担任了国民党上海市党部执行委员和宣传处长。

吴绍澍在抗战刚刚胜利的时候，大红大紫。出任上海市代市长、市党部主任、"三青团"干事长、社会局局长，后来因为和中统和军统发生矛盾，受到倾轧，被撤销了一切职务，甚至被逐出上海市党部。于是，他幡然醒悟，转变立场，主动联系中共地下党的吴克坚，为解放上海做了许多有益的工作，其中吴绍澍曾经策动了两个旅的国民党军队在解放前夕，于阵地前起义，为上海的解放做出了一定的贡献。

但是在解放前夕，他的"通共"活动被上海市警察局长毛森有所发现，于是，吴绍澍就一直躲藏在毛子佩私下租赁的花旗公寓隐蔽下来。毛森抓不到吴绍澍，就抓捕毛子佩严刑拷打，想从他口中打开缺口，抓获吴绍澍。毛子佩受尽酷刑，坚决不露半点口供，坚贞不屈地保护了吴绍澍本人，以及他与共产党联系策动的地下活动。

中华人民共和国成立后，吴绍澍曾经担任过全国政协委员、国务院交通部参事。而毛子佩生前最终也获得了平反，担任了上海市文史馆的馆员。他们对上海解放事业的贡献，是不应该被后人忘却的。

原载《文史春秋》二〇二二年第二期

施蛰存与父亲的分歧和争论

　　施蛰存（一九〇五－二〇〇三），浙江杭州人，原名施德普，又名施青萍，字安华，笔名江思、江兼霞、蛰庵、中舍、陈蔚等，号北山，室名无相庵、红禅室、萍华室、北山楼等。他早年先后在上海大学，震旦大学肄业，而且参加过共青团。新文学运动兴起以后，他又和刘呐鸥、戴望舒等一起创办过水沫书店，编辑过《无轨列车》《新文艺》《现代》《文饭小品》等刊物，还与阿英一起编过《中国文学珍本丛书》。一九三七年起，历任云南大学，沪江大学教授，新中国成立后担任华东师范大学教授，曾经荣获上海文化艺术杰出贡献奖，华东师范大学终身成就奖。在学术界有"百科全书式的专家"的称号。

　　施蛰存早期的小说创作，把心理分析和荒诞怪异结合在一起，运用弗洛伊德的精神分析方法和意识流来塑造人物，展开情景，被誉为"中国现代小说的先驱者""新感觉派大师""中国现代派的鼻祖"。可惜他在一九五七年被错误地打成了右派分子，职务、学衔全部撤销，还下放劳教一年，后来在华东师大图书馆工作，仅领百余元生活费。

四凶剪除，红日重光，施蛰存终于发挥出了自己全部的光和热。他自己称开了四扇窗，北窗金石碑刻，南窗文学创作，东窗东方文化和古典诗词研究，西窗文学翻译。

施蛰存一生的坎坷遭遇，与鲁迅早年责骂他是洋场恶少有关。二十世纪二三十年代，他与刘呐鸥等人开设的水沫书店，所出版的普罗文学，曾经引起了鲁迅先生的关注，他们出版的左联作家柔石的《三姐妹》，胡也频的《往何处去》等书稿，就是由鲁迅委托冯雪峰介绍来的。施蛰存对鲁迅先生也是倍加敬爱的，鲁迅纪念左联五烈士的《为了忘却的纪念》的文章，就是施蛰存顶着压力，发表在《现代》杂志上的。但是不知道什么原因，他总是招惹鲁迅先生的不满。水沫书店为鲁迅出版的译作《文艺与批评》，对苏俄原作者卢那察尔斯基的头像，虽然印制多次，却屡遭鲁迅先生的不满和反对。好不容易找到一家印刷所，才了却了鲁迅先生的夙愿。

一九三三年九月，上海《大晚报》副刊主编崔万秋，主张给当时的青年开列推荐书目，施蛰存应征开了《昭明文选》和《庄子》的书目，不料却因此触怒了鲁迅先生，鲁迅鉴于当时的形势，反对青年去钻故纸堆，便撰文讥讽他是"桐城谬种"和"选学妖孽"。施蛰存年轻气盛，写了答辩文章，他在给崔万秋的信中，竟然反唇相讥，说应该将推荐的书目改为鲁迅的《华盖集》和《伪自由书》，因为里面有许多活字汇。当然鲁迅的文章里也有"之乎者也"的，结果被鲁迅怒斥为"洋场恶少"。

父亲周楞伽在一九三八年应《文汇报·世纪风》副

刊主编柯灵的邀请，在法租界洁而精餐馆聚餐，欢迎施
蛰存先生从云南大学返沪探亲时，和施蛰存先生认识，
并且是邻座，一起饮过酒，交谈甚欢。

　　一九七九年秋，我曾经与当时在华东师范大学中文
系就读的同学刘同毓，一起去拜访过施蛰存先生，刘同
毓是我当年在上海溧阳路第一小学的同学，经常来我家
白相、交谈。父亲听说我俩要去施家拜访以后，委托我
带一张字条转交给施先生，内容是问及他早年创作的历
史小说《将军的头》的故事出典。

　　刘同毓是施老家的熟客了（见《北山日记》），弯
弯曲曲步行在愚园路，走进一条弄堂洋房，终于来到了
施蛰存的家，好像是在一间邮局的楼上。在一间狭窄的
亭子间里，施先生慢悠悠地踱了进来。耳朵上挂着助听
器，刘同毓简单将我做了介绍，我自报家门是周楞伽的
儿子，施老"哦"了一声，问我："你父亲的腿现在怎
么样？行走还方便么？"他的记忆中，父亲是个残疾
人，大约是腿脚不便。我据实回答说，父亲小时候生过
伤寒症，病愈以后，落下后遗症，成了个聋子，腿脚倒
并无毛病，于是他又询问是否和他一样使用助听器，我
说他自幼耳聋多年，助听器已经没有多少作用了。说话
之间，我将父亲写就的小字条递给了施老，他见了字条
笑笑说："忘了，忘了，记不住了。"

　　不一会儿，施老的夫人也进入了亭子间，一边打毛
线，一边听我们交谈。那天，谈话的时间很长，一直迁
移至黄昏时分，天色渐渐暗淡了下来，记得是施先生的
那位体型略胖的公子进了屋，我们才告辞离去的。

　　回家以后，我曾经将拜访的经过告诉了父亲，从此
两人开始了通信联系。不料，在一九八〇年初，他们两
人对宋词的体与派的观点，产生了不同的见解，导致了

激烈的争论，这场笔战的信件刊登在一九八〇年三月号的《西北大学学报》上，《光明日报》也做了转载摘录，结果后来形成了范围广泛的论战，卷入进去的有关词学方面的专家不在少数。数年之后，在施宣园主编的《中国文化史之谜》的书籍中，也将两人的争论以及不同的观点，作为中国文化史的一个不解之谜，向读者做了专门的介绍。

这场争论的经过是这样的：

一九八〇年三月八日，父亲去信施蛰存先生，谈及表示准备向他编辑的《词学季刊》投稿，十四日，施老回函表示欢迎。但是，他对于父亲提出的婉约、豪放作为词家的派别，甚表怀疑。认为词的风格仅仅只是一种体，也即词人的思想感情而已，燕闲之作，不能豪放；民族革命之作，不能婉约。如果将词人截然分为两派，以豪放为正宗，此即极左之议，如以婉约为正宗，即不许壮烈意志阑入文学。此两者，皆一隅之见。

三月十五日，父亲回信答道：来书谓婉约、豪放，是作家作品之风格，而非流派，弟不敢苟同，作品风格即人的表现，汉魏风骨，气可凌云，江左齐梁，职竞新丽，所不同者，当时无婉约、豪放之名，而以"华""实"为区别标准。一个人的作品有婉约，也有豪放，则当视其主导方面为何而定。豪放之语，未必关乎民族革命情绪，如果认为豪放之语为极左，难道"四人帮"亦是苏轼、辛弃疾的崇拜者乎？

三月十八日，施老再次回信答复父亲说：弟与足下之距离，在一个"派"字的认识，婉约、豪放是风格，在宋词中未成派，唐诗之中也未成派，婉约、豪放仅仅是体，如"西昆"体，"花间"体，皆不成派，唯"西江""江湖"，因为有多人向同一风格写作，蔚成风气，故始成派，论南宋词，稼轩是突出人物，然未尝成派，足下能开列一个稼轩词的宗派图否？

弟不反对诗词有婉约、豪放两种风格（或曰体），但此两者不是对立面，尚有既不豪放，亦不婉约在。诗三百以下，各种文学作品，都有此两种或种种风格，然不能说曹孟德是豪放派，陶渊明是婉约派。

施先生又指出："西昆"有《酬唱集》，勉强可以成派，但文学史上，一般均称体。

三月二十二日，父亲又手书回答道：弟与先生之差异，决不止对一个"派"字，或"派"与"体"二字的解说不同，看法各异。弟谓宋词已成派，唐诗已成派，上溯建安，下推江左，皆已成派，汉赋亦如扬雄所云，有"丽则""丽淫"之分，先生斤斤计较者无非是结成诗社宗派，弟今请反问先生，许多人向同一风格写作，蔚成风气，何以不能成派？

信中最后说：弟之意见如果写《词史》，必须大书特书宋词有豪放、婉约两派。

这两个人对于词的体与派之争，在《西北大学学报》披露以后，不少人在坊间传言，说父亲无端指责攻击施蛰存先生，弄得父亲丈二和尚摸不着头脑，直到父亲工作的单位领导，上海古籍出版社社长，老革命家、文学家李俊民来信约父亲晤谈，他才了解了事情的始末。李俊民在谈话之中正告父亲，学术争论一定要心平气和，要有理有节，不要无端攻击别人，尤其是施蛰存先生是一代有影响的文学大师，更不应该随便冒犯别人。父亲十分惶惑，争辩说自己根本没有攻击他人的意思。

于是，李俊民拿出文章，指着三月二十二日父亲的复信给他看，上面赫然写着："足下不否认诗词有婉约、豪放两种风格，但又谓'尚有既不豪放，亦不婉约者在，'此等第三种文学论，殊不合于文学史之事实。"

这一下，父亲恍然大悟，原来施蛰存当年编辑过《现代》文艺杂志，发表过胡秋原、杜衡的文章，曾经揭起过"小资产阶级""资产阶级自由派"等非功利性的文学创作旗帜，标榜过不左不右的中间派的"第三种人"的文学口号，曾经遭到瞿秋白和周扬的批评。尤其是鲁迅先生的《论"第三种人"》的文章，深刻地批驳了超阶级和超政治的文艺观，以及蔑视群众文艺的一些贵族老爷的态度和观念，同时，也批评了左翼文艺关门主义的错误。由于杜衡等人的文章都发表在施蛰存主编的《现代》杂志上，所以施先生也被目为的第三种人的代表。但是，施蛰存先生曾经声明，坚决否定了自己是第三种人，他认为自己只不过在双方论辩的过程之中，始终保持了中立的立场而已。（见施蛰存《〈现代〉杂忆》）

而一九三五年，李辉英编的《漫话漫画》，在一卷四期上，发表了父亲撰写的《第三种人的三种把戏》，不点名地批评施蛰存道："去年出版的《文艺画报》第二期上，有一位劝青年读《庄子》《文选》的先生，作了一篇名叫《题材》的随笔，指责在《文学》杂志上一位批评家描写儿童心理的题材，不但没有任何意义，反而起到了杀戮儿童的作用。而和这位先生同调的第三种人，吃惊现在从事文学的青年太多，大声疾呼并且告诫青年，文学这条路是走不通的，只能够作为副业，不能够靠它吃饭。另外一位却大谈做一个作家的困难，希望青年知难而退赶快改行，这些论调表面上看起来冠冕堂皇，实际上在两腿之间夹着一条尾巴，在老作家不断去世，新作家后继无人的情况之下，文坛上就只剩下一群第三种人，岂不是可以大大的发一票横财了吗？"

此文发表以后，施蛰存先生很为生气，认为完全是无中生有，在《文饭小品》的杂志上，发表了许多篇文章反诘，虽然他是在和鲁迅争辩，但也曾经不指名道姓的影射反击过其他人。他说，鲁迅的杂文是有宣传作用而缺少文艺价值的东西。又说，他《编中国文学珍本丛书》，主要是为了生活，充其量不过是印出了一些草率的书来，到底并没有出卖了别人的灵魂与血肉，如别的一些文人们也。

正因为历史上有过这样一段过节，所以社长李俊民毫不客气地批评父亲，落笔苛刻，伤人太深。于是，父亲大呼冤枉，并且表示自己下笔的时候，没有注意，完全是一场误会。并且表示今后写文章的时候，一定会注意，不要忘乎所以，以致留下话柄。

一场风波过去之后，父亲意犹未尽，于是又去信给词学专家、南京师范大学教授唐圭璋，请求他予以答复，并且再次表达了自己的意见。唐在教学繁忙之际，回复了两封信，提出了自己的观点，他认为，古代文学有体有派，个人有体，多人有派，体大思精，派小思狭。另外他还认为，体符实事求是的精神，派特阿其所好而已，唐教授主张两者应该调和，"体"和"派"名称虽异，义实同一，尤争论之必要。

父亲又去信唐先生，坚持认为：派有两种，一种是立场、观点、见解、习气相同之流，一种是作家作品风格的表现，前者是指宗派，后者是指流派。作为体来说，前者和派没有区别，后者则为《文心雕龙》所称之的"体性"，现在，我与施蛰存先生的争论差异是：一则，体经常作为作家个人作品风格之表现，而婉约、豪放两种风格，已非个人所能拘囿。且已突破宗派之藩篱，成为《诗三百》以下整个古代文学发展演变之趋势。二则，两派的存在，不只唐宋，上自先秦、汉、魏，下迄江左、齐、梁，早已有之。三则，不论何种风格，均出自这两种文学的范畴。

这次争论虽然最后没有得出什么结论，但影响广泛，当年的《华东师范大学学报》，也曾经专门开辟专栏讨论过。

然而，父亲与施蛰存先生的分歧还不仅止于词学，在小说的概念上，也发生了不同的见解和分歧。父亲生前曾经写就了一篇文章，题目尚未确定，是针对施蛰存先生对小说的看法，撰写了自己完全不能够认同的文章。由于父亲骤然因病去世，此文没有发表。另外，由于是草稿，语气难免有点生硬和唐突，但为了保持原貌，我不揣谫陋，标上题目，附录于后，以供同好。

小说的概念和定位
——与施蛰存先生商榷

一

最近上海书店出版了一本题为《中国近代文学争鸣》的书籍，其中有一篇施蛰存先生的《"小说"的概念》的文章，他在此文的最后一段是这样表述的："因此，我说，'笔记小说'不是'小说'，说得明白些：'不是我们现代所谓的小说。'《容斋随笔》《子不语》都是'笔记小说'，都不是'小说'。《聊斋志异》中，大部分不是小说，只有几篇唐人传奇式的作品，可以认为宋元人的'小说'。看来，宋元人所谓'小说'，倒是接近于现代观念的。他们不把'讲史'列入'小说'，表明他们已注意到讲史的内容是历史事实，而且没有故事结构。"

　　读完这段宏论，使我大为疑惑。若果如施先生所说，只有唐人传奇式的作品，才可以认为是小说的话，那么，中国古代（包括先秦、两汉、魏晋南北朝）的小说史，岂非将成为一片空白？因为从左丘明作《春秋左氏传》到魏晋南北朝，这一段长达千余年的时间里，所有的小说，不论是志人还是志怪，都是采用散文体裁、笔记形式的呀！唐人固然刻意作小说，所作传奇，篇幅由短趋长，内容也注重故事情节，人物的性格，以及心理描写，形式体制也粗具小说的规模。但不久就由传奇解散成为笔记杂俎，篇幅再趋简短，如唐人段成式的《酉阳杂俎》之类。唐、五代之后，这种笔记小说日趋增多，尤以宋代和清代最为盛行。作者根据自己的所见所闻，随手札录，内容包罗万象，不拘一格，山川景物、风土人情、历史掌故、人物言行，无一不可成为小说的资料。

　　直到近代鸳鸯蝴蝶派的徐枕亚写的《枕亚浪墨》，翻译家林琴南写的《畏庐琐记》，《时报》主笔狄楚青的《平等阁笔记》，《海上繁华梦》作者孙玉声的《退醒庐随笔》，如果按照笔记小说都不是小说的概念，那样中国小说史上将不但出现大量的空白，而且由江苏一家出版社影印的，过去解放前上海进步书局出版的几十厚册的《笔记小说大观》，难道就此也可以销毁了吗？

　　固然，笔记小说之中也有一部分属于考证名物制度、典章经籍的，如唐李匡乂的《资暇集》、宋程大昌的《演繁露》、吴曾的《能改斋漫录》等，确实不能称为小说，洪迈的《容斋随笔》亦属此类。但《容斋随笔》共有五笔，其中的历史掌故、人物评价部分，恐怕很难否认它不是小说。如果说清代袁枚的《子不语》不是小说，正等于说宋洪迈的《夷坚志》不是小说一样。

难怪施蛰存先生说蒲松龄的《聊斋志异》中的笔记，都不是小说了。这是很难令人信服的。

二

施先生在他这篇《"小说"的历代概念》一文中，开头就说："现在我把历代文化史家及一般人士对'小说'这个名词列一简表。"

看了这份简表，我只能够说，这只是施先生自己个人对"小说"这个名词的认识，他与历代文化名家的认识并不一致。

先看施先生对汉代是怎样说的。他说："小说家，见《汉书·艺文志》指杂家的思想流派，其著作有历史、政治、方技等通俗书。"

班固的《汉书·艺文志》把诸子分为儒家、道家、阴阳家、法家、名家、墨家、纵横家、杂家、小说家九家，亦即所谓的九流。九流三教，人人都知道，如果把杂家也归入小说家之列，那么，九流就变成了八流，这能够让人同意么？

其实班固在《汉书·艺文志》中已经说得很明白："小说家者流，盖出于稗官。街谈巷语，道听途说者之所造也。孔子曰，'虽小道，必有可观焉，致远恐泥，是以君子弗为也。'然亦弗灭也。闾里小知者之所及，亦使缀而不忘，如或一言可采，此亦刍荛狂夫之议也。"其前并列自《伊尹说》至《百家》等小说十五家。鲁迅的《古小说钩沉》中曾经就《大戴礼记》《贾谊新书》辑得《青史子》各一段。不知道施先生据何所说，就是指的杂家的思想流派？杂家古代多半是指兵书，有班固所列杂家书名，如《伍子胥》《尉缭子》《荆轲论》等可以证明。方技是指医家，列于《艺文志》最末，其中曾经提到黄帝的医官岐伯，战国时期的名医扁鹊（秦越人），汉时的名医仓公（淳于意），纵横家涉及政治人物，都与街谈巷语、道听途说者所造的小说无甚关系。几曾听见街谈巷议谈兵、说医、论道纵横捭阖的政治之术的？古书多半已经佚失，即使存有未曾散佚的，也都艰深难读，何来什么所谓的"通俗书"呢？

接下来，我们再来看施先生对魏晋南北朝时期的小说是怎样认识的。他说："指各种新异、神怪的故事，是实有的，作者不承认是虚构的。有《殷芸小说》书名为证。"

施先生这一段议论，可以说是对魏晋南北朝的小说概念，既混乱而又模糊，魏晋南北朝的小说有志怪和志人两种。施先生针对的是鬼神志怪书，却以志人的《殷芸小说》提出来佐证，实在可笑。殷芸是南朝梁时人，仕梁为豫章王萧综长史，梁武帝敕令他，把具有史料价值而为正史所不载的别集为小说，所以此书就名为《小说》，实际上就是今天所谓的野史。鲁迅先生曾经在《古小说钩沉》中加以辑录，计一百三十二条。余嘉锡先生又多采书十四种，辑得一百五十四条。我又在鲁、余两位先生辑佚的基础上，通过查阅清代类书《佩文韵府》《渊鉴类函》等，多辑得八条，共一百六十二条。由于先有南朝宋刘义庆的《小说》，后有唐代刘悚的《小说》，为了区别起见，故而在《小说》之前加上殷芸两字，于一九八四年由上海古籍出版社出版印行。此书内容虽然间有不经之谈，但毕竟大多是志人小说。施先生对魏晋南北朝小说的认识只提志怪小说，而且认为这种新奇神怪的故事是实有的，并不是原作者眼中看来所实有的，那样，就不免把南北朝时期的无神论者范缜，也划进了相信神异之事的实有之人了。

不提志人小说，已经偏颇；又不以志怪小说中晋干宝的《搜神记》，宋刘义庆的《幽明录》来佐证，却以志人小说的《殷芸小说》来佐证，实在令人费解。

再次，我们看施先生是怎样认识唐人小说的。他说："唐人不用'小说'这个名词，大概还以为是'小家杂说'，不是讲故事的。唐人用'小话'或'传奇'。话即故事，传奇有裴铏作《传奇》书名为证。"

这里，施先生又错了。他不但混淆了文言小说与白话小说之分，笔记小说和口头小说之分，而且颠倒了隋代即已流行的"小话"和唐代盛行的"说话"之间的区别。话固然是故事，难道用笔记录下来的就不是故事了吗？施先生说"笔记小说"不是"小说"，却又承认口头讲的"小话"是小说，殊不知笔记小说更是小说。因为口头上讲的故事，如果不用笔将它们记录下来，很容易忘记，所以，笔记小说从真正意义上来讲，是用笔记录下来的故事。另外，施先生文章之中提及的"小家"，我不知道他指的是什么？"杂说"又是什么样子的杂说？当时这些艺人如果不是在讲故事，那么，又在讲什么东西呢？

但是，最为不可原谅的是，施先生竟然把"小话"和"说话"混为一谈。殊不知，唐朝时候只有"说话"，没有"小话"。"小话"又称"俗讲"，因为讲的是短故事，故称"小话"，盛行于六朝时代，梁时已有，至隋更盛。唐人只有"说话"，没有"小话"，即专讲长故事，不讲短故事。"说话"源出于"转变"，又称"变文"。凡是僧人讲故事，不背佛经经文的本子，一律称之为变文。这种变文有图有文，后来许多人听佛经的故事听厌烦了，要听俗家的故事，于是，就有了《伍子胥变文》《王昭君变文》《唐太宗入冥记变文》，又称"俗讲"。宋代四家数之"说经""讲史"等，即由此而来。

唐郭湜的《高力士外传》记载："上皇（即唐玄宗）在南内，力士转变、说话，冀悦圣情。"转变即说佛家故事，说话就是讲俗家故事。元稹《酬白学士诗》"光阴听话移"，自注："尝于新昌（里）宅（听）说《一枝花》话，自寅至巳，犹未毕词。"《一枝花》即唐人白行简所作的《李娃传》传奇中，李娃的别号。李商隐的《骄儿诗》："或谑张飞胡，或笑邓艾吃。"讲的就是三国里的故事。可见，唐人所谓的"说话"，讲的都是长故事，所以，才会出现"光阴听话移"的现象。

三

那么，讲短故事的"小话"，指的是什么呢？"小话"又是什么概念呢？我来举两条例子。

梁人殷芸编的《小说》中，有贫人止能办只甓之资，夜宿甓中，心计曰："此甓卖之若干，其息已倍矣。我得倍息，遂可贩二甓，自二甓而为四，所得倍息，其利无穷。"遂喜而舞，不觉甓破。

隋人侯白的《启颜录》之中：侯白在散官，隶属杨素。（素）爱其能剧谈，每上番日，即令谈戏弄，或从旦至晚始得归。才出省门，即逢素子玄感，乃云："侯秀才可为玄感说一个好话。"白被留连，不获已，乃曰："有一大虫欲向野中觅肉"云云。

杨玄感所谓的说一个好话，就是说一个好故事。侯白讲的"有一大虫欲向野中觅肉"云云，就是"小话"，即短故事。这些都是口头讲的白话短故事，与用笔记录下来的魏晋南北朝的志人、志怪小说仅仅只有形式上的文言、白话的区别。

施先生认为，笔记小说不是小说，这就无异于把魏晋南北朝那些志人、志怪的笔记小说，都一举加以廓清，不承认它们也是小说，难免不使中国文学史出现了一大空白。

与此同时，施先生却又把魏晋南北朝人，说讲短故事的"小话"，生拉硬扯地派给唐人。并且以之代替唐人专讲长故事，如元稹所说的"自寅至巳，犹未毕词"的"说话"。这就不免使人产生疑问，试问唐人刻意为小说，甚至将六朝志人、志怪的短小说敷衍延长成为长篇传奇，那么，他们为什么要在口头文学上，去讲专说短故事的"小话"呢？

谨以此文就教于施蛰存先生。

周楞伽
一九九一年冬

走笔至此，最后需要补充一笔的是，父亲后来查出施蛰存先生发表的小说《将军底头》，源出于清代官修的大型类书《渊鉴类函》。

原载《闲话》第十三期

笔战苏青及她离婚以后

　　自从我在二〇〇四年第一期，南京出版的《钟山风雨》（江苏省政协主办）上，发表了《父亲周楞伽与苏青的一场笔战》以后，引起了各大媒体的注意，很多报刊纷纷转载，但是后来苏青离婚以后的情况很多人很不了解。现在写作此文，以飨读者。

一、苏青与父亲笔战的前因

　　首先需要补充一笔的是，在与苏青笔战之前，父亲与她之间，已经有了隔阂。原因是父亲当时遭到一位张姓文人的欺骗，多年积蓄被骗之一空，兼之不肯写作为敌伪张目的宣传文字，引起了日寇的怀疑。于是，在一九四四年的秋天，到常州丰义镇去投靠他的大姐，维持生计。蛰伏了半年之久，闻听上海并无风声，于是，又返沪卖文度日。

　　为了出版他的《小姐们》和《漩涡时代》这两部小说集，父亲去了现在位于延安东路一百六十号的泰晤士大楼，这栋大楼当时是"中国新闻协会"上海区分会的办公地点，主要工作是分配纸张、审查书稿。理事长是《申报》社长陈彬和，《新中国报》的主编鲁风是副理事长，其他各个报社的社长均为理事。

上楼的时候，无意之间恰巧遇见了苏青，因为父亲刚刚从乡下回沪，衣着打扮较为简陋寒酸，当他主动与苏青点头打招呼时，苏青竟然擦身而过，置若罔闻。这一幕引起了父亲大大的不满，认为苏青现在傍上大腕了，架子也忒大了，远远不是当年刚刚创办《天地》杂志时候，躬身谦让的模样。于是内心就对苏青留存了一段大大的不愉快。

恰巧，父亲无意之间，做了一笔投机生意，购置了十五令白纸，倒卖给了《社会日报》老板胡雄飞，赚了不少钞票，并且应胡的要求，在《社会日报》上开辟了一个专栏《危楼随笔》，写一点随感和杂文，卖文度日。

当年（即一九四五年）的四月十三日，由陈灵犀主编的《社会日报》上，发表了一位作者叫雷伊泰的短文《苏青》，内容叙述他本人在唐大郎主编的《光化日报》社里，见到了苏青女士。原来苏青来此，是与望平街的一些报贩摊主接洽，经销她所主编的两本刊物《天地》和《小天地》。姓雷的作者，闻听之下，觉得十分有趣，一方面苏青那种哇哩哇啦实刮挺硬的宁波话，讲得震天价响。另外，在与报贩的交谈中总是强调"我们女人家，就怕弄不过别人，吃人家的亏"。后来经过打听才明白，苏青已经与原先专门经销她作品的文汇书报社，为了代销的费用问题吵翻了。决定另外找人经销争一口气。并且扬言文汇书报社还欠了她不少的钱，她将用法律手续追讨。

文汇书报社是一个刚刚开办不久的文化用品和出版公司，当时，就设在静安寺路（现在的南京西路）青海路口。这位姓雷的作者在文末表白:"这位女作家可以说是个标准的宁波女人,很率直,很痛快,而且有一点泥土气。文如其人,苏青就是这么一个平凡的女人。"

针对该文,没过几天父亲周楞伽也在《社会日报》上发表了《关于苏青与文汇的纠纷》的文章。内容简述如下:

十三日雷伊泰关于苏青与文汇书报社吵翻的这一段记载,事实上并不确切。据我所知,苏青与文汇的关系素来很密切,这次他们发生纠葛是因为《浣锦集》的代销问题。她起初委托文汇代销,三月十三日书出版以后,文汇问她取书,她推说书尚未装订好,实在的原因是为了代销的折扣问题。文汇只肯出六点七五折,她一定要七折,相差仅仅只有一个零点二五折,而她却亲自出马把《浣锦集》送到报摊上去兜售,直到三月十六日才对文汇书报社说,书准于下午送到,要求文汇仍旧继续发售,鉴于上述情况,文汇不肯贸然答应,要她来信出具证明,不再发生此等情况,她不答允,所以文汇也就不肯代售。

至于《浣锦集》这次的第七版本,以及过去出版的《涛》,一直是由文汇代销的,而且对苏青特别优待。按照文汇与别的作者和出版人之间的习惯约定,书送到后先付书款的三分之一,两周后再付三分之一,其余的三分之一在结账时一并了清。但因为苏青亲自前来要求,文汇书报社的经理梁瑞华竟然破格优待,首次即付她三分之二的书款,其余三分之一的书款准于四月十五日以后。(作者按:也即是一个月之后全部付清。)

不料十三日的《社会日报》上刊登了苏青与文汇书报社吵翻的记载,并且说要依法起诉,文汇见了颇为不满,因而十四日苏青派人前来取款的时候,文汇就向来人交涉，要求苏青更正后再行付款。

他俩在交涉时，父亲就在旁边，得悉了他们交涉的全部经过，觉得此事过错全在于苏青。

首先她不应该委托文汇总代售，又自己把书送到报摊上去卖，区区零点二五的折扣能有几何？就说娘儿们贪小，也犯不着为此区区亲自出马，第二文汇并未打算赖掉她的书款，且已经答应四月十五日全部了清书款，她就不应该在外扬言文汇欠钱不付，她要依法追诉，反而把事情弄坏。

现在希望她能够更正一下，那么，我敢担保，她到文汇那里去结账决无问题。

其次人生在世，信用第一要紧。过去《天地》未出版之前，《天地》杂志也曾经委托庄宏威和卢亚平（作者按：即出版家卢春生，后来开办潮锋出版社）接洽代售，双方已有成议。后来也是她自己毁约，这件事情我知道得很清楚，总之，人必自侮而后人侮之，只要你坐得端立得正，那怕和尚道士合板凳。男人绝不会无缘无故欺侮娘儿们，娘儿们也不要存有"你们男人都是打算欺侮我们"的心理才好。

此文绵里藏针，既指出了苏青的错误，又发泄了当初见面时候，苏青不加理睬的怨恨。尤其是最后一段带有讽刺性的挖苦，引起了苏青的大为不满，故而双方各以《光化日报》和《社会日报》为阵地，大开笔战。

二、笔战开始及经过

此事过了没有几天，苏青在龚之方主办的《光化日报》上，写了一篇《谈折扣》的文章，谈及自己的作品在文汇书报社遭到剥削，言下颇为愤愤不平，好像受了很大的委屈。

于是父亲用危月燕的笔名在《社会日报》上，写了一篇《与苏青谈经商术》的文章，内容不免带有揶揄的味道。说她苏青作为一个宁波女人，比男人还厉害，不但会写文章，而且会领配给纸，领平价米，做生意的本领更是高人一等，她出的书，发行人仅仅只是想多赚她零点二五个折扣都不容易。

她竟然自己肩扛着《结婚十年》和《浣锦集》等著作，拿到马路上去贩卖，甚至不惜与书报小贩在马路上讲斤头，谈批发价。这种大胆泼辣的作风，真足以使得我辈须眉自愧不如。

不过苏青小姐虽然作风泼辣大胆，但就我个人来看，未免失策，原因不外乎有这么几条：

第一是苏青小姐太急功近利，结果反而贪小失大，以她的《浣锦集》来说，实在不失为一本好书，但此书出到第七版，仍然定价一千元，未免太贵，再版书的售价应该低廉一些才能够畅销。文汇书报社给她的六点七五折，不算太高，卖给地摊虽然可以提高一个折扣，但也不过仅仅提高了十元左右，小贩一次进货也只有十本，而且不能够立即支付现金，不如文汇书报社，一次性可以预付她书款的半数。如果因为要想多赚几元钱，情愿放弃预付的现金，岂不因小失大，失策过甚么？

第二是苏青女士不太懂得出版与发行之间交情的重要，社会上，女人做事派头奇小。有时候，明知吃亏也要顾及交情，俗话说，吃亏就是便宜，所谓"得道多助，失道寡助"就是这个道理。如今上海的小报界对苏青女士的论调往往贬多褒少，蛾眉谣诼，岂属无因？如果认为都是有人从中在作祟，那就大错特错了。希望苏青能够知错改错，反躬自省一下，凡事若是自己的错，就应该有认错的勇气，若是认为天下人都是凶人，在《天地》杂志上写《敬凶》这样的文章，那么，在社会上非成为孤独者不可。

第三是商场上建立信用是第一要义，信用就是金钱，甚至比金钱还重要。苏青小姐只知道金钱，不知道信用，在发行之中，今天托这家，明天托那家，甚至不惜纡尊降贵的，亲自跑到报摊上去接洽，为一两个折扣将协议置之不顾，虽然手段厉害，但一旦失去信用，就无法在社会上立足了。我想苏青小姐假如一旦自己做起老板娘来，所有的代售商、跑街、掮客之流都非饿死不可。

文章最后写道，综括以上各点，我为苏青小姐说法曰：勿贪小利，要卖交情，建立信用，第一要紧。结婚十年，应懂做人，出言吐语，自己谨慎。乱发脾气，非生意经，依法追诉，不知所云。得道多助，失道寡助，不必敬凶，自有财进。

平心静气地讲，这篇文章还是很有道理的。语气也是委婉的。

但是苏青女士却不是这样看的。她在四月二十日的《光化日报·读者信箱》栏目上，发表了《饮食男女——女作家》的文章。

这篇文章秉承了她的一贯作风，大胆泼辣，锋芒毕露。她先从自己生男育女谈起，说到后来，谈及有人攻击她的文章走红的原因，是因为写了一些"月经带文字"，她真恨不得将那些说这话的男子"自宫"，或者由自己来帮助他"割掉男人的累赘，让他也变成女人算了"。再是从报纸上有人攻击她斤斤于版税计算，不肯像前辈郭沫若和郁达夫那样，让书贾占点便宜，算盘十三档，门槛太精，为点版税，"搅皮搅乱""有失文人风度"，"带有妓女化"。

写到这里，苏青笔锋一转，开始指责起周楞伽来。目前的书报社把你的书销完了，却迟迟不肯付钞票，借你的钱去高息生利。自己去推销吧，又会被周楞伽说成是"娘儿们贪小"，据说周楞伽是文汇书报社破格优待的文人，自然乐于为其御用，我讨不到书款自己来售书，是"人必自侮而后人侮之"，但我觉得女作家也是人，人的权利总要争取的。你周楞伽不喜欢贪小，随便把你的书款全数奉送给人，或者不收版税也好，不关我的事，但是我的事情却不要你来瞎管，你耳朵聋，一张嘴又说不清楚，不要把鸡毛当令箭。写到最后，她呵斥道："情愿不当什么女作家，实在咽不下这口气。"

人们常常说"文如其人"，此话洵为至理名言。苏青具有宁波女人赶海的泼辣，吃惯咸货的直爽，在她的笔下根本没有丝毫的禁忌和避讳，大胆坦率，毫不掩饰地、赤裸裸地发泄自己的不满，是她能够在市民文学之中占有一席之地，并且赢得众多读者的原因。

父亲见了这篇文章，大为恼火，觉得有点"好心当作了驴肝肺"，于是在《社会日报》上发表了《正告冯和仪》的文章，内容如下：

我和冯和仪女士相识已有两年了，过去在《宇宙风》上曾拜读过她的大作，神交已久，她办《天地》杂志，自己也曾经写过几篇散文发表。彼此见面很是客气。但今春以来，竟然打起了笔墨官司，由玩笑而达于认真，愈打愈凶，却是始料不及的，冯女士和文汇书报社有关书款折扣的问题，本来与我无关，但因为我生性爱管闲事，偶然执笔写了几句，不料，竟触怒了冯女士，不惜使用了卑劣的人身攻击的手段。

冯女士说我是文汇书报社破格优待的文人，不知道从何说起，文汇书报社是新办的，我与他们也是初交，迄今认识不到一个月。上次与冯女士相遇时，该书报社经理梁瑞华都还不相信我，我向他借纸张印刷还要找担保，托他们代销书刊，他们只肯付一半的现金，不像苏青可以得到三分之二的现金。要说优待，倒是冯女士才是优待，至于御用，小小书报社何能御用？

倒是冯女士惯于奔走权门，是十足的御用文人，我周楞伽耳朵虽然不灵，但你也不能一手遮尽天下人的耳目，你说书销完了，钱不肯付清，但我在文汇书报社里，看到你在结账的时候，你所著的《涛》，还有不少存书，虽然目下金融变动剧烈，但你存下的这三分之一的书款，即使一翻再翻，也翻不出什么大财来吧？这区区三分之一的书款，也买不了几令白纸，何况，你家里的配给纸堆得很高。人不要专顾自己，也应该替他人想想，文汇先付你一百六十万现金，让你去翻出财来，自己却要损失贴息，你还要依法追诉，人心何在？天理何在？

我从小残疾，常常被人作为谈笑的资料，就着实佩服鲁迅先生的先见之明，说他幸而未患残疾，否则一定会被人作为靶子，加以嘲骂。但我并不为耻，反而为能够自立于社会而自傲，我的耳朵不灵，一张嘴巴又讲不清，但我没有写《结婚十年》这样的作品来毒害青年，麻醉社会，也不像你白眼看天，妄自尊大。

在这里，周楞伽也沿袭了部分社会上人士的流言蜚语，将苏青的《结婚十年》作为毒害青年的作品，未免有些言过其实。

此文发表以后，苏青大为愤怒，写了《矢人唯恐不伤人》的文章，先大谈做一个作家应该具有的条件和为人，接着反唇相讥地指责周楞伽多管闲事，最后又以他的耳聋残疾为题，竭尽讽刺挖苦，不断加以嘲弄。

文章见报之后，父亲也按耐不住内心的怒火，用周楞伽的真名撰写了长篇文章发表在四月二十九日的《社会日报》上。题目为《再告冯和仪——论当女作家的条件》。一开始，父亲就有点倚老卖老的教训苏青道："冯女士二十日，在某报上骂我的那篇文章，大标题叫作《饮食男女》，小标题叫作《女作家》，结末叹息，'情愿不当什么女作家，实在咽不下这口恶气'。"

"当不当女作家，不关我的事，但冯女士既以女作家自命，我却想和她谈谈当女作家的条件。当今文坛上几个著名的女作家大都与我有一面之雅。一九三二年遇见过丁玲，一九三五年遇见过白薇和李兰，一九三六年见过冰心夫妇，一九三七年见过谢冰莹。她们都非常谦和客气，有礼貌，并不以盛名之下而稍有倨傲的容色，绝对不像冯女士那样炙手可热，骄气冲天。至于当女作家的条件，她们知道得清清楚楚，那便是藉文艺作品的力量，来推动历史和社会的进化，甚至不惜献身成为社会的动力，这样的女作家，才值得我们敬重，称之为女作家而无愧。

"可是冯女士呢？她虽然以女作家自命，可是她给与我们的作品太使人失望了，什么《结婚十年》《饮食男女》，翻开内容来一看，满纸'风流寡妇''两棵樱桃'，大胆老面皮，肉麻当有趣。读之使人魂飞天外，魄荡九霄。

"难怪苏州某书店将她的作品，称之为科学的性史。这样的作品，不但不能推动历史社会的进化，适足以毒害社会，开历史的倒车。敬告冯女士，女作家的台被你坍尽，你如能够从此不当女作家，退出文坛，此乃文坛之幸，女作家之幸也！"

这时候，双方笔战已经离开了讨论的主题，开始相互谩骂起来。

三、双方脱离争论的内容

当时，苏青在《光化日报》上，主持了一个叫《读者信箱》的栏目，有一个读者去信问苏青，说是有人在报纸上写文章，说女作家的台已经被你坍尽，要你退出文坛，并且说此乃文坛大幸。我觉得这话骂得太凶了，不知道女士观看以后，有何感想？

苏青回答说："骂且由他骂去，须看事实，是我坍女作家的台，还是他坍男作家的台？"言下愤愤不已。

苏青的文字，直率坦白，有时候还带有一些粗鲁和俚俗，有人说是真情的流露，文学史家谭正璧更是说她："所感到的，所想到的，都毫不嫌避，毫不掩饰地在她的笔下抒写出来，这种别的女作家所不敢有的作风，……却使她站在了目前文坛的很高地位。"

妹妹苏红说她个性直爽，说话直来直去。虽然前半生很热闹，也曾经大红大紫过，但是后半生却是孤独的，悲惨的。

到了抗战末期，苏青由于结识了一些大人物，加上事业有成，作品又深受读者欢迎，说话的口气，自然与刚刚创办《天地》杂志时候的腔调完全不同了。这个也是时势所造成的。没有人能够跳出这样一个世俗的轮回。

正因为这样，所以，苏青也根本不把周楞伽放在眼中，而且一俟有机会，就在自己主持的栏目之中，含沙射影地攻击周楞伽。于是，双方正可谓笔战尚酣，意犹未尽。

紧接着，父亲在《社会日报》上接连发表了两篇文章，其一是《毕竟是谁凶》，他在文章中指出，近几天来，因为自己的几本小说集出版了，要联系发行，于是天天去文汇书报社。只见有一个人站在店堂里总是哇啦哇啦地大喊大叫，而且一开口就是周佛海如何如何，陈公博如何如何，一打听才知道此人是天地出版社派来收账的周修荃，他抬出目今政坛上的两位大人物来威压一家书报社，未免有点小题大做。

最近苏青在《天地》杂志十九期上写了《敬凶》的文章，把一切骂她的人都目为凶人敬而远之。可是，她自己派出来的人声势之凶，实在少见，倘若我做书店老板，非给她吓得跪下磕头求饶不可。

文章结束时，又做了一首打油诗来嘲讽苏青道：从来和气始生财，奈何压迫威势来。岭上陈公非商贩，湖南周氏岂阛阓。宁波官话吞天地，广东精神有文汇。凶人毕竟苏青做，敬凶还须让不才。

另外一篇文章的题目是《犹太型》，文章从苏青主持的《读者信箱》说起，谈及有一个叫孙璟琛的读者，先向苏青要照片，后来又问她近来是否又在谈恋爱，最后询问苏青是不是具有犹太型的性格。苏青回答说，我对自己应该得到的权利（如配给纸、平价米）决不放弃，人家该还的钱也一定要付清，这怎么能够说是犹太型呢？

写到此，父亲笔锋突然一转道：这位读者豆腐竟然吃到了我们女作家的头上，真是罪过，爰以打油诗调之曰：豆腐居然吃苏青，血型犹太赐嘉名。书中自有颜如玉，恋爱岂可向众论。应得权利难放弃，迟付书款杀头型，拜金第一人都晓，何必推非以色民。

从此以后，苏青获得了一个人所皆知的外号"犹太作家"。

对此，苏青倒有一个解释，我认为还是合情合理的。她后来在一九四七年二月二十二日写的《关于我——〈续结婚十年〉代序》中，对这场争论做了明确的回答。

她提及自从她的作品问世以来，遭致了各种各样的谩骂，分析所有的谩骂种类，不外乎三点：一、小报界的攻击，说她是色情作品者；二、有的读者不理解她的话，说苏青提倡妓女论；三、诬陷他受敌伪豢养。

她在坦率地做了自我剖析和驳斥以后，谈到了第四点，那是针对这次笔战的，她是这样说的："有人说我是犹太作家，犹太人曾经贪图小利出卖耶稣，这类事情我从来没有做过，至于不肯滥花钱，那倒是真的，因为我的负担很重，子女三人都归我抚养，离婚的丈夫从来没有贴过半文钱，还有老母在堂，也要常常寄些钱去。近年来，我总是入不敷出，自然没有多余的钱可供挥霍……我的不慷慨，并没有影响别人，别人又何必来笑我呢？至于讨书款，我的确是一分一厘一毫都不肯放松，这是我应得之款，不管我是贫穷与富有。……书店要考虑的只是应不应该付，应该付的账，就应该让我讨，这有什么犹太不犹太？不管人家如何说我小气，我还是继续讨我应得的款项，即使我将来做了富人或阔太太，也还是要讨的，若不要钱，我便干脆不出书，否则我行我素。决不肯因贪图'派头甚大'的虚名而哑巴吃黄连。……这是我做人的态度。"

当然，苏青对别人称呼她是刻薄成家的犹太人不免耿耿于怀，后来她也许有所反悔，觉得对朋友太苛刻了对于自己也毫无利益，有机会一定要改变一下先前的恶习。

四月三十日，父亲又写了一篇《白眼看天之辈》的文章。内容是讲，十年之前，林语堂与左派作家大开笔战，曾经咒骂左派作家是白眼看天之辈，说他们只讲理论，不顾现实，普天下的事物十九皆堪白眼。

其实这称呼是不大确当的，他们对于事业并不一律妄加白眼。倒是在林氏羽翼下的论语派、宇宙风派，中间颇多白眼看天之辈。

当今骄气冲天的某红牌女作家不必说了，就是和这红牌女作家接近的一批杂志编者，也都沆瀣一气地沾染上了白眼看天的势利气息。当他们没有得志的时候，对文坛上较有名望的作家卑躬屈节，那副形状，真是虽执鞭之士亦不过如此，可是到了他们的刊物销路一好，他们就变换了一副面目，像煞有介事的对其他作家加以白眼了。其前恭后倨之状，要是加以描写的话，倒是绝好的一个典型。

当今之世，独多白眼看天之辈，这也许和社会风气有关，不免使我愕然兴叹：好将脸谱朝朝变，白眼看天大有人，自视堂堂猴变相，为无大将牝司晨。传来头衔称理事，惯会趋炎拜权门，得志浑忘真面目，人间何处赋招魂。

平心而论，这篇文章不仅脱离了争论的主题和内容，改为人身攻击了。所以，从此时开始，双方争论已经没有是非曲直，大都是一些挖苦、嘲讽和谩骂了。

四、竟然涉及了户口米

正在这个时候，又发生了一件事情，使得父亲对苏青更为不满。事情的经过，父亲在《不平之鸣》一文中讲得很清楚。

在办理市民重点配给中，父亲闻听作家可以领取五斗米的待遇。可是他至今却一粒米都未领到。他私下思忖，原因不外乎这几点：其一，有一段时间他不在上海。其二，他自己本人和杂志联合会的理事没有一个有交情。其三，是作家太多，大家早把平价米分了一个精光。其四，是因为作家太多，多于过江之鲫，漫无标准，所以轮不到他来领取。其五，听说有一位作家一个人却领了五石（言下肯定是冒领了其他作家的平价米）。其六，是杂志联合会的理事不肯替他负责。

他觉得，自己素来傲骨天生，倒也并不愿意为这区区五斗米折腰，但是眼看着黑市米卖到十多万一石，而自己的平价米却没有拿到，心头总难免有些不平，不过还是痴心妄想的希望第三期平价米能够早日发下来，谁知道等到现在还是杳无下落。

前天，又到杂志联合会去跑了一趟，结果扑了一个空，问了问茶房，据说不常有人来。奇怪，大概杂志联合会只有发平价米的时候才有人，平价米一发完，便又冷冷清清的不见有人了。他正想对杂志联合会的理事们说一声，能够领到平价米的作家是哪几个？要怎样的资格，才配称作家，须知我危月燕也不是省油灯，非问个水落石出不可。

结果《社会日报》的主编陈灵犀，写了个按语附在文后，指出小型报作者的平价米由小型报列出名单上报，危先生的平价米，应该由他写作的杂志列名总领，并非由联合会分发的。至于补领，也未闻有此前例。小型报方面，有好多位当时并未离开上海的同文，因为漏列，都没有领到，虽是憾事，也只好闷声不响了。

此文发表在五月二日。五月五日，父亲意犹未尽，又戏仿周作人的《狂言十番》的日本俳谐剧，写了一个《狂言一番——东方朔领平价米》的剧本发表。内容是讲自己去杂志联合会领取平价米，被人骂作瘪三，而苏青的妹妹苏红和另外一个下江人，报出姓名之后，联合会理事就客气地表示，等一会我会叫人把平价米送到苏青女士的公馆里去。而他，化名东方朔的，上前哀求发放平价米，却被骂成三分像人七分像鬼的瘪三，冒充作家，最后被撵了出去，受尽了醒醍气。

事情到此未完，父亲用先生阁主的笔名写了《弄不过男人》的文章，进一步攻击苏青。内容如下：

苏青小姐对人说女人总弄不过男人，因此她怕男人，她也怕弄，怕弄到头，弄弄还是弄不过男人，给男人占了便宜去，苏小姐是站在女人的立场方面说的，所以……对于男人大有谈虎色变之慨。可是照我站在男人立场来看，世界上到底是女人比男人占便宜，也就是说，男人总是弄不过女人，弄弄还是男人吃亏坍台。

接着父亲列举了男人吃亏的原因是：古人有"好男不和女斗"的话，这只是一句门面话，正因为明白男人斗不过女人，便扯了这句话来遮羞，只有明白男人说这句话的苦衷，便可知道女人之不好弄也。退一步说，男人即使真的不屑与女人斗，那么胜利也已经是属于女人方面的了。女的骂了男的一声，男的因守不斗之戒，便不回嘴，女的打了男的一下，男的也因为了不斗关系，便不回手，这还不是女人占了便宜吗？

男人说出不斗，不止是绷绷场面，因为总弄不过女人，所以吃了亏，学了乖便喊出了这句口号，来警戒后世千千万万的男人，还是不斗为妙。

再看苏小姐的《结婚十年》风行一时，这本书的作者，如果换上她先生的大名，怕未必如此吃香罢，再拉出一位张爱玲小姐来做陪客，张小姐的宣传稿子，也照常可以换稿费，照常有读者。要是出在我的笔下，便怕不易找到发表的地盘。这些都足以证明男人弄不过女人，确是事实，要不然上海滩上写文章的人，真可谓车载斗量，难道连在笔头上，一个弄得过她的人都没有吗？怎么会让她专美于前，红过了半边天，那些男的，全被吃瘪，黯然无色，难道真是秀气所钟？全在娘儿们身上了吗？

男人弄不过女人，已经是不争的事实……只好软下来，向苏小姐扮着笑脸道：这不是抗争辩，只是哭诉，苏小姐别生气，我实在怕苏小姐的一支大笔，菟躬哪敢捋虎须，弄到老虎头上来。

这篇文章完全脱离主题，纯属无端攻击，活脱脱的一副"我是流氓我怕谁"的痞子相。

父亲从小耳聋，早年受尽家庭的歧视，性格暴戾，动不动好发脾气。此时陈灵犀出来帮腔，讽刺他最近又放冷箭，说他完全是无端攻击苏青。当时胡雄飞是《社会日报》老板，父亲卖了一批白报纸给胡，胡请求父亲经常替《社会日报》写稿，现在既然编辑陈灵犀有所不满，还不如趁早搁笔，现在正好给了他一个下台的机会，准备在写满了一个月后，向读者告别。

五、周楞伽逃离上海

当年的五月六日，父亲还在《社会日报》上写了一篇《未完工的防空壕》，内容说道：晚间有位老友请他喝酒，出门时已经醉醺醺的了，因为记挂胡雄飞托他向文载道（金性尧）约稿一事，就去金家谈了一个钟头，不料从金家出来，一不留神跌进了新挖的防空壕，一副新配的眼镜跌得无影无踪，满头满手都是鲜血……写到这里，报纸突然开了天窗，恐怕后面写的是不满敌伪的地方和内心的牢骚，报纸怕得罪当局，或者被审查机关发觉枪毙，所以就开了天窗。但文章的最后部分却还保留着："……照我的眼光看起来，日前马路旁边许多未完工的防空壕，若再不从速赶筑掩蔽体的话，恐怕夜间和我一样，跌入防空壕的人一定实繁有徒。"

后来，他还写了一篇《再话防空壕》，文章谈道："前几天因为跌入防空壕，气恼之余写了《未完工的防空壕》聊以泄气。现在仍旧要在这里作一呼吁，因为夜行跌入防空壕的人实在很多，希望从速寻求一个补救的办法。

我始终不明白，防空壕上面的掩蔽物何以还不从速构筑起来。如果因人力关系，那么，不妨动员保甲自警团，每人勤劳服务几个钟头，不难水到渠成，要说是因为缺少材料，就不应该先动手挖掘防空壕。

现在防空壕已经挖掘成功，差不多每隔十几步，就有一个，里面还有积水，夜间灯光黯淡，给行人以莫大的不便，又不安置红绿灯，唯一的办法就是构筑掩蔽体了……"

写到这里，突然又被开了天窗，可见后面依然有不少牢骚被截止了。

后来，在周楞伽"文革"中的一份检查交代之中谈及："我也因印刷所工友曾经对我提出警告，说苏青势力很大，叫我当心，兼之又在《社会日报》上写稿攻击日寇，在马路上滥挖防空壕，跌伤行人，被检查抽去，开了天窗，便向李时雨（中共情报部打入敌伪机关的官员，时任汪伪上海市政府军法处长，解放后任国家宗教局副局长）要了一张通行证，回到常州丰义大姐处。回乡不到一星期，就接到妹妹从上海来信，说五月十八日晚，有日寇来我住所阁楼查抄，同居均饱受虚惊，嘱我留在乡下千万不要来沪。我不知是苏青唆使出来的，还

是写稿惹的祸。"（见《上海鲁迅研究》十六期）

六、胜利后的苏青

抗战胜利以后，苏青一方面，被人目为文化汉奸，在写作和生活上备受折磨与歧视；另一方面，在饱受男性欺侮之余，痛感女人独立生活的艰难。

尤其是有关苏青女士的生活问题，流传甚广。和一个王姓的军人有过一段不长的感情生活。就在她的《续结婚十年》里，曾经含含糊糊地说到过那位谢上校。

这位军人名叫王林渡，笔名姜贵，后来去了台湾，成了著名的作家。

抗战胜利，王林渡以第三方面军司令汤恩伯的秘书，五战区党部调查室上校科长的身份来到上海，结识了苏青，并且开始了同居的生活。苏青一方面可能是考虑到，沦陷区的一些不白之污，需要有一位强人的支撑，另外，王林渡也颇具文采，人品不俗。所以从一九四六年的上半年，两人走到了一起。苏青在小说之中说他，善于伪装，不择手段，不肯明言，玩手段作弄奸骗她，深感不满，而且愤怒。

姜贵后来在台湾，写了《三艳妇》和《我与苏青》，为《续结婚十年》做了一些补充。他写道：她阅人既多，有着各方面的要求，任何人都不能予以满足，这种人永远都是痛苦的。

其实，王林渡在他发表长篇小说《迷惘》的一九二九年，就与上海闻人严九龄的女儿结婚了。他到上海的时候，因为战乱的关系，夫妻之间一度失去了联系，所以，才将苏青作为生活的一个补充。后来他在上海退役，夫妻也破镜重圆，一九四八年就去了台湾。在他的小说《三艳妇》之中，写到了苏青与他交往，以及谋生谋爱的经过。这场短暂的婚姻，曾经给两人带来过欢愉，但最终的结果却是不欢而散。

对苏青影响最深、范围最广的是中央书店老板、《万象》杂志的发行人平襟亚，在一九四六年四月廿二日的方型周刊《海报》上，发表了一篇《鼻的故事》，影射敌伪时期，大鼻子的上海市市长陈公博，通过周佛海的牵线搭桥，结识了苏青，后来苏青去了陈的别业，充当了陈公博藏之金窟的情妇了。为了证实其言非虚，文章的结尾还煞有介事地写道："味道女士（即指苏青）赖宠王之鼻登龙，恒以为荣，故非特不秘其事，且逢人便道，上乃亲闻其口述云尔。"

据《续结婚十年》介绍，苏青离婚以后，一度暂时住在平襟亚的家中，若非关系特殊，苏青不太可能住在他家，书中说是堂姑丈，恐怕远远不止。

但不知何因，两人闹翻了，而且成见很深，导致平襟亚会去写这样的文章。

总之，这些道听途说，实在影响了苏青的声誉。不过，陈公博确实给苏青写过三十几封亲笔信，苏青一直比较珍惜，直到抗战胜利，陈公博被枪毙，她才吓得将信件烧毁，只留下了一封。

另外，陈公博还给了她一张十万元的支票，让她从平襟亚的家中搬了出来。并且委派她在伪上海市政府秘书处工作，这些往事的代价无疑使得苏青沾染上了汉奸的嫌疑。

苏青在抗战胜利以后，对政府有关检举汉奸一事，也有些惴惴不安，生怕自己也被网罗其中，所以，她曾经对人表示：检举汉奸要有时限，过了期限，应该视作无效。

在一个深夜，她还被迫领着军统特务张冰独，去逮捕过沦陷区时期开过太平书店的陶亢德，和编过《风雨谈》的文人柳雨生。

但这些并未影响她的生活和事业。她虽然为生活奔波着，但是仍然有着自己的爱好，逛商店、看戏、聊天，过着有滋有润的生活。

但最使她难受的是她被一些报刊无端攻击为"汉奸作家""文妓"。她曾经为此辩解过：我在上海沦陷期间卖过文，但那是我"适逢其时"，亦"不得已"耳，不是故意选定的这个黄道吉日才动笔的，我没有高喊打倒什么帝国主义，那是我怕进宪兵队受苦刑，而且即使无甚危险，我也向来不大高兴喊口号的。我以为我的问题不在卖文不卖文，而在于所卖的文是否危害民国的。

一九四六年五月十二日，她开始在《新夜报》上刊登《九重锦》的连载小说，至二十三日突然结束。一些出版的有关苏青的书籍上，曾经指出："不知是中断，还是原本小说就这么长，此后苏青再也没有在该报发过文章。"（见王一心《海上花开》）

后来，有一位名叫姜天生的作者，在方型周刊《风光》上，披露了内情。

原来抗战胜利以后，以潘公展为后台的《新夜报》一开张，报纸的副刊《夜明珠》，就刊登了四部长篇连载小说。计有潘柳黛的《恋》，张宛青的《扒窃世家》，谭惟翰的《夜明珠》，苏青的《九重锦》。《九重锦》的内容，主要是描写抗战前后，一个职业女性的心路历程。其实也是她的《结婚十年》的另类翻版。此外，苏青还用"鱼月"的新笔名，在《夜明珠》副刊上，大写《月下独白》的随笔。

由于这些作家在敌伪时期，都是红过半边天的作家，在五月十六日的《中央日报》上，有人署名肖凯来的，发表了题目为《落水狗上岸了》的抨击文章，副标题是《上海文坛逆流袭来》。文章最后呼吁：我们要毫不留情的检举，一切叛国附逆的，决没有理由，让他们继续活动。

《中央日报》见此，接着再接再厉，在副刊《黑白》上，来了个《扫妖特辑》，刊登了五篇文章，两幅漫画，尤其是曹聚仁文笔犀利，语调铿锵，他指出：……那堆垃圾里，最多是天皇子民的颂圣衍文的篇什，到东亚去亲善过好几回，他举出了若干鼎鼎大名的人物，……他们都是为"东亚和平"出过力的，这世界气节有什么用？

看了这些声讨檄文，那几位落水文人服软倒也算了，可惜他们却反其道而行之，对此《新夜报》的后台潘公展也有点吃不消了，打电话找到《中央日报》负责人，答应尽快结束这些连载小说，并且保证今后不再登载这些人的作品，终于结束了这场争论，也使得苏青的作品被腰斩了。

苏青后来自费出版了这部小说，题目的名字，仍旧是《九重锦》。另外，她还出版了另一部长篇小说《续结婚十年》。

她还以冯允庄的名义创办四海出版社，又与永华影业公司签订合同，将自己的作品《结婚十年》和《续结婚十年》的拍摄权卖给了该公司。

总之，为了生活，作为当时的职业女性，焦头烂额地奔波于社会和人世间，寻找属于自己的一只饭碗，世人的眼光又不理解，风言风语，冷言冷语，都还带着世俗的偏见。现在看来，苏青也实在属于不易。

七、苏青钱包失窃记

恰恰这时候，在苏青生活很不得意的境况之下，她近十年积蓄的金钱、财产、首饰，却被人偷盗一空，陷入了万世不劫的境地。

当时的报刊都有报道披露，苏青本人也在方型周刊《香雪海》上，撰文写下了《失窃记》，现在综合各方资料和信息，将事件经过赘述如下：

苏青在一九四五年的夏天，曾经在霞飞路的白俄商店购置了一只半新旧的，白色珍珠缀成的手提夹。这只皮夹里藏着她的全部财产，计有美钞一千元，法币三十万元，金手镯一只，金表一只，金戒、珠戒、翡翠戒各一，全部损失大约在三百万。

这是一笔很大的数目。她平时把这些财产统统放在这只皮夹里，原因是她一向的习惯。远在沦陷区的时候，因为与她的丈夫离婚，孤零零一个人住在上海，六亲无靠，连真心的朋友也没有，因此常常心存疑虑，有时候夜间房门明明关上了，她还会不放心，大冷天会从床上突然跳起来，打开电灯，四处巡视。后来因为常常遭遇空袭和封锁，生怕被琐事缠身，食宿无着，因此在皮夹里总是携带大量的现款，有时候对她自己的支票簿也不相信，因为她也明白银行随时会拉上铁门的。

一九四六年的七月十九日下午，她的手提包失窃了。失窃之前她刚刚到银行去结清存款，共计二十余万元，前一天报馆又给她送来了十二万二千元的稿费，就此一股脑儿放在皮夹里。还有一只手表，断了表带，也放在里面，弄得皮包鼓鼓囊囊的。

因为失业已经有十个月了，身边的一千元美钞是她唯一的保障。

　　事情的经过大约是这样的：苏青与丈夫离婚以后，便搬出了拉都路的寓所，迁居在静安寺路（即今南京西路）五百九十一弄，也就是当时名叫高士满舞厅隔壁的那条里弄里，里弄到底有一家叫维多利公寓的房子。苏青就租住在那里。

　　这一时期，苏青失业了，只能够在家写写文章，弄弄出版物，倒也清淡悠闲，周围相识的邻居都知道她，为人十分的简朴节约，买卖算计相当的精明，只是不明白的是，不知道什么原因，她整天将一只皮包捧在手上，别人都觉得奇怪，苏青却从来不觉得累赘。

　　住在对面的青兆（作者按：其实是她的前夫李钦后，他俩离婚后，却依然同居，《续结婚十年》中曾经与苏青同居的谢上校，就因为听说李钦后住在对面的楼上，看得见苏青房里的情景，而感到不舒服），因为天气热，他到外面去吃饭不方便，就经常来苏青居住的公寓一起吃饭。苏青居住的房间，前后有两扇门，前面出去可以通公寓的大门，后门转出去穿过天井便是公寓的后门。

　　那天，苏青的用人回杭州去探亲，由她自己烧饭。中午一时许，她同前夫吃完饭收拾碗筷完毕，大家闲聊了几句。

　　青兆出去打了一次电话。打完电话又来关照了苏青几件事情，说是不久有人如果打电话来这里找他，请她代接并且如何回答，说毕他就出去了。而且关上了前门，其实他是又去打电话了。苏青却以为他已经回去了。因此独自坐在沙发上看报。

　　正感到无聊得发慌时，忽然听见后门有卖百合的声音，苏青便起身出门去购买，讨价还价完毕，回到房间里来拿钱，匆匆忙忙拉开衣橱的边门，就没有关上房间的后门，因为后门离天井很近，可以看得见，天井中都是公寓用人的家属，平时苏青对他们也是很信赖的。付完钱，拿了百合回到浴室剥百合。剥到一半，青兆穿房进来，想必是前面的房门虽然关上，却未上锁，于是，他就进来了，并且站在浴室门口同苏青讲话。

不久，穿过前门，又进来了一位姓刘的律师，与苏青也仅仅只是一面之交，为了不冷落他，苏青与他有一搭无一搭的闲谈了一会儿。

这时候，外面在喊叫苏青听传呼电话，她出去听了一歇，因为房间里有青兆和刘律师在座，所以，她就没有携带自己的皮夹。等她听完电话回家，只见房间里又多了一位老朋友韩君，过了一段时间，青兆拉着韩君，到他对面自己居住的公寓房间去了。

苏青与刘律师又谈了一会，接着又来了传呼电话，苏青没有开橱门带着皮夹，孤身一人就出去了。房间里还留着律师。

这次电话是苏青的朋友打来的，苏青将青兆要她传达的话讲述了一遍，回到房间，只见刘律师站着在扣长衫纽扣，像要走的样子。苏青便挽留他再坐一会儿。刘律师坐着谈话似乎没有精神，又常常用手搓揉后背至腰部，当时苏青猜想他是因为疲倦想睡午觉了，所以也就让他告辞回去了。

等他走后，苏青去扫地面上的烟灰，顺便到后门口倒垃圾，这时候，发现天井中仍有好几个人，她匆匆回到房间，准备取衣服洗澡，这才发现自己的皮包早已经不翼而飞了……

苏青大吃一惊，仔细回想曾经离开房间四次。两次是她虽然离开，而房间里仍然有人，无人的时间也有两次，一次是出去付百合钱，一次是出去倒垃圾，房间的后门是一直开着的，虽然通天井，但始终有用人的眷属在那里，小偷进来必须通过天井，为什么会无人看见，而且下手如此迅速？

想到这里，苏青顿时更加慌张，内心产生了一种茫茫然的感觉，马上跑到对面公寓里找到青兆及韩君，谢天谢地，他们还都在谈天，而且谈得很高兴。于是，再打电话请刘律师来商量。大家都主张报警察局，刘律师却觉得没有什么效率，但毕竟违拗不过大家的意见，他陪着苏青去了警察局，青兆也是同去的，韩君则是替苏青守着房间。

到了警察局先是填表，苏青站在柜台外面，查询的警员站在柜内，不时地抬头观看墙壁上的挂钟，离六点钟只差十分。他似乎有些不耐烦，语气也变得一点都不客气婉转，虽然苏青像遇见了救世主一般，把经过详详细细地说了一遍，可是他根本不注意倾听，只是叫苏青开出失物单据，就将她带到了另外一间会议室。

这间屋里，有一张长方形的会议桌，周围摆放了些许长凳，长凳上坐着七八个身穿短打衣服的苦力，没有一个女子，苏青只能够满怀委屈的，坐在这些人中间被查问。

问话的是一个穿着麻布短裤，上身着香港衫的人。他问苏青，包内现钞若干？回答说三十多万，再问到底三十几万？回答说，讲不清楚确切数目，因为皮包里的钱是经常要动用的。又问金镯头多少重？戒子是哪家首饰店兑出来的？苏青都回答不出，当警员流露出不信任的神色时，她强辩说，一个人对自己过去的东西，谁能够清清楚楚的记住，以备遗失时遭受他人的询问呢？

于是，这个警员随着苏青来到她家公寓查看，先是询问公寓里居住了几个人？回答说，只有一个用人，以前在这里居住，现在已经另有高就了，只有他的眷属还住在这里，此外还有一个传呼电话的老头。

警员又问公寓老板是谁？并且说该项失窃案应该由他负责。苏青告诉他，这里虽然号称公寓，其实同二房东和三房东一样，不是属于旅馆，是房租关系。警员又里里外外地看了一遍，叫来了通电话的老头和用人的眷属，简单地问了一下，打上手印，也没有查验橱门上的手印，就算了结了。

当天的夜饭苏青也无心吃，只是喝了一盅其味苦涩的百合汤，由于房间里所有的钥匙放在包里，一起被窃取，使得她一时根本无法离开。刘律师早已回家，韩君和青兆陪着她说话，都是一些竭力劝慰的话语，由于兹事体大，三言两语的空话，根本起不了任何作用。

苏青坐在沙发上，呆呆地想着这些财产的来龙去脉，想到今后何以为生，心里头一阵阵发凉，她说不清楚内心有多少的凄楚痛苦，多年来自己的奋斗，换来的仅仅只是一场春梦。如今，钱失去了，而痛苦和麻烦却永远不会终止。

苏青还在文章中表示，今后自己生活的保障又在什么地方呢？她后悔自己没有多买几本心爱的书籍，多将钱财寄给年老多病的母亲，更后悔当初没有将这些财产全部用完，如今却让他人去享受。而今她怀疑一切与她有过交往值得怀疑的人，恐惧自己孤零零地陷入了一场阴谋和侵害之中。

青兆和韩君离别的时候，给苏青留下了十万元。睡觉的时候，苏青小心翼翼地将钱塞在枕头底下。当夜，她翻来覆去地睡不着，浑身烦躁，头部疼痛，透不过气来。想到自己没有固定的职业，没有丈夫，孩子都不在自己的身边。仅有的这十万元，将何以打发今后漫长的岁月。

想来想去，她觉得今后只有靠写文章来维持生计。在沦陷时期，与丈夫离婚时，只带出来两条棉被，一只皮箱，一只小网篮，但是靠着一支笔养活了自己，接济了母亲，撑起了这个小小的家，如今将重新开始。此刻，苏青发现了桌子上那支已经写过百万字以上的小绿钢笔。她内心又涌现出了希望：谢天谢地，小偷把她的一切都取走了，总算还留给她一支笔，她将伤心地继续写作下去。

据宁波大学教授，研究苏青的著名学者毛海莹，在《寻访苏青》一书中介绍：

据苏青的妹妹苏红说：有一天门口来了个卖鸡蛋的，苏青是个急性子，也是一个粗心人，她就随手把当天刚从银行保险箱里取出来的金银财宝，往桌子上一放，前后门直通就出去买鸡蛋了，这些钱财她打算次日换一个银行去存，可是当她回来时，桌子上的东西却不翼而飞了。苏青急得赶紧报警，巡捕房怀疑是公寓里的一个人偷的，说是要用电鞭拷问，苏青怕屈打成招，冤枉好人，就说算了。

这两种说法孰是孰非，我以为恐怕还是以苏青自己发表的文章为准。

当时的一份小报上曾经记载说：苏青失窃的皮包中，有一只绿得透明的祖母绿戒指，苏青只要对人提起这只戒指，泪水就会夺眶而出。她曾经跟别人介绍，这是祖上过去在北京购买的，耗费了百两黄金，而且还冒着风险购置的，那戒指既然如此名贵，而且具有购买的风险，说不定是故宫的遗物，才会如此价值连城。

现在，拉拉扯扯地，谈了许多苏青的往事。苏青，作为沦陷区具有独特个性的女作家，自然有她闪光的地方，这也是后人不断去讨论、评定、研究的原因。我作为一个普通的作者，如实地提供一些有关苏青的素材，仅仅只是起一些裨补缺漏的作用。

原载《闲话》第二十期

西门书店和《出版月刊》

　　上海老城厢的城墙，在辛亥革命以后被拆除了，从小东门到老西门的一段，取名中华路，是旧上海粮油食品的交易中心。二十世纪二十年代初，靠近泰亨里附近的一千四百二十号，有一座单开间假三层的楼房，就是由创造社的小伙计周全平开设的西门书店，书店装潢得很漂亮，窗外还有一块霓虹灯的大型招牌，上书"西门咖啡"。有人撰文说它曾经是左翼文化运动发展的一个产物，也有人说它是个进步书店，这些恐怕都不会过。

　　西门书店最早开设在一九二九年的十月，在一九三〇年的夏天无疾而终。仅仅开办了不到一年的时间。书店的职员有谢旦如（解放后任上海鲁迅纪念馆副馆长）、孟通如（原上海文化局局长孟波的兄长）等人。书店底层除了经售新文学、社会科学、儿童文学等书籍外，还兼售教育课本、词典和中外文具，还设立了书报销售部，负责办理本埠和外地的书刊邮购服务。二楼设立新书推荐部和《出版月刊》编辑部，假三层由周全平的夫人陈宛若设立咖啡茶座招待客人。《出版月刊》先由谢旦如和徐耘纤编辑，后来父亲周楞伽也曾参与。

西门书店除了出版马克思、列宁、斯大林等社会科学著作之外，还发行了鲁迅翻译的《毁灭》和《铁流》，夏衍翻译的《母亲》（高尔基著）等苏联的文艺著作。除此之外，西洋书刊，美国的《新群众》杂志，德国的《工人画报》，来汇款订购的人也为数不少。

我祖父周域在梁启超办的神州法政学堂毕业以后，在上海开办律师事务所，从宜兴老家招来父亲帮助他抄写状子。就住在南市小西门江阴街乐盛里四号。一九二九年秋，父亲开始尝试新文艺写作，以一个奸商为主角，反映五四运动前后的社会变化。写完十万字的中篇小说，却不知道到何处去出版，听了祖父的意见，知道他有一位堂兄周全平在中华路开了一家西门书店。就带了这部题名《白烧》的书稿，冒昧前去拜访。

过了三天，周全平来信说，此稿写得很成功，可以出版，叫父亲前去详细谈谈。当时店里还有三个伙计。除了孟通如负责邮购代销业务之外，丁君匋专门卖书开发票，跑街购物，送书。此人后来当上了生活书店业务科主任，《大公报》营业主任，还自己开了人世间书店，出版《人世间》杂志。解放后，是虹口区的政协委员。周启勋是全平的侄子，负责管账。

周全平见了我的父亲，拉着手，惊奇地说："想不到萧士（我祖父的字）叔家的小兄弟，竟然也会弄新文艺。"接着，他便拉着父亲介绍书店的格局和职员。尤其是三楼的咖啡室，都是光可鉴人的火车座椅，正在烹煮的咖啡浓香扑鼻。全平得意地说："书店开设咖啡座，可以让文艺界的朋友和情侣来此谈心，这是我的一个创造。"还说："这些火车座椅都是乐群书店老板张资平的，他原来开设文艺咖啡店，现在歇业了，就把这些座椅借给我了。否则，凭我的实力是购置不起的。"

这次见面以后，又过了几天，父亲接到周全平来的长信。内容是说，这部小说阶级观念薄弱，写一个奸商逆来顺受，发财致富，抹杀了他剥削农民的本质，不符合当前普罗文学的时代要求。但是由于描写生动细腻，现实生活之中也有这样的人物，所以经过讨论决定，将此书稿《白烧》列为新兴文学丛书之一，予以排印出版。父亲由此大为高兴，从此，就常常去西门书店购书，借书，有时候还帮助伙计们忙碌。

谢旦如也是西门书店的股东之一，因为既要编刊物，又要向读者推荐新书，自己还开办了一家书店，而且曾经担任过上海通信图书馆的执行委员，于是，就把父亲拉进新书推荐社，帮助他撰写《出版月刊》。凡是在这刊物上署名"华"或是"鬐"的，均是父亲的作品。这本《出版月刊》发行量一般是五千份以上，每期推荐新书四至六本，对每一部书都有一二百字的介绍说明和评论，文字简练，但富有文采。

不久，小说《白烧》的校样送来了，父亲对校对和编辑的修改手续完全是门外汉，还是靠着谢旦如手把手的教导，才学会了校对。

此时，西门书店的营业越来越清淡，咖啡店里几乎见不到一个人影。父亲刚刚校对完毕《白烧》，天气开始进入炎夏的时节，西门书店突然宣布破产关门了。有人撰文说是被国民党政府警方以所谓"介绍销售反动书刊"的罪名查封的。父亲并不认同这一观点。他认为书店地处华界，进步青年为避免嫌疑，很少有人愿意来此购书。咖啡也属于奢侈品，高档华人也不屑来此一顾。书店所出的《郭沫若小说戏曲集》《落叶》《山中杂记及其他》，均是旧作，柯仲平的长诗《风火山》，更是无人问津。书店没有好的畅销书，怎么能够维持生计呢？我的祖父曾经去过一次西门书店，对书店的规模颇为赞赏，曾经投入一百元大洋，作为股东。周全平在经营乏术之下，就想把书店盘给我父亲经营。他多次来我家，与我祖父商量。我祖父考虑再三认为绝对不能够接办。第一，父亲年纪太轻，没有经验，不会做生意。第二，西门书店已经是个烂摊子了，哪里有那么多的钱去堵塞这个窟窿。父亲去书店告诉周全平这个意见以后，他的夫人陈宛若恶狠狠地瞪了父亲一眼，从此，周全平也与父亲尹邢避面，小说《白烧》也不知下落。后来由丁君匋介绍给了开明书店，他们见了字型，开始同意出版，后来不知道什么原因，中途变卦，退回了字型，这部书稿结果也就不了了之。

西门书店后来还是由谢旦如接盘清理。他鉴于西门书店失败的覆辙，精打细算，先退掉了假三层的楼房，租赁了一间向南相距五六家双开间的平房，改名公道书店继续营业。《出版月刊》也继续出版，只是把编辑部改到了他在紫霞路的家中。到了当年十月出版了一期八、九、十期的合刊，刊物也就寿终正寝了。原因是：一方面，公道书店改到了日租界的虹口武进路、中州路开业，他在静安寺又开办了一家西洋书店，专门出售西洋书籍和外国进步期刊，两处奔波，分身乏术。另一方面，国民党加紧了文化围剿，白色恐怖日趋紧张。冯雪峰经常来到他的公道书店，把党内的机密文件交由谢旦如收藏，谢旦如不在，就由孟通如接待。当时书报邮售部的业务，也在牛庄路营业，为了避免引起注意，谢旦如同志就毅然决定停止《出版月刊》的出版。据孟生前对父亲说，那时候，鲁迅先生也曾经陪同冯雪峰一起来公道书店数次，与谢旦如商量有关的事宜。

反映左联五烈士被枪杀的《纪念战死者专号》的《前哨》，就是由谢旦如千方百计寻找关系，交由一个小的印刷厂秘密印刷的。所有的排版印刷和纸张费用，均有谢旦如一人独立支付。鲁迅手写的《前哨》两个木刻大字，就是由孟通如和楼适夷，深夜在公道书店的楼上亭子间里，用红色的印油，揿印到封面上去的。后来红色印油用完了，就用蓝色印油揿印上去的。

谢旦如后来又在九江路二百一十号四楼开设了金星书店，并且用霞社出版社的名义，出版了瞿秋白的遗作《乱弹及其他》和《方志敏自传》（即《清贫》和《可爱的中国》），为留存和传播党的宝贵文献和党的文化事业，做出了巨大的贡献。

西门书店营业期间，潘汉年同志也经常来书店浏览和商榷事宜，他和周全平是宜兴同乡，早年都是创造社的小伙计，情同手足。周全平也把父亲作为宜兴小同乡，介绍给了潘汉年。两人聊天时，潘汉年还记得曾经在他主编的《幻洲》杂志上，发表过父亲的作品。

一九三〇年的一个春天，潘汉年曾经来西门书店看望全平，周全平恰巧去宝山的学校授课，未曾见面。于是，潘留下了一封信作为短稿，交由周全平，内容主要是讲最近《萌芽月刊》和《清华大学周刊》分别有人撰文写诗，悼念郭沫若被国民党政府杀害的谣传。潘写道：其实，老郭的生死，值不得朋友们如此关心，因为现在被杀害的劳苦群众不知千万……但目前可以告慰朋友们的：郭沫若尚未被杀。此稿，一周以后，就由《出版月刊》发表了。

解放初，父亲因为自己的长子参加了上海市青年代表大会的会务工作，耽误了考试，再加上在学校里组织了一个娱乐性的社团银社，受到学校的处罚，万般无奈之下，就写信给潘汉年，希望他出面转圜说明一下。但是潘汉年并未回信，事后父亲十分后悔，首先是这种小事情不应该去麻烦他人。其次是在当时新的历史和社会条件下，也不应该和日理万机的市领导，去拉攀过去所谓的交情。因为潘汉年的亲叔叔潘冠球在解放初，就不知好歹地跑到上海，来求他给个一官半职，被潘汉年一顿痛斥。

最后，要说明的是，《出版月刊》这本期刊，有些文章是瞿秋白同志亲笔撰写的，可惜由于谢旦如先生为了保密起见，没有披露其中的内情，也没有向旁人告诉瞿秋白文章的任何笔名，所以有些文章就没有收入《瞿秋白文集》，这是一件十分遗憾的事情。

原载《新民晚报》二〇二一年二月二十一日

唐纳与周楞伽、宋之的的一场笔战

——关于影片《新女性》的争论

　　一九三五年二月至六月，父亲周楞伽、宋之的曾经与唐纳先生就电影《新女性》，展开过一场争论。这场论战的时间虽然很短，但涉及的面很广，参加者也很多，正好在争论的时期，又发生了阮玲玉自杀的事件，震动不小。所以，我一直想将这段历史记录下来，为中国电影史和中国电影批评史，留下一点弥足珍贵的资料。

　　在谈及这次论战之前，必须了解一下当时的背景。一九三一年的"九一八"事变和一九三二年的"一·二八"事变，给中国人民带来了巨大的灾难，民族矛盾激化，抗日救亡的呼声高涨，社会意识的觉醒，促使了人们电影观念的转变。一九三二年七月，"左翼戏剧家联盟"领导下的"影评人小组"成立，主要成员有王尘无、石凌鹤、鲁思、唐纳等人。一九三三年二月中国电影文化协会在上海成立，标志着电影界的统一战线已经形成，以爱国进步的电影工作者为主体，左翼文化人参与的新兴电影运动全面展开了。一九三三年在瞿秋白和中央文委的领导下，党的电影小组成立，夏衍是组长，成员有阿英、王尘无、石凌鹤、司徒慧敏，这一组织的成立，加强了党在新兴电影活动中的作用和地位。见鲁思《影评忆旧》，原载一九五七年《中国电影》十一、十二期合刊

一九三五年春节，上海联华电影公司摄制的影片《新女性》开始上映，联华影片公司是由多家影片公司合作组成的，股东都有相当的背景，在经济和政治上都有靠山，他们以复兴国产影片为号召，摄制了一些比较进步的影片。但是"一·二八"事变后，它设在闸北天通庵路的制片厂，却毁于日寇的炮火之下。为了尽快恢复元气，抢占市场，迎合观众的需要，当时由田汉编剧，卜万苍导演的《三个摩登女性》，刚一亮相，就被看成是新兴电影运动创作的前奏曲。而《新女性》影片更是声势浩大，编剧是孙师毅，导演蔡楚生，主要演员有阮玲玉、殷虚、郑君里和王乃东等人。影片取材于当时著名女演员艾霞的自杀事件，艾霞是中国早期优秀的电影演员，一九二八年从影，因为感情的波折，加上愤世嫉俗，结果在一九三四年的春节自杀，年仅二十二岁。孙师毅根据艾霞的一生，结合其他被侮辱被压迫的妇女遭遇，编成了《新女性》的电影剧本，向当时的黑暗社会提出控诉。阮玲玉在影片之中塑造了一个向往光明自由的知识女性韦明，受到了进步的社会舆论的高度好评，但是反动的"新闻记者公会"，竟然向联华影片公司提出抗议，许多黄色的报刊也对《新女性》的编导和演员进行了无耻的攻击。一九三五年的三八节前夕，阮玲玉因为婚姻生活的不幸，社会恶势力的迫害，留下"人言可畏"的遗言，吞服安眠药自杀。短短的一年时间中，两位著名的女演员相继死去，震动了社会各界，

鲁迅先生也写下了《论人言可畏》的文章，予以抨击："叫她奋斗吗？她没有机关报，怎么奋斗；有冤无头，有怨无主，和谁奋斗呢？""人言可畏，是真的"。鲁迅以满腔的愤怒，痛斥了当时新闻界欺凌弱者，流言杀人的可恶。

就在这个时候，在《新女性》刚刚上映之际，作家兼电影评论家黑婴（原名张又君，现代派作家，解放后曾任《光明日报·东风》的编辑）在一九三五年二月九日的《晨报·每日电影》上，发表了《新女性论》的文章。《晨报·每日电影》创刊于一九三二年七月，它最初是用"中国电影艺术研究会"的名义编辑的，《晨报》的后台老板是潘公展，潘是当时上海的社会局长，国民党中统的中坚分子，其反共的立场是明显的。但当时报纸的特点是副刊具有一定的独立性，责任编辑姚苏凤是参加过"星社"的礼拜六派的旧式文人，他虽然是潘公展手下的市教育局科长，然而和左翼文人往来很密切，为了版面的需要，以及吸引读者，他在潘和左翼作家之间起着缓冲与媒介的作用。当时《每电》的文章，多数是由洪深组织得来的，写稿的作者有夏衍、阿英、王尘无、郑伯奇、柯灵、唐纳等人。然而，在一九三三年二月，当时为《晨报·每电》写稿的十五人，发表了《我们的陈诉》，表示要总结办刊的经验，继续探索真理的文章，竟然引起了南京方面卜少夫的痛骂，政府也下令严厉取缔"赤化宣传"。于是，从一九三四年十月开始，"电影小组"的成员被迫撤离，由政治色彩不十分明显的地下党员宋之的、萍华（原名朱崇彬，笔名刘群、金鉴。后任全国救亡会机关报《救亡情报》的主编，抗战初期，随救亡宣传队出发宣传，因病死于江苏武进）接替夏衍等人的岗位，继续为《晨报·每日电影》组稿写稿。直至一九三五年的夏天，受到鼓吹"软性电影"的论客刘呐鸥、黄嘉谟、穆时英等人的排挤，被迫全部撤离《晨报·每电》这块阵地（见冒舒湮《记上海〈晨报·每日电影〉》，原载《战地》一九八〇年四期）。

黑婴文章的主要观点是：五四以来，中国女性解放的潮流开始萌动。女主角韦明在旧式家庭中觉醒，与情人私奔，成了出走的娜拉，然而，生下孩子以后不久，就遭情人的遗弃，生活上遇到了极大的困难，她写文章，教书，终于不堪重压，在差点遭到别人的奸骗之后不幸自杀了。她的同学因为嫁给了买办，却过着骄逸奢侈的生活，女工阿英却在生活的重压之下不断觉醒。

但《新女性》的剧本，整个看来，不能说是成功的，第一是强调了女作家韦明而忽略了买办太太和女工阿英，而且由于题材的隔膜使得多数的观众不能接受。第二是内容过于丰富，未加剪裁，重点不突出，尤其是女工阿英的生活与全剧脱离，硬插进去，失去了应有的效果。另外在全剧达到高潮之后，又硬拉出一个尾巴，游离了中心，十分遗憾。

第二天，也就是二月十日，父亲周楞伽用苗埒的笔名在《晨报·每日电影》上发表了《〈新女性〉论》的长篇文章，内容简单介绍如下：

一、我们这时代。艺术是社会的上层建筑，既要反映现实，又要影响现实，二十世纪三十年代的中国，呈现出一种空前未有的混乱。农村破产，工厂倒闭，人民流离失所。只有甘心做帝国主义买办以及他们的寄生虫，却享受着文明赐予的娱乐。与此可见，目前，只有三种生活意识的代表，一买办阶级，二小资产阶级，三工农群众。要想从混乱走向统一，步入光明的未来，作为艺术品之一的电影，所要做的工作就是暴露社会的弱点，塑造新的典型人物。

二、需要怎样的女性。哪一种女性来领导未来的社会改革，是每个作家所苦恼的问题。寄生在高楼大厦里的女性，当然已经毫无希望，但作为小资产阶级的女性和广大工农群众的女性，选择哪一种希望，却使我们颇为踌躇，前者有正确的意识，但患有动摇性；后者有充分的热情，却缺少自觉性。在期望未来的时候，这两种女性都不能偏废，前者应克服动摇，后者应唤醒自觉，这是每个作家所应有的基本意识。

三、《新女性》的检讨。《新女性》里几个主人公的典型面目较之《三个摩登女性》要进步得多。有人说，《新女性》是《三个摩登女性》的再现，我认为这种重复是可以原谅的，而且作者已经有意识的加强了社会的黑暗面。但从故事的构成上来说，《新女性》不及《三个摩登女性》，场面非常的沉闷。

四、知识分子只能以自杀结局吗？《新女性》和《三个摩登女性》中的知识女性都以自杀结束，于是就提出了一个严重的问题，便是"知识分子只能以自杀结局吗"？固然，知识分子动摇倾向厉害，但中国目前的工农群众，百分之八十是缺少自觉性的文盲，领导、教育他们的责任，还落在知识分子的身上。《新女性》中的韦明，这个具有自觉性的知识女性，她不应该自杀，更没有自杀的必要。她应该努力生活奋斗，从痛苦的深渊中解救自己。虽然作者想把韦明的自杀来反衬女工阿英的进步，然而，不去指示知识分子克服自身的弱点，向着光明的前途奋斗，却用自杀来增加幻灭的意识，实在是错误的。

五、捉住了现实，逃走了个性。在暴露现实上，《新女性》是成功的，但在人物性格的把握上，却是失败的。《新女性》对这一点的忽略是一个很大的缺点。

此文发表以后的三天，也即是二月十三日，宋之的用一舟的笔名，在《民报·影谭》上，发表了万言长文《再论〈新女性〉》。

《民报》的前身是《民国日报》，后台老板是国民党的宣传部长叶楚伧，这是一张老牌的党报，该报在"一·二八"事变的时候停刊，至一九三二年的五月才复刊。并且改名《民报》，该报复刊的原因，除了与当时兴起的新文化潮流相对抗之外，同时也为了维持《民国日报》原班人马的生活，并且和《晨报》争夺党报的正统地位。

《影谭》发刊于一九三四年五月，名义上的主编是鲁思，实际上是一个同人刊物，发表文章的同人都是"中国左翼戏剧家联盟"的盟员。党的"电影小组"为了加强对剧联影评工作的领导，定期在上海福州路的民乐园菜馆碰头，每人出两角钱，吃最便宜的一元两角的和菜"鸭馄饨"聚餐开会。影评人王尘无、石凌鹤、鲁思、唐纳等人就在这个场合，向夏衍、阿英，汇报情况，请示工作，交换意见，讨论问题的。〔见鲁思《关于"剧联"影评小组》，原载《左联回忆录》（下）〕

宋之的文章的主要观点共分为三部分。

第一部分：妇女大众与《新女性》。中国的现实环境是，农村和城市都处在经济危机之中，妇女过着非人的生活，封建残余死灰复燃，女性要走向新路，就必须与封建思想进行斗争，她们是新女性，而且以社会底层的女工为多。在艺术中要表现新女性的被压迫，就要求作者透视现实，理解社会，抽取典型事件，塑造典型性格。

　　第二部分：《新女性》中的三种类型分析。电影《新女性》的分类方法并不健全，造成了人物个性的模糊不清，其中买办妻子王太太在片中只是一个陪衬，女主角韦明的转变很不切实，新女性阿英是概念的描述，根本不是典型。可见作者对于中国妇女只有表面的观察，作品是从概念出发，收集一些杂乱的材料堆砌的。而这些材料是陈腐的，表面的，不中用的。

　　另外，人物的发展不平均。更致命的是，几个女性之间的关系牵强附会，韦明的转变苍白无力，她的自杀仅仅只是偏狭的复仇主义而已，作为洋场恶少的王博士描写也不够充分。作者是要想指明中国妇女的出路，然而，没有在现实中捡取典型，结果主题是杂乱的。

　　第三部分：脚本的构成及其他。因为作者未能深入了解现实，结果描写很多，但却分散了主题。剧本的构成是非电影的手法，采用了头重脚轻的小说方法，由于影像组织的低能，所以只能看到冗繁故事的叙述，而不是实质的表现。特别是高潮以后的那一节戏的处理，是剧本构成上是最失败的地方。韦明自杀本来可以结束，结果被抢救后又转入危机，终于死了，反衬王博士在舞场的丑态，实在是个赘瘤，是一个勉强装上去的尾巴，这根尾巴分散了高潮的力量，是多余的。

　　当然，《新女性》的放映，是有它的社会意义的，它使观众能够认识社会的丑恶，并且关心女性的前途。如果我的意见太严格了一些，那不过是希望她更好一点。

　　二月二十六日和二十七日的《民报·影谭》上，唐纳用《论〈新女性〉的批评》为标题，全面地答复了周楞伽和宋之的。

　　首先他提出了进步电影产生在钳制与迫害之下，当前大家已经认识到了电影批评的必要，并且扫荡了软性绅士的谬论，确立了电影批评的基准。然而，最近有关《新女性》的批评之中，有些人背起进步的幌子，在生硬的术语中堆砌一些毒害艺人和观众的话语，不仅埋没了《新女性》的真实价值，而且威胁到了中国电影和电影批评的发展。接着，他就电影《新女性》的内容，全面驳斥了与他不同的观点。

一、知识分子只能以自杀结局吗?《新女性》是描写转型期的中国，出走后的娜拉，处在种种矛盾之中的情况。作者以无限的同情写了韦明不得不自杀的时代悲剧。张秀贞因为变成了买办太太而堕落，工人知识分子的阿英应该是真正的新女性。《新女性》把握这个主题的意义是，娜拉的出走和出走后的娜拉将如何应对社会，韦明的自杀能够启发的是自杀是没有意义的，这就回答了苗埒君的“韦明不应该自杀，而应该在痛苦的深渊里救出自己”的问题。

电影《新女性》指明了转型期中间女性的动摇和悲剧，这正是它的进步性，也是全剧的主题。苗埒没有把握主题，反而要知识女性克服自己的弱点，向着光明的前途去奋斗，这是苗埒自己意识之中复杂混乱的奇观。当然，工人群众不愿看到韦明的自杀，如果电影在画面的最后，出现一支群众队伍的雄迈前进，那么那些怀有偏见的人，便无法曲解，并用来掩饰他们盲目的丑恶了。

二、陷入了观念主义的泥沼了吗？另外一个影评人一舟在评论中说：把女人分成了三类。好处是产生了对比，坏处是人物发展不平衡，分散了力量。虽然他口头上称赞《新女性》的社会意义，却还是坚持自己的错误观点，忽视了封建毒素的影响。《新女性》根本没有必要将女性分为三类，而是为了说明韦明出走之后，不能克服自身矛盾而造成的悲剧。其他两个人只是辅助而已。

黑婴说："强调了女作家而忽视了王太太和女工，尤其是女工是个缺点。"

流冰（姓孙，中共党员，一九四九年以后曾任广东省社会科学院哲学研究所副所长）说："《新女性》为什么不以女工阿英为主角，为什么全剧的主线全部集中在小资产阶级的知识分子的身上？"

不错，每一个向上的作者应该把握历史，抓取积极的题材，可惜目前在剪刀恐怖的现实之下，这种发问，是和妇女回到家庭里去的观点，没有什么两样。

因为缺乏理解，一舟的"希望它更好一点"，变成了可笑的无知。尤其是取消最后一段，"否则便是陷入了观念主义泥沼"的主张，是最最有害的。他们不愿把丑恶的现实暴露出来，不愿意艺术家看出现实中的动向和进步的萌芽，故意用一些尖锐的词语来混淆读者的头脑，将那些反映历史发展的现实作品，加上一顶观念主义的帽子，并且主张阉割《新女性》的尾巴，抹煞它的现实性，主观上反对进步电影，客观上是站到了敌人的一边去了。

三、电影手法的个性和巧合。一舟说，《新女性》剧本是以小说的手法编制的，像老太婆讲故事，冗繁而又重复，我们不懂小说手法和电影手法有何不同。相比较而言，电影的前部平淡，有缺陷，然而是受了内容的限制。关于三个女主人公的个性，有人认为是模糊的，缺乏明快性，这些人恰恰没有认识到她们矛盾性格的由来。

《新女性》中的巧合不能说没有，卫道君在《大晚报》上的文章说得很清楚，"因为要完成戏剧的情节，对于剧中人的境遇配置，多少总要有偶然性的组织手法"，这已经足够来回答一舟君的了。

四、目前影评的危机和出路。以上可见，进步的电影批评陷入了危机，电影批评应该以电影艺术反映客观现实的真实为基准。用"非现实性的""观念主义"等，这些无妄之灾加到进步的艺术家身上，一方面赞美抓住了现实，另一方面却从"逃走了个性"来袭击他。究竟作者在现实之中把握了哪些东西自己都弄不清楚。如果说这是机械论的错误，倒不如说是搬弄术语来毒害读者，妨碍进步电影批评为确切。

文章最后说，有人反对宗派主义，而打击这类炫耀术语者的宗派主义却是必要的。当前电影批评的出路何在呢？只有深入讨论电影批评的基准问题，在批评的实践中，才能建立我们的理论体系。

二月二十八日的《民报·影谭》上，宋之的再次发表了《再论〈新女性〉》的文章，并且用了两个副标题——主要的几点声辩、写在唐纳的《论新女性的批评》后，文章共分五个部分。

一、懂不懂得《新女性》。唐纳先生说我一再称颂《新女性》的社会意义，同时又指出了它的许多缺陷，似乎是矛盾的。其实完全不矛盾，每部电影客观上都有社会意义，但有好有坏，即使值得称颂的影片也有许多缺陷。

二、站在最危险的敌人那边去了吗？说我写的《新女性》评论，是反对进步，理由是我主张阉割《新女性》的尾巴。去掉尾巴便是不愿意将丑恶的现实暴露出来，抹煞了现实性，站到了最危险的敌人那里去了。按照这种说法，那么《新女性》除了尾巴之外，已经一无所有，岂不滑稽。唐纳自己也承认了尾巴有说教的成分，分散了高潮的力量，但他仍坚持这尾巴是最优秀的，而我却认为，这就是观念主义化。

三、电影手法。《新女性》的剧本构成，拉杂得像老太婆讲故事，流入啰唆的弊病，好戏不怕重复，但重复必须顾忌因果，所以我说他用了小说的手法，即描写过多，表现太少。

四、内容真可以限制技巧吗？唐纳先生在辩护了《新女性》种种技巧上的缺点以后，强调是受了内容的限制，这个结论非常危险。事实证明，现实的内容是不会限制技巧的，只有在现实的内容下，才能产生优秀的技巧，电影批评应该把内容和技巧联系起来考察。《新女性》的题材是现实的，有它积极的社会意义，表现手法不够完美，是因为作者在艺术上还存在若干的缺陷。

五. 偶然性与巧合是有着区别的。《新女性》电影如果是偶然性的发展着，便没有可以非议的地方，但巧合是不符合伦理的，是牵强的，是为了迁就剧中人的境遇的。如韦明住在暗娼卖淫的地方，一起吃饭，拉皮条竟然看不出来 。

文章最后表示，唐纳先生主张在批评的实践里，建立我们的理论体系。这个意见我绝对赞成，但我提供的一点意见是，"意气"这玩艺不应当存在。至于"毒害""丑恶""变成最危险的敌人"，这种口头语希望少用几个。

一九三五年四月十日开始，唐纳用史枚的笔名，在《民报·影谭》上，连续刊载长篇论文《答客问》，以一问一答的方式，抨击宋之的和周楞伽对《新女性》的片面理解。内容简单介绍如下：

一、（A）问：近来围绕影片《新女性》的批评，引起了一场论战，据一舟说，别人指责他一方面称颂《新女性》的社会意义，同时又不满意这部影片的许多缺陷，好像是个矛盾。

（B）答：事实上并不矛盾，只是指责他对《新女性》缺乏正确的理解，一个影评人不理解作品的社会意义，就必然会遭到别人的怀疑和批评。

二、（A）问：我赞同一舟君对《新女性》的基本理解，这是描写三种女人类型的剧本，影片太着重了韦明，是不确当的。

（B）答：我不否认写了三种女性，但剧本的主题是什么？主人公是谁？一舟君忘却了，他主张三种女性平均发展。

三、（A）问：一舟君指责《新女性》的电影手法不能表现其内容，手法上存在的缺陷限制了内容的发展。

（B）答：所谓手法不单纯是技巧上的，也是具体的内容，一舟君强调了前部戏的平淡，只着眼于内容，并没有从"内容限制手法"的观点进行说明。最重要的是尾巴的现实性问题，一舟君痛斥它是"观念主义化"，主张阉割，这便是抹煞了作品的现实性。

四、（A）问：《新女性》的整个尾巴就是没有也无关紧要。

（B）答：尾巴并非是故事之外的东西，它是暗示和说明社会现实的，因此具有现实性。

五、（A）问：《新女性》描写成分多，形象表现少，是采用了坏小说的手法。

（B）答：描写和形象表现没有差别，所谓坏小说的手法是玩弄概念。

六、（A）问：《新女性》没有写出巧合的必然根据。

（B）答：这个问题没有争论的必要，韦明生活在暗娼之中，并无出卖灵魂的举措。

七、（A）问：张秀贞决非没有灵魂之辈，不应该遭到厌恶，应该写出她必然没落的途径。

（B）答：张秀贞之类的女性，被人厌恶完全是合理的，《新女性》也不是以描写这类女性的没落为任务的，受影片的限制不能过多的去描写她，这样容易分散力量。

八、（A）问：说一舟君是最危险的敌人似乎不妥当。

（B）答：对于那种危险的错误见解，采取严厉的态度是必要的，如果一舟君固执错误，就成了敌人的应声虫。

九、（A）问：我以为最危险的敌人就是虐害进步的中国电影和影评人。

（B）答：是的，他们的手法不同，用"艺术""自由人"的面具，学做蒙着老虎皮的驴子，系统地攻击具有现实意义的悲剧电影，首当其冲的是《新女性》，其他如《桃李劫》。

十、（A）问：他们反对《新女性》，是否没有把握主题，不了解题材的现实性？

（B）答：是的，转型期的中国式的娜拉不应该自杀，应该领导群众发动反帝反封建的运动。可是《新女性》是主张需要自杀的娜拉吗？其次是谁不准电影上创造反帝反封建的娜拉？再次反帝反封建的抗争应该由谁来领导呢？

十一、（A）问：他们不是承认了韦明的可怜不足惜，但影片还是表现了群众的勇往直前吗？

（B）答：是的，但他们是无可奈何的承认了的。

十二、（A）问：那么，他们为什么还反对《新女性》呢？

（B）答：哈哈，这正是他们聪明的地方，他们企图躲在自由人的无耻化装下，虐害进步的中国电影文化，既承认对韦明批评之成功，却又反对影片《新女性》，他们始终不愿意了解韦明这种悲剧式人物产生的根由。

十三、（A）问：阮玲玉自杀之后，他们不是企图归罪于影片《新女性》吗？

（B）答：是的，他们反对的是一切暴露现实的丑恶。

十四、（A）问：暴露现实的丑恶，是否足以引起观众感到自身幻灭的恐惧？

（B）答：光是暴露，绝不能对观众产生任何教育意义，要组织观众具有批判现实的意识。仅仅只使得观众感到幻灭，就绝不是现实的作品。如《路柳墙花》。

十五、（A）问：这些血淋淋的现实不应该给小市民的观众看，苗圃君说得好，应该创造一个光明的理想给他们看。

（B）答：这是漂亮话，太瞧不起小市民了，他们正在血的洗礼中成长。血淋淋的悲剧正描写了新世界诞生的痛苦。去吧！什么教唆自杀，什么色情影片毒害观众，对《新女性》及现实悲剧电影之疯犬般的叫嚣！苗圃君说什么《复活》比不上《父与子》，他不妨去读一读列宁，普列汉诺夫等人的论文，不要语病百出。

此文结束的同时，《民报·影谭》的主编鲁思也发表了《写在〈答客问〉后——结束这一次的论争》的文章，内容如下：这儿想说的，仅仅是个人的意见。第一，《新女性》确实写了三种女性，但主人公是韦明，张秀贞和李阿英是旁衬。一舟君指责为什么不把三个女性平均发展是缺点，无疑近于苛求，但是真的将三个女性平均发展，深信可能会更有力些。第二，我是同意一舟君的意见的，这条尾巴是不必要的，是多余的蛇足，是软性论者所谓的"填鸭式的说教"，分散了戏剧的效果，我主张割去，至于这一个尾巴是观念主义化，那是有语病的。

四月十七日至四月二十六日，周楞伽用枚史的笔名（唐纳笔名史枚的颠倒），在《晨报·每日电影》上，针锋相对的发表了长篇论文《释客疑》来回答唐纳。

甲：史枚君最近在某报影刊上作《答客问》，你大概看到了，不知道有何感想？我的答复是："一贯的机械论外，没有别的进步。"我要剥下他们自命为前进的有正义感的假面具来，使大家明了谁是中国电影的虐害者。

他们最拿手的好戏是造谣诬蔑，给人加上××××的帽子，说别人蒙着虎皮，伪装自由人，仿佛他们是最进步最有正义感的影评人。以至于萍华脱离了《晨报·每日电影》，被赶出了影评圈，苗埒去信与他们讨论《新女性》，却被他们断章取义的放冷箭攻击，这些人蒙着光明的外衣，实际上的行为却更要黑暗。

乙：辩证法是互动的矛盾法则，只有从互相联系的发展斗争和运动中去观察现象，才能算是懂得了辩证法。影片《新女性》不能作为孤立的艺术品来观察，而应该把他放到妇女运动和时代背景上去观察才行。目前的时代不需要知识分子去自杀，需要他们领导群众去进行反帝反封建的斗争。

现代的时代已经不同于"五卅"和"九一八"前后，前进的读者和观众，需要的作品是现实主义的浪漫主义。当前中国进步电影的虐害者，一是软性论者，二是机械论者。前者毫无立场，后者不容轻视，他们密布各报的副刊，阴谋中伤，造谣诬蔑，反对一切适应时代变化的新的主张。

丙：现实主义和现实浪漫主义与其说是对立的，毋宁说是统一的。那些一知半解的机械论者，只以为将血淋淋的现实暴露出来就可以了，什么罗曼蒂克，英雄思想都不需要，一个作家除了对现实有健全的认识，也应该知道必然的将来，用他的热情去燃烧和鼓舞读者。现实的浪漫主义在不歪曲，粉饰现实的基础上，展示光明的未来，才是新的现实主义的本质。

丁：可是那些机械论者的影评人，不知道进步的罗曼蒂克包含在现实主义中，认为简单的暴露就已经尽其能事，这种机械论者的观点，陷入了旧的现实主义的道路。那些自命为前进的影评人，正和苏联的"拉普"犯着同样的错误，他们不知道艺术品不是真理的记述，而是从现实生活塑造形象的社会实践，那些开口闭口辩证法的"拉普"式的影评人，终将被时代永远的淘汰，因为辩证法不是一成不变的公式。

戊：这次《新女性》的论战，内容非常复杂，使得不明真相的人以为，本来是鼓励进步的诚意，看作是有意的虐害，却把盲目的捧场认为是善意的批评。

事情的起因是这样的，苗埕先生在《晨报·每电》上作了《新女性论》的文章，苗埕是位文学作家，不是影评人，他写此文的目的是希望进步的艺人，能够创造出一部不仅以自杀为主角的娜拉，而是能够担当起时代任务的女英雄来，发出了"知识分子难道只能以自杀为结局"的怀疑。因为是登载在《晨报·每电》上的，便被怀有偏见的唐纳先生挑眼了。（作者按：这里需要补充说明一下的是，唐纳和鲁思本来都是《晨报·每电》的特约撰稿人，后来被迫离开，又被潘公展解除了《文艺电影》杂志的编辑职务，而这一职务恰好由影评人兼演员姜克尼，邀请当年一起租住在江阴街的房客周楞伽来接替，所以唐纳是否由此将不满和怨恨，发泄在周楞伽的身上，也未可知。)①

本来苗埒想反驳唐纳先生，一则不欲轻启衅端，二来忙于创作，无暇笔战。于是写了封信给唐纳，以期结束这场笔墨官司。恰好这时候，发生了阮玲玉自杀的事件。于是，有人竟然写文章，说阮玲玉自杀是受到了《新女性》的暗示，唐纳先生也认为苗埒起了推波助澜的作用，因而引起了这场无谓的争论。

另外必须提及的是流冰提出的悲剧的问题，唐纳认为他们两人有勾串的嫌疑。可惜唐纳不知道苗埒的文章，是由冒舒湮带走的，他自己并未涉足《晨报》馆，何有一贯反对的系统可言，而且苗埒和流冰的观点截然相反，苗埒希望现实中加入浪漫的成分，流冰却害怕悲剧会增加小市民的颓废消沉。这是非常观念论的。电影决不会教唆观众自杀。

这里需要强调说明一下，叶永烈在《江青传》中记载，唐纳是马季良和佘其越俩人共同使用的笔名，佘其越是中共地下党员，化名史枚，匿居在马季良的家中，撰写文章。史枚作为一个革命者，曾经先后被囚禁在国民党和军阀盛世才的牢房里，解放战争时期，在上海主持过《读书与出版》的编务，是一位勤恳踏实的编辑家，一九八一年因脑溢血去世，生前的职务是《读书》杂志的副主编，这场论战之中的唐纳和史枚是一个人，还是两个人，恐怕已经成为一桩疑案了。

四月二十八日，流冰发表了《疑——敬问枚史先

---

①　见周楞伽《伤逝与谈往》之中的《记文艺电影》，原载《杂志》一九四三年六月十日第十一卷第三期

生》的文章。他指出：枚史一方面主张现实中要有罗曼蒂克的成分，反对血淋淋的暴露现实，然而，他却又打自己的耳光说："电影已如一切艺术部门一样，反映现实生活，如果社会是不安和混乱的，那在制作上，就绝对摆脱不了悲观主义的倾向。"另外，枚史否定电影绝不会教唆观众自杀，那么他何必反对《新女性》中韦明的自杀呢？他说现在的观众所受的教育太浅，没有健全的人生观。既然这样，那么有几个观众能够和枚史一样的，去认识社会，认识具有罗曼蒂克的光明结局呢？

四月二十九日，《晨报·每电》终于刊登了唐纳的来信，取名《是非之场》，内容简述如下：

苏凤兄：

《每电》上枚史先生的《释客疑》，屡屡提到我的名字，使我不能不声明几句了。旁的问题上，我暂时想沉默一下，单就苗埒先生的一封信，请允许我说一些吧！为了使问题容易明了起见，我在后面抄引了苗埒先生来信的全文。

唐纳先生：

您在《影谭》上发表的《论〈新女性〉的批评》，我已读过，您我虽不是朋友，但也不是敌人，您的态度虽有几分不逊，我仍旧愿意与您诚恳的谈一谈。首先声明我是个文学的自由人，并不在影评圈内，这次批评的动机是希望进一步认识和理解时代，创造出一部主题更积极的影片来，您那些偏见、曲解、盲目、丑恶等字眼，对于我未免太重了。

我觉得您最大的错误，是忘却了主题和社会的连带关系。在转型期的中国，我们需要的，与其说是自杀的娜拉，不如说是到工厂、到农村去领导群众，发动反帝反封建的奋斗妇女。

　　对于您批评一舟君，我也有一点小小的不同意见，那就是现实性的问题。一舟主张阉割尾巴，您认为这样抹杀了现实性，我认为现实的暴露是必要的，但创造光明的理想，使观众怒吼起来更好，我们这个时代，需要一个唐·吉柯德挺身与丑恶的现实社会做正面的斗争的女英雄，不需要自杀的韦明……

　　祝您为光明而努力

苗坪

　　我收到了此信，因为忙与懒，一搁就是好几天，才预备写一封公开信答复苗坪先生，在《影谭》上刊了一个代邮，请他允许我发表他的来信，苗坪先生的回信是：

唐纳先生：

　　代邮已悉，您要把我上次给您的公开信发表，自无不可。不过我不太愿意结怨于人，可否请您把信还给我修改一下。（下略）

　　《逃亡》好极了，我佩服岳枫，也佩服你，但可惜巧合的地方太多，我想像这样一部暴露现实的影片，倘能使必然性浓厚一些，一定会更好的。

　　祝你努力！

苗坪

一九三五年四月十一日

　　谁知道苗坪先生的第一封信，给我一搁搁到不知哪里去了，直到现在才找到。但写公开信的心情却没有了，这是非常对不起苗坪先生的，至于史枚先生在《影谭》里，写《答客问》的时候，曾经抄录了苗埒先生第一封信的一些话。我则没有片言只语提到过苗埒先生的来信，枚史先生所谓抹煞云云，实在是不敢当的。

然而，在现在，对于苗埒先生的来信，我是非讲话不可了。我以为，苗埒先生的错误是没有把握住《新女性》的主题，他误认为《新女性》是主张知识分子以自杀为结局的作品，但《新女性》恰恰是主张"不需要自杀的韦明"。苗埒的"急不择食"是落空了。这就是我的回复。

我是一个电影艺术的小伙计，对文学更是门外汉，我现在正埋首摄影场的工作，就是影评也搁置了很久，但凭我常识，知道批评必须抓住作品的本身，《新女性》的社会意义，我在文章中已经指出了，它对现代中国出走后和正要出走的娜拉的正确指示的价值，这还不够么？枚史先生的种种话，还是送给别人的好。

完了，这些小事还要花费《每电》的纸幅，不安得很。

弟　唐纳

周楞伽后来在《晨报·每电》上发表了《剪刀浆糊录》反诘和挖苦唐纳。文章指出，剪刀浆糊就是抄书，有些影评人是目光浅短的书呆子。

曹聚仁在《东山随笔》里论及阮玲玉的自杀和"人言可畏"，主张阮应该和胡蝶一样去苏俄走走，坚强起来，就不会自杀了……不久之前，某某先生在《〈新女性〉论》里，怀疑知识分子只能以自杀结局，不是受到了自命为有正义感的唐纳之流当头一棍吗？

《新中华》三卷七期里，编者主张"在恶劣的环境下，作生存奋斗或者屈服，这才可以看出国民的性格，民族的精神……我们想看到的是，在山穷水尽中的苦斗，那才是新生的曙光……"今天中国所谓有正义感的影评人，只知道暴露黄昏的夕阳，却不知道读者和观众迫切需要看到新生的曙光……可怜的这些落在群众后面的尾巴主义者啊！

对于这场争论，鲁思在一九五七年的《中国电影》上，发表过《影评忆旧》的文章，提及：当时我们对国产电影是主张"有片必评"的，我们一贯倡导的批评原则是：从作品的实际出发，要有的放矢……

我们除对反动的软性电影论者予以无情的打击外，在自己内部一贯采取"争鸣"和"互纠"的方针，充分开展民主的讨论，进行批评，反批评，反反批评，参加这次笔战的有宋之的、周楞伽、唐纳、朱崇彬、赵铭彝等同志。

周楞伽后来在《论文艺电影》中说及此事：也怪我那时候年轻气盛，世故不深，不能忍耐，结果便展开了一场轰轰烈烈的大笔战，当时我和唐纳全力相搏，两年以后，我和唐纳在萍华孩子的汤饼宴中，对饮了一杯酒，总算是把这个结解开了。①

原载《电影艺术》二〇〇八年第六期

---

① 见周楞伽《伤逝与谈往》之中的《记文艺电影》，原载《杂志》一九四三年六月十日第十一卷第三期

章培恒与父亲的争论

二〇一一年六月八日凌晨，教育部社会科学委员会副主任，教育部全国高等院校古籍整理研究工作副主任委员，复旦大学古籍整理研究所所长，著名文史专家，博士生导师，章培恒教授因患病，不幸辞别人世。

章培恒先生是浙江绍兴人，一九三四年出生，一九五二年进入复旦大学中文系就读，师从朱东润和蒋天枢教授，着重研究中国古典文学，在二十世纪八十年代"重写文学史"的历史条件和时代背景之下，开始构建文学史的思考和实践，并且致力于中国文学的古今贯通及研究，他的论著和主持撰写的中国文学通史，治学严谨，注重实证视野广阔丰富，且富于前瞻性和独创性。

从报章杂志上对他的评价和追忆之中，我不仅想起了他和父亲周楞伽在学术上的交往、分歧和争论，事情的原委是这样的：

一九八〇年，上海古籍出版社出版了一套《三国志通俗演义》，这是根据最早的嘉靖元年的刊行本来标点、整理和注释的。整理者是复旦大学的马美信和章培恒，在该书的前言里，这两位整理者断言，该书成书于元文宗天历二年（一三二九）之前，他俩还表示："《三国志通俗演义》写于元末还是明初，更是一个尚未弄清楚的问题，一般文学史著作，都把它作为明代文学来叙述，其实也是一个尚无证据的假定。"

另外，他俩在文章中还进一步推测罗贯中是南宋入元的文人。

他俩的这些观点，是父亲完全无法接受的，于是他就写了一篇批驳的文章寄出去，谋求发表。该文不知道是寄给什么刊物的，遭到了退稿，但原稿上面却用铅笔写了不少旁批和眉批，父亲见了大怒，说这个编辑既不懂得作者的意图，又自说自话地在别人的文稿上，指指点点，胡说八道，真是岂有此理！于是，就将原稿丢弃在一边，不再处理。

不料，这份原稿却经过我手，转到了章培恒先生的眼前。这件事情的来龙去脉还真有点说来话长。

我听说章培恒先生大约是在二十世纪七十年代，那时候，我在大庆油田工作，有时候返沪探亲，受单位的委托常常帮助他们购置一些图书，由于"四人帮"把持着文教宣传领域，一场"文化大革命"，造成了"万马齐喑究可哀"的局面。社会上闹书荒，图书极少，单位的宣传部门，为了大批判和树立大庆是全国一面红旗的需要，必须购置大量的图书，由于知道我在上海有些门路，就委托我代为设法进货。我就经常寻找小学的同学刘同毓帮忙购置，因为他当时正在沪东五角场的新华书店工作，由于这一层的关系，我俩来往密切，无话不谈，尤其是当时我俩都喜爱诗歌创作，他当时已经在报刊上发表了一些作品。所以，经常在一起切磋此道的技艺。因为他知道父亲在中华书局上海编辑所工作，就常常提及他的邻居，和他一起居住在溧阳路凤凰村的章培恒先生，也是搞古典文学的，他经常向章先生求教及聊天。我因为孤陋寡闻，再加上当时的章先生因为受胡风事件的影响，在一九五五年被开除了党籍，销声匿迹了很长的一段时间，在文坛上也是落落寡闻的，所以没有放在心上。

"文化大革命"的后期，复旦大学的教授赵景深经常与父亲通信，内容主要都是探讨古典文学的许多问题的。其中，有一封信谈及日本学者伊藤漱平对父亲注释的《剪灯新话》以及与元代传奇小说《娇红记》的关系问题，提出了不少新的见解，赵景深先生在大学里，还能够见到一些国外的学术刊物，所以，就将这些情况转告给了我的父亲。可惜这些信件现在都丢失了。年轻人好出风头，我为了显摆，就将这封信交给刘同毓浏览过，不料，他将这些情况告诉了章培恒先生。章先生曾经问过刘，他们的信件，曾经讨论过的是些什么问题。这些往事如今历历在目，可惜先人逝世，这些追忆，也将随着历史的脚步渐渐消失，我的记忆力虽强，但是，也应该留存文字，以作见证为是。

这份反驳章先生观点的原稿，无意之中放在写字台上，恰巧，刘同毓来访，言谈之间无意提及了这份原稿，他随意翻阅了一遍，回去就告诉了章培恒先生。于是，第二天刘又来我家，说是章先生邀请我是否能够去他家晤谈一番，顺便将这份原稿带去，让他先行看一看。凤凰村离我家只有三分钟的路程，跬步及至，于是，我就带了原稿前去。章先生很客气，见我来后，连声招呼他的夫人倒茶，我清晰的记得他称呼他的夫人叫"月华"（音），与我的小姐姐同名。章先生首先告诉我，他很早就和我父亲相识。那时在一九五九年的夏天，上

周楞伽与赵景深合影

海浦江饭店集中了上海一些教授、学者、编辑、作家参与编写《辞海》条目，文学方面的负责人是中华书局上海编辑所所长、作协上海分会副主席李俊民先生。一天，你父亲周楞伽不知道是为了什么缘由，来见李俊民，汇报完工作之后，你父亲提出了对已经完成征求意见初稿的《辞海》词目，唐代诗人"李白"这一条有不同的意见，当时我就坐在一旁，并且从李俊民的口中知道了你父亲周楞伽是该社的编辑，在三十年代的上海滩也是一个有点名望的文化人。

我与章培恒先生谈及一九七三年批林批孔时期，赵景深教授注释鲁迅先生的《中国小说史略》的时候，因为赵先生患有糖尿病，眼睛视线不太清楚，有的地方曾经委托父亲帮助他寻找古籍资料注释的，父亲还几次在赵家吃饭。在查找资料的过程之中，有时候有不同意见，曾经多次鱼雁往返，所以当时通信频繁。章先生饶有兴趣的听我侃侃叙述，我还告诉他，当时赵先生与父亲一起在鲁迅公园合影，各自手捧鲁迅先生的《中国小说史略》和《汉文学史纲要》，表示要在有生之年，完成整理和注释这两部著作的任务。

略事寒暄之后，章先生开始细细的研读起父亲的文稿来了，读着读着，章先生的眉头逐渐皱弄了起来。原来父亲的文章不仅完全否定了他的观点，而且语气和文笔颇为尖酸刻薄，他向我征求意见以后，用一个练习本简单摘录了一些文稿上的内容，并且客气地表示学术争论，观点不同是正常的现象。

当时我正在油田子弟学校教语文，在临别之前，我向章先生请教如何学习古文，他指点我说，首先应该好好学习和研究《说文解字》，弄通每个字的来龙去脉，才能够详细准确的了解古人文章的内容和含义。最近我在《文汇报》上读到有人追忆他的文章，讲到他在日本神户大学执教的时候，借助喝酒时的酒意，向日本学者大背《说文解字》的内容，可见他在此书上的钻研精神和深厚功力。

一九八一年，由中国社会科学院文学研究所主办的《文学遗产》杂志复刊，编辑卢兴基向父亲约稿。于是，父亲将批驳章培恒的文章，加上一则谈《世说新语》，另一则谈石玉昆的《三侠五义》的文章，合成一起，以《小说札记》的标题，在一九八一年第四期的《文学遗产》上发表了出来。其中批评章先生的文章，是第二则《罗贯中生卒年新证》。

他批评章培恒教授在《三国志通俗演义》的《前言》中，根据贾仲明写作的《续录鬼簿》的内容，推翻了鲁迅先生推测的罗贯中是元末明初人的判断，提出了罗贯中是南宋人的主张，未知据何所云？另外，父亲还指出，《前言》作者用《三国志通俗演义》下注的今地名，来考证此书成书于元文宗天历二年之前，到至正甲辰（一三六四）罗贯中与贾仲明复会时，罗的年龄应该在六十五岁以上的分析，全凭猜测，毫无佐证。最大的错误是以为罗贯中年长于贾仲明，殊不知，恰好相反，倒是贾仲明年长于罗贯中。

最重要的是父亲在文章之中提出了一个重要的事实证据，即上海书店在一九五九年，曾经收购到一部《赵宝峰先生集》，卷首有自称门人罗本（即罗贯中的本名）等三十一人的祭文一篇，祭文的日期是至正二十六年（一三六六），是元亡前的一年，亦即贾仲明与罗贯中"甲辰复会"的后两年。这样使人能够略知罗贯中的身世与社会关系，这就证明：一、罗贯中生活的时代是元、明间人。二、新版《辞海》说贾仲明生于一三四三年，不知何据？三、罗贯中原籍东原，元末动乱，迁居慈溪。

该文最后强调：用《三国志通俗演义》地名下注的小字，来考证此书的成书年代，完全是钻牛角尖，从三国至元、明，时越千余年，有的地点不完全是元末明初改的，有的宋时已改，有的唐时已改，用来考证成书年代，岂非南辕北辙？

章培恒教授在研读此文后，写作了万余言的长文，题目为《关于罗贯中的生卒年——答周楞伽先生》，发表在《文学遗产》一九八二年第三期上。文章直截了当地指出：《三国志通俗演义》的《前言》第三节，有关此书的成书年代和罗贯中的生卒年，完全是我所写，我有义务来答复周楞伽先生的批评。

全文分为三个章节。在第一章节之中，章教授强调《三国志通俗演义》所注的今地名，明显是元代的地名，连元文宗天历二年后所改动的地名都没有使用，所以成书的年代当在元文宗二年之前。第二章节中，章教授再次引证贾仲明在《录鬼簿续编》里的文字："罗贯中……与余为忘年交，遭时多故，各天一方。至正甲辰复会，别来又六十余年，竟不知其所终。"所以一般人都认为罗贯中在至正甲辰时，至多二十出头一些，否则不可能再活六十余年，罗贯中既然和贾是忘年交，至少要比贾大十几岁，遂定罗约生于一三三〇年，又假定罗享年七十岁，遂定其卒年约为一四〇〇年。所以假定罗贯中在天历二年之前为三十岁以上，跟书中的今地名、《录鬼簿续集》的记载都无冲突。另外从《太和正音谱》来看，绝没有任何证据可以证明罗贯中年小于贾仲明，周楞伽先生说，贾仲明提出的"别后又六十年"，是不是"六七年"刻工的错误，此话问题太多，《录鬼簿续编》只有写本传世，何来刻本？既然"别后六七年"又凭什么断定罗贯中已经死了？第三章节中，章先生指出：在罗贯中的生卒年问题上，周先生提出了一个重要的事实证明，即《赵宝峰先生集》的卷首，有门人罗本等三十一人的祭文，然而，这篇祭文虽然列有罗本之名，但既无字号，又无籍贯，安知这个罗本是不是跟罗贯中同姓名的另外一人？赵宝峰是个理学家，罗贯中则是个小说家和杂剧家，跟理学异趣，因此，赵宝峰的学生是否即罗贯中实在也还是个问题。文章最后指出，周楞伽先生说新版《辞海》贾仲明的条目之下说他生于一三四三年，不知何据？据我所知天一阁旧藏贾仲明的《录鬼簿·录鬼簿续编》末署："永乐二十年壬寅中秋，淄川八十云水翁贾仲明，书于怡和养素轩。"永乐二十年为一四二二年，按照中国的历法计算，正好是八十岁，这就是新版《辞海》的依据，周先生最好是查清楚了再来发表议论，不要动辄斥人"岂不可笑"。

这里，我要说一句局外人的话，贾仲明如果生于一三四三年，到至正甲辰复会即一三六四年，他只有二十一岁，作为忘年交，罗贯中不可能比他小。这里，无疑章教授的判断是正确的。

这场争论过去不久，章培恒先生出国去日本神户大学讲学，讲授中国文学史和中国小说史。父亲知道日本国内藏有《初刻·二刻拍案惊奇》等古籍，于是在寒冬腊月，大雪纷飞的日子里，数度登门凤凰村的章家，请他的夫人转交一封信给章培恒先生，信的内容是请章先生不惮劳苦，积极向日本有关方面方面疏通，将慈眼堂法库所藏的四十卷足本的尚友堂本的《初刻拍案惊奇》复录归国。了却当年北京师范大学王古鲁教授生前的遗愿。

原来解放以后最早出版的《初、二刻拍案惊奇》的单位，是上海古典文学出版社，责任编辑就是父亲周楞伽，《初刻》在解放前有多种版本，但这些翻印翻刻本都不是足本，仅仅只有三十六卷的残本。一九四一年，王古鲁先生曾经访书日本，在日本佛教天台宗的慈眼堂法库中，发现了崇祯刊"尚友堂足本"的《初刻拍案惊奇》，竟然是四十卷的足本。限于时间的紧迫和经济上的困难，王古鲁先生仅仅拍摄了《水浒志传评林》和《唐僧西游释厄传》，对《初刻拍案惊奇》只拍摄了亡佚的三十七卷至四十卷的插图，未将后四卷的内容摄影后携带归国。所以王古鲁先生一九五八年去世前，在给父亲的来信之中，曾经表达了深深的遗憾和惋惜。后来出版的《初刻》，是王古鲁教授向北京大学借来的，已故学者马隅卿所藏的"复尚友堂本"，是不完全和不完整的本子。其中三十八卷"占家财狠婿妒侄，延亲脉孝女藏儿"，因为与《今古奇观》一书中第三十卷的篇目和内容完全一样，就被移嫁过来，安置在《初刻拍案惊奇》之中。

章培恒教授后来接获了此信，了解到这些信息和情况之后，经过多次和多方努力，再加上日本友人的热忱帮助，最后终于取回了另外一种珍藏于广岛大学的三十九卷本的《初刻拍案惊奇》孤本的复印本。其中三十八卷仍是尚友堂本，原本缺少的二十三卷，因和《二刻拍案惊奇》之中的二十三卷的内容和文字完全一样，可以挪用不计之外，第四十卷系重刻，章培恒教授将此卷复录了下来，携至归国，终于使得《初刻拍案惊奇》完璧归赵。章先生不但了却了王古鲁教授生前的遗愿，也对保存和流传古典文献，发扬光大以及传承祖国的文学遗产，厥功至伟。

然而，父亲与章培恒教授，在罗贯中生卒年问题上的分歧和争论，依然并未消除。一九九〇年，父亲在时任中国《三国演义》学会副会长章培恒等人编辑的《三国演义研究》的年刊，《三国演义与中国文化》一书中，发表了《关于罗贯中生平的新史料》的文章。

他的主要观点是：

一、罗贯中自署东原人，贾仲明却说他是太原人，他与罗贯中在至正甲辰会面以后的六十年，正是罗贯中著作《水浒传》和《三国志通俗演义》声誉鹊起的时候，他却一无所知，而且竟然不知道罗贯中之所终，由此可见，贾仲明完全是谬托知己。从《录鬼簿续编》之中可以看见，贾仲明是个谄事永乐皇帝溜须拍马的人物，而且喜欢"王婆卖瓜，自卖自夸"，对于这样一个品格卑劣的人，罗贯中避之唯恐不及，哪里肯与他缔交，哪里会告诉他自己的行踪。所以他只能够说出"竟不知其所终"的话来。

二、当年我的文章发表以后，许多专家和学者，都承认了罗贯中是赵宝峰的门人，然而章培恒先生的文章，却提出了这个罗本不是罗贯中，而且罗贯中是小说家，不会信奉理学的论点。

从一九八三年四月首届《三国演义》学术讨论会在成都举行，至今已有七年多，对罗贯中的生卒年和《三国演义》的成书年代的讨论，并无进展。而在一九八三年，我就设想清人黄宗羲编撰的《宋元学案》中，应当有赵宝峰的学案，结果，查到赵宝峰是宋朝陆九渊门人杨简的三传弟子，罗本作为门人排列第十四位。另外，在罗本条下的小字按语之中，有了一个惊人的发现，原来罗本并不是字贯中，而是字彦直，贯中乃是他写作杂剧和小说时所用的别号，等于是今人的笔名。他还有一个哥哥罗拱，字彦威，早已拜赵宝峰为师，研究理学。

罗本在明末图王失败以后，由原籍东原来到慈溪，投奔他的哥哥罗拱，赵宝峰推屋及乌，收罗本为门人。所以，有的史籍记载他是浙人、越人、钱塘人、杭州人等说法不一。

那么，罗本为什么要用贯中作为自己的别号和笔名呢？因为彦直的直字与贯中的中字，有着密切的连带关系，孔子在《论语》之中说过："吾道一以贯之""直在其中矣。"这就是贯中作为笔名的由来。

这篇文章发表不久，父亲就因病去世了。章培恒教授也在最近驾鹤西去。有关罗贯中的生卒年以及《三国演义》的成书年代，在学术界至今聚讼纷纭，争论不休，范围广泛，影响深远，现在我将这些往事逐一追述，也是为今人留下一些吉光片羽的印迹，从中也可以窥见章培恒先生对学术专研的精神和风貌。

原载《闲话》第十六期

许
幸
之
往
事
两
则

一、《阿 Q 正传》的改编和演出

许幸之（一九〇四——一九九一），祖籍安徽歙县人，出生在江苏扬州。早年毕业于上海美专，后留学日本东京美术学校，是著名的文学家、美术家和戏剧导演，也是当年左联的发起人之一。一九四九年前，一直从事美术、戏剧、电影活动，发表过《大板井》和《卖血的人》等诗歌，还参加过大众语问题的讨论。新中国成立后，曾经历任上海电影制片厂厂长、中央美术学院教授。中国美术家协会理事。

抗战期间，他在上海的孤岛，坚持戏剧的编剧、导演和演出，极大地鼓舞了民众的抗战意志和决心。尤其是他将鲁迅先生的小说《阿 Q 正传》，整理改编搬上了戏剧舞台，引起了文艺界和市民的极大轰动。当时演出的地点是在辣斐大戏院，开演的时间定在一九三九年七月十四日（即法国国庆节），由中法联谊会下属的中法剧社排练演出。这个剧社是由留法的同学会组织的，他们是在中法戏剧专科学校的基础上成立的剧社。阿英是

阿 Q 正傳（續完）

魯迅原著　許幸之改編

第四幕　革命

時：全上月十四日晚

地：未莊上資料

（幕啓後）：…

王九媽　（不錯了，早四聲老頭子去了，圓子去了……過的寶兒的病就會好的，我們先……

（寶兒的病兒在禰圃裡走出禰圃路搖搖快快地跨不……中的衍急性發喘呼喚著……

單四嫂子　（呼喚）寶兒來吧！

單四嫂子　（呼喚）寶兒快快回來吧！

後台　（單四嫂子喊）回來坐！

後台　（呼喚）寶兒怕怕回來吧！

後台　（漸漸）寶兒回來唄！

後台　（漸漸）寶兒回來吧！

後台　（近）寶兒快快回來吧！

老嫗子　（牛體後的只只悲見，地……

教务长，教员有郑振铎、杨帆、许幸之、吴晓邦等人。冒舒湮是秘书。原来首演的剧目是《祖国》，后来因为部分电影演员的推辞，遂决定改排《阿Q正传》。中法剧社开始创办时期的经费，来自安徽桐城望族，雍正年间的清廷首辅张廷玉的后人张菁子姐妹，后来经费逐渐用完以后，这两姐妹就不再资助了。

这次演出之前，许广平女士曾经因剧作者未经征求鲁迅先生家属同意，擅自改动剧本而提出了异议。为此，由王任叔（笔名巴人）出面邀请许幸之和冒舒湮，在巴黎大戏院的楼上咖啡馆，与许广平商谈，许幸之因为生病，未能出席，由冒舒湮代为转达改编者的歉意并且恳商谅解，同时，热诚邀请许广平女士在首场演出中予以观摩，并且提出宝贵的意见。由于坦诚相商，最终并没有产生任何瓜葛和纠纷。

这次演出的舞台总监是校长冯执中。但是真正掏钱支持演出的后台老板，是上海帮会头目，曾经担任过上海警备司令杨虎的眷属田淑君女士。

这一话剧的编剧和导演均由许幸之一人承担。脚本经过许幸之五易其稿，并且征询了许多朋友和作家的意见，最后拍板定夺的。在此一年之前，中旅剧团也曾经在香港演出过《阿Q正传》。但剧本却是由田汉改编的，是比较忠实于原作的《阿Q正传》话剧。

而许幸之与此完全不同，作者大胆地将《阿Q正传》和鲁迅《呐喊》小说中的其他人物糅和在一起，增加了不少角色，如《药》里的刽子手康大，被害革命人夏瑜的夏四奶奶，《孔乙己》里的孔乙己、酒店掌柜和伙计，《明天》里的单四嫂子、王九妈、蓝皮阿五和红鼻子老拱，不仅发展了原作的故事内涵和情节变化，也使得戏剧的情景和舞台氛围，更加浓烈和凝重。

许幸之的剧本完成于一九三七年的二月，接着在一九三七年四月至五月的《光明》半月刊第二卷第十、十一、十二期上连续刊登过，当时杂志的主编是洪深和沈起予，由生活书店发行销售。剧本上演之前又经过殷扬（杨帆）、陈西禾、吴天等几位戏剧专家的批评，修正和改进，使得剧本更臻于完善和成熟。

许幸之改编创作的六幕剧《阿Q正传》，在上海孤岛盛夏的炎热之中，演出日夜两场，居然卖座不衰，历时半个多月之久。参加演出的人物，后来都成了中国话剧和电影界的著名演员。例如饰演老拱的乔奇，扮演康大的舒适，潘汉年、杨帆一案之中蒙受冤屈的杨帆，也反串扮演了赵太太，后来盛名的演员韩非、盛婕都参加了演出。当时，他们仅仅不过是刚刚登上舞台的新人，虽然是初次出演，但经过舞台和银幕的淬炼，终于成了后来者的一代明星。此外，全剧分别由杨帆、舒适担任剧务，冒舒湮、陈模负责宣传鼓动，张贴海报等烦琐的工作。

首次演出，广泛招徕了文艺界的朋友和有关人士，出席的有许广平、陈望道、赵景深、徐訏、唐弢、柯灵、锡金、周木斋等人，演出结束之后，剧团设置茶点，邀请与会专家发言座谈。会上，许广平女士谈了自己的几点看法：第一是阿Q不仅代表了中国国民性的弱点，也代表了世界一般民族的弱点。据说《阿Q正传》翻译成为俄文传到苏联的时候，苏联文化界也有人士指出，我们这里也有许多的阿Q式样的人物。第二是阿Q这个角色不容易演好，著名的戏剧家田汉也曾将《阿Q正传》改编成话剧，并且计划由自己打泡，去主演阿Q的打算，当然因为种种缘故未成，但是也从一个侧面表明，阿Q并不好演。第三是小说之中的小D，是阿Q后来一代的缩影，他不仅战胜了阿Q，而且预示了将来美好的发展，鲁迅先生留下这一根伏线是具有一定深意的。鲁迅生前曾经多次说过："《阿 Q 正传》还可以续写，就是从小 D 身上发展，但是他不像阿 Q。"关于这一点，许广平女士强调指出，鲁迅先生曾经说过不止一次，如果鲁迅能写将出来，那么作为被压迫者抬头典型的小 D，一定会对现实生活产生积极的影响。

可惜鲁迅一直没有动手，原因可能是，现实社会尚未产生足以表现这一典型人物的丰富材料，当时的环境也无法引起鲁迅先生动笔的兴趣，或者可能是严酷的现实生活，已不允许他假托小说来进行描写和发展了。许广平女士最后深情的谈及，如今离鲁迅写作《阿 Q 正传》已经过去有十多年的历史了，时代的不断进步，是不是可以说小 D 的时代已经形成了呢？希望大家思考，引起讨论。

接着由剧作家许幸之谈他的创作经历和设想。他先谈了如何改编《阿 Q 正传》这一舞台剧的动机，在谈及多位朋友的忠告，以及戏剧界部分人士的否定批评，接着谈到《光明》半月刊发表了他的改编本不久，田汉的改编本也在《戏剧时代》发表了。由此招至了《文学》最近一期杂志上，发表了欧阳凡海先生的《评两个〈阿 Q 正传〉》的文章。

文章指责许幸之的创作不忠实于原作，曲解了作者的意图。无端加入了自己许多个人的意见和想法，这种曲解，不利于阐发鲁迅的思想，而且会误导观众。

许幸之紧接着反驳道：单从阅读上去判断戏剧，是容易陷入谬误的，如何把"平面"的文字，做成"立体"的形象来观察，加以分析研究，是每个作者的自由和权利，根据同样的故事或原作，创作出不同形态的剧本，在文艺发展史上是司空见惯，这样的先例也是很多的。每个作者都有权利，并且也有义务根据自己的思想，进行二度创作。欧阳先生的意见值得考虑，但戏剧改编者的意图，也希望能够得到尊重。

在这次座谈会上，父亲周楞伽也做了发言，因为当时他正和王任叔就"抗战八股"问题，在《鲁迅风》和《东南风》上发生笔战，参与争论的作者也很多（详情可见我写作的《从〈鲁迅风〉到〈东南风〉》，《新文学史料》二〇〇一年第一期），所以父亲的发言着重谈到，希望文艺界人士放弃门户之见，团结起来。因为当前仍有阿Q型的人物，见面客客气气，背后造谣生事，趁你不注意，伸手便打一拳，回拳请教，来一套"天下国家"大事、乃至"大敌当前""今天天气哈哈哈"云云，对于这些人最好请他看看《阿Q正传》的演出。并且从中寻找出自己的不足，这种借题发挥的发言，自然引起了很多座谈作者的不满，当年父亲的年轻盛气桀骜，由此也可见一斑。

晚年我曾经拜访过著名作家沈寂，老先生说，你父亲耳朵听不见，总喜欢和别人笔战，在文坛上得罪的人太多。另外，已故的戏曲专家蒋星煜老先生在《文汇报·笔会》上，发表了《周楞伽不是鸳鸯蝴蝶派》一文，说父亲"既不依仗前辈提携，也不喜欢参加团体"，是文坛上独特的单干户者，这些恐怕都是后话了。

原载《江淮文史》二〇二二年第二期

二、左联会址的确认

左联成立于一九三〇年的三月二日，但是，以往根据冯雪峰和唐弢的认定，召开左联成立大会的中华艺术大学，是在窦乐安路（即今多伦路）的一百四十五号，并且经过上海市文管会勒石，作为上海市的文物保护单位。但是，在上海鲁迅纪念馆的周国伟等同志，在北京拜访许幸之先生的时候，许先生突然提出问题："现在的多伦路一百四十五号，确认为是左联成立大会的根据是什么?"接着他又说道:"多伦路一百四十五号不是当年中华艺术大学的旧址（现据查实是当年该校的宿舍），应该是在多伦路二百〇一弄二号。"许先生还表示，自己当时是中华艺术大学西洋画科的主任，参与了左联成立大会会场的布置和安排，对当时会场的情况十分熟悉，并且肯定会议召开的会场，是在中华艺术学校的底层中厅，因为楼下的中厅比较宽敞，可以容纳较多的人员，集中和分散也比较方便，绝非是你们后来确定的艺术大学学生的宿舍。

这一说法，使得前来拜访的周国伟和史伯英大吃一惊，因为事关重大，涉及史实的真伪以及纪念会馆的确定和布置，于是再三追问是否有所证据。许幸之先生肯定的说，自己有一张校门口的照片，只是记不得夹在哪本书里了。来访的人继续追问是否能够找到这张照片，许先生去书房找了半天，回转身来，遗憾的表示，究竟夹在哪本书里实在记不清楚了，容许我抽时间再找找。后来虹口区的文化局又多次派人前往北京，但许先生始终未曾找到这张照片，虽然他当时已经是八十五岁的高龄，体弱多病，但出于对历史的高度负责，依旧孜孜不倦的在寻找。最终，在一本旧书简里找到，并且委派他的大儿子许国庆，乘来沪出差的机会，将这张弥足珍贵并且极具文献价值的照片，在一九八九年的五月五日，送到了上海鲁迅纪念馆。许先生还在信中表示:"现已从旧书简中捡出有关中华艺术大学校门的照片一帧，特烦我家大孩子许国庆来沪出差之便，将照片亲自奉赠贵馆，作为左联成立大会会址佐证，请查收后留作纪念资料。"信封里面的照片上，还包裹着《美术》杂志副主编吴步乃写的一张便函，上书:许先生，送上中华艺术大学校门照片一张，请收作纪念。顺致敬礼! 吴步乃。

于是，上海鲁迅纪念馆又致函吴步乃先生，询问照片的来历，据吴先生告知，是一位旅居美国夏威夷的原中华艺术大学的学生提供的。至此，照片的真实性和来龙去脉已经确切无疑了。但是为了进一步的证实，周国伟等人到多伦路二百〇一弄二号进行实地勘察，这是一栋砖头和水泥混合结构的花园洋房，（一个是正面大门，一个是偏门，相互连通）颇具英国新古典主义的建筑风格，建筑面积六百七十多平方米，坐北朝南，红瓦坡顶，假三层，房屋的前面的小院里，砌有花圃，绿树掩映，美轮美奂。根据照片进行对比，证实校门柱子和旁边墙壁上的水泥方块，从上至下，和照片上完全相同，照片门牌上还依稀能够看清楚门号是二百三十三，而二百三十三号据解放前的资料查阅，正是原来中华艺术大学的门牌号码。至于什么时候改成二百〇一弄二号，已经无从查考了。

经过如此复杂的寻找比对，终于将长期误传的左联成立大会的会址正确的确定了下来，这也是许幸之先生生前对左联和党的文化事业的重大贡献。

由于多伦路二百〇一弄二号，长期以来历经沧桑，已经是市民杂乱群居的住宅，而一百四十五号，却已经动迁出空，所以当时将左联纪念馆依旧设立在多伦路一百四十五号。一直到二〇〇一年，才迁回多伦路二百〇一弄一号的原址。而多伦路一百四十五号，原艺术大学的宿舍，现在已经成为上海市社会文物行业协会的会址了。

迁回原址的左联纪念馆，于同年十二月正式对外开放。如今左联纪念馆，已经是上海市的文物保护单位，还是上海市人民政府公布的爱国主义教育基地。

原载《钟山风雨》二〇二二年第一期

父亲与《中国抗战史演义》的出版

父亲周楞伽当年用杜惜冰的笔名，写作出版的长篇章回体小说《中国抗战史演义》，历经七十多年的风雨沧桑，终于在江苏人民出版社的鼎力支持和百般努力下再次重版，与广大读者见面了。

回顾这部八十余万字数的煌煌巨著，写作的艰难历程和遭遇的磨难，确实并非三言两语所能够说清楚的，作为后人却又不得不一吐衷肠，为之诉说出版和发行的缘由。以博后人一粲。

一、收集熟稔史料　历尽艰难曲折

一九三七年七月七日卢沟桥事变爆发，标志着中华民族全面抗战的开始。当时，父亲正与全国救国会机关报《救亡情报》的主编刘群从事救济难民的工作，并且和倪伟良一起开展新文字协会的工作。

进入十一月，传来了八路军平型关大捷的消息，正在此时，《大公报》记者范长江到陕甘宁边区采访，回到上海以后，出版了两本报告文学《西线风云》和《塞上行》。当时，复旦大学出版的《文摘》，转载了这两本书的主要内容，父亲根据这些内容和有关平型关的报道，花了三昼夜的时间，编写了一本《抗日的第八路军》，初版三千册，通过望平街的五洲书报社一销而空，再版六千册，很快也销售完了。与此同时，父亲还编写了一本《八路军将领列传》，由于上海已经沦为孤岛，只能够委托英商太原轮销往广州，后来，穗、港两地将此书竞相翻印了不少。

因着这个原因，从一九三八年起，父亲开始有意识的从事抗战史料的收集和摘编整理，通过熟悉的光明、潮锋和东方等书店，由他们的伙计从广州、武汉、桂林、重庆等地的分店，带回大量的报刊，交由父亲浏览保存。尤其是东方书店的老板储祎，每次从重庆、昆明归来，都要带回许多各种当地的报刊。虽然都是土纸印刷，字迹模糊不清楚，但却是上海不易见到的史料，由于纸质脆薄，不宜保存，父亲就不厌其烦地按照每一个事件发生的内容和先后次序，用废旧的旧本子剪贴起来，特别是美国随军记者贝却敌的系列新闻特写，专门用一个大本子粘贴，就这样日积月累，竟然粘贴成功了十几本有关抗战的资料本。

正在这个时候，国民党上海市的"三青团"宣传部长毛子佩，经过陈蝶衣的极力推荐，盛意邀请父亲编辑他所创办的《小说日报》。父亲莅任以后，首先接过冯梦云的工作，在第一版的专栏"战国策"上，用"今张仪"（意思即今天主张连横抗日的说客）的笔名，大谈时局的变化和抗战的实情。在第二版"演讲台"上，用"枕戈"（意即枕戈待旦）的笔名，介绍第二次世界大战的各国领导人物和军事将领，并且预测战争形势的发展。通过这样一系列的写作，使得父亲对抗战战局的进展烂熟于胸，也为日后写作《中国抗战史演义》奠定了良好的基础。

一九四一年年底，太平洋战争爆发，日寇进入租界，孤岛沦陷，抗日呼声匿迹，市民生活萧条。我家原先租住的武定路紫阳里，也被一个汪姓的汉奸强迫迁居，搬到了小沙渡路（今天的西康路）一间简陋的三层阁楼里居住。但所有的抗战资料和以前粘贴的本子，都保存完好。

当时，父亲为了谋生，替各个报刊杂志写了不少小说，有些小说虽然隐晦曲折，但是仍然引起敌伪的怀疑，这栋阁楼遭致了日本宪兵两次搜查。第一次是在一九四四年的秋冬之间，由《小说月报》编辑顾冷观通风报信，父亲携家远走，逃到宜兴老家，蛰伏在陈塘桥佃农的家里。第二次是一九四五年的春季，父亲一人来到上海，写稿、出书、贩卖白报纸维持个人生计。不料，他在《文友》杂志上写的《江南春》中篇连载小说，引起了日寇特高课的注意，再加上和苏青笔战，以及在《社会日报》上攻击日寇乱挖防空洞，被开了天窗，日寇决定前来抓捕父亲，幸亏内山完造及时通风报信，父亲连夜离沪，才免遭毒手。临走之前，除了报刊无法带走外，其他几本剪贴簿，均放在旅行袋里，安全携归宜兴老家。

二、小说三月成书　出版深受欢迎

抗战胜利之后，父亲返回上海寓所，发现房间虽然被日寇翻箱倒柜，搜罗得凌乱不堪，可是放在阁楼倾斜处的报刊却丝毫未动，这使得忧患余生的父亲惊喜不已。此时，东方书店的老板储祎来找父亲编书，他本来打算出版一套《抗战小丛书》，每本一两万字，内容是抗战中的著名战役和历史人物。后来父亲坚持主张由他

周楞伽著

中國抗戰史演義

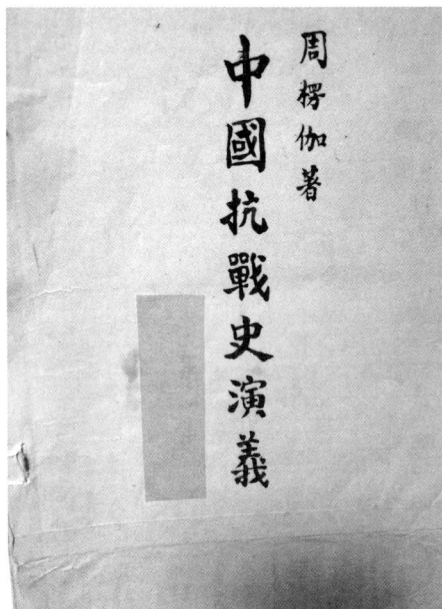

周楞伽自书"中国抗战史演义"

来筹划，写作一部具有古典白话话本的章回体通俗小说
描述抗战历史，储袆也同意了。为了写作此书，父亲一
面写作，一面阅读有关战争、战略和战术的书籍，补充
自身的不足。由于资料比较齐全，他又熟悉战局的进
展，经过废寝忘食的日夜操觚，只用了三个多月的时
间，一部八十余万字，署名杜惜冰的《中国抗战史演
义》终于出版了。

至于当初，在动笔写作之前，父亲颇费思虑。是根
据史料如实写呢？还是发挥想象加以描写呢？征询了不
少朋友意见，最后决定做到"处处有根据、客观的，不
是凭空乱写的"。写作材料的来源，主要取自三个方面，
一是众多新闻报纸，如上海的《大公报》《申报》《文汇
报》《新闻报》《中美日报》《抗战日报》，重庆的《大公
报》《扫荡报》，成都的《新民报》，贵阳的《中央日报》
等。二是各类杂志，如《东方杂志》《时与潮》等三十
余种。三是书籍，各地出版的相关小册子不下百余种。
由于对浙赣战事的记载甚少，借助黄绍竑先生的《五十
回忆录》，作者在第三十七回、第五十一回和第九十五
回中，都有扎实的史料铺陈。桂林反攻，是中国抗战胜
利的序幕，在第八十二回和第九十五回中，对于这场血
战的记载，作者多依赖杨魁先生的《桂林血战纪实》一
书。而对于远征军在印缅的对日作战，孙克刚先生的专
著《缅甸荡寇志》则"写得周详而有系统，精确而不夸
张"，故作者在第七十二回、七十六回、七十九回、八
十六回和九十一回中，多有涉及，有的便直接节录而
成。作者坦诚地表示："余岂敢掠美，特此举出，以存
其真。黄、杨、孙三位先生大著，对于本书增色不少，
敬此道谢。"

此书共一至六集，每集一册，约十六或十七回，总

计一百回，八十余万字。民国三十五年（一九四六）六月初版，十一月再版，十二月印了第三版。七个月内连续印刷三次，可见当年是如何深受读者欢迎了。

东方书店的老板储祎先生，慨然为之作序。他写道："日寇扬言于数日内即可打到南京，不意淞沪一打就打了三个多月，宝山城全营殉国，四行库孤军死守，其壮烈足以惊天地而泣鬼神。台儿庄歼敌、徐州城突围、长沙三次会战大捷，使日寇深陷泥淖而无法自拔……这一次战争，是中国历史上一件空前的大事，也是一件可歌可泣值得大书特书永久作为纪念的大事。"

他还指出："友人杜惜冰，自'七七'起，即广事搜罗史料，不问巨细搜罗无遗，渝滇各报，悉数托人剪贴，其寓所虽经敌伪搜查二次，但史料早已机警寄藏，未致散失。胜利之后，杜君以史料示余，并谓拟写一通俗小说，俾社会各阶层都知晓抗战之经过，使后来者亦明白抗战之艰巨，余大表赞同并乐于出版。"序文写得激情澎湃，荡气回肠。

父亲在《撰后志语》写道："写历史是一件难事，写当代史更难，因为写史的人，应用客观的笔法，当褒则褒，当贬则贬，非盖棺不足以定论，而当代史是当今演变的史实，演奏史实的人物，大部分尚未盖棺，褒之则未必使其喜，贬之则定要遭其怒，受贬的人说不定会用恶势力来加诸写史的人。"这段文字，写出了作者在写作《抗战演义》时的真实心情。这样的担忧，果然在此书出版后得到了应验。

此书的序言，表达了父亲对抗战艰难历程的认识和历史经验的高度总结：

> 世事澜翻一局棋，八年抗战费心机。
>
> 忍看半壁金瓯缺，莫再阋墙煮豆萁。
>
> 筹策元戎推上算，立功将士半颠危。
>
> 终教日落扶桑外，还我河山树旌旗。

这部长篇演义小说，由于采用的材料大部分取自国统区的报刊杂志，虽然也写到了八路军的平型关大捷，但是内容上，均以蒋介石领导的正面战场为主，加以颂扬。因此，在"文化大革命"中，此书作为美化美蒋的罪证，被造反派勒令认罪交代检查，这当然是后话了。

三、军方干涉迭起 作者吃尽苦头

全书出版以后，就发生了令作者完全没有想到的事情和风波，第一起是国民党高级将领刘汝明派人前来质问，因为父亲在第七回中写了"汤恩伯死守南口，刘汝明误陷张垣"，提及他在抗战初期，因为害怕日寇凶焰，临战怯阵，加上判断失误，导致北方重镇张家口沦陷敌手。

原来，一九三七年七月七日抗战全面爆发后，刘汝明在张家口与日军作战、汤恩伯在南口与日军作战。但当时报纸及一般舆论异口同声地只颂扬汤恩伯，而不提及刘汝明，甚至骂刘为汉奸。刘汝明对其参谋李诚一发牢骚说："我在张家口打了一个星期。一个师长受了伤，一个旅长阵亡，一个旅长受伤，一个团长（刘田）阵亡。刘田是你们湘乡人，是我最好的团长，你能了解清楚的。我还有七个营长阵亡，好几个受伤。还说我一枪未放，是'汉奸'，难道这些人都是自杀的！自己打伤的吗！"在张家口作战时，刘田团长捆好九颗手榴弹去炸日军坦克，英勇阵亡。事后李诚一把刘汝明这些话，原原本本电告蒋介石，并抄写发送军统一份。后来蒋介石在武昌召见刘汝明时，肯定了他在张家口的抗战，并且赏给了他三万银元，他却全部分赏给了士兵。

另外，刘汝明在他的回忆录中谈到，张家口失守原因有三：一是《塘沽协定》规定华北地区，中国军队不准修筑防御工事，导致张家口无险可守；二是指挥不协调，原先约定傅作义的一个旅进驻柴沟堡、孔家庄，掩护张家口的侧后，结果只派了一个营的兵力，而且，很快又撤走了；三是武器不及日军，卢沟桥事变以后，军部下令将重机枪统统交给军部，另外换成轻机枪，经过多次交涉，终无结果。

可见，不是身居要津，一般的文人，仅仅根据当时报刊的记载，来写这类史料性质的小说，未必完全正确，也容易遭致误会。

果然出版不久，刘汝明派他的副官找到京沪卫戍司令部的汤恩伯，由汤司令出具第三集团军的公函，来到东方书店交涉，要求立即更正，否则将禁止该书的出版发行，吓得老板储祎出了一身冷汗。后来几经求情协商，终于将"刘汝明误陷张垣"改为"痛失张垣"，再根据刘汝明副官提供的材料，对这一回的内容，大加修改，满足了他们的需求，才平息了这场风波。不过，储祎却很有生意头脑，他提出，必须请汤恩伯为此书题写书名，才能够改版，否则因销毁库存书籍，造成的损失，书店无法承受。另外，他的目的也想借着汤恩伯汤司令的大旗，扩大宣传，禁止再有人前来捣乱。汤恩伯的过去，本来就是一个附庸风雅的落拓才子，于是欣然命笔，不仅题写书名《中国抗战史演义》，签上自己的大名，还盖上了自己篆体的阳文印章。从此，翻开该书的第一页上，就有了赫然醒目的汤恩伯的行体字。

另外一起风波是，该书有些地方，引用了一位入缅参战的军官孙克刚的著作《缅甸荡寇志》的内容，虽然也补充了其他一些人的回忆以及当时报刊的新闻资料，但其中的主干部分，确实是挪用了他的文章。这位孙克刚是入缅参战的主将孙立人将军的堂侄，才学较高，见到该书以后，竟然亲自来到东方书店门市部大吵大闹，说到激动的地方，拔出手枪，比比划划，吓得店员魂飞魄散，来店购书的顾客四处逃窜。老板储祎为了息人宁事，只好赔偿法币几百元，了却纠纷，但因为此事，他便迁怒于我的父亲，将父亲辱骂了一顿以后，断绝了往来，东方书店以后也再不要父亲编书了。

事后，父亲向将《缅甸荡寇志》重版的广益书局经理刘季康了解，才知道来敲诈勒索的，并非是真正的著作者孙克刚。

孙克刚当年从北京师范大学毕业后，就参军去了堂叔孙立人的新三十八师，入缅参战，曾经担任该师政治部副主任，后来担任新一军政治部主任，少将军衔。祖上安徽庐江人，出身名门望族，祖父曾经是清朝台湾巡抚刘铭传的高级幕僚。他怎么可能为了区区几百元钱，来书店大吵大闹呢？一谈到长相，更是牛头不对马嘴，于是，肯定这起事件是国民党的兵痞的敲诈勒索。至于这个兵痞是如何了解此书的信息，设计圈套，前来逞凶的，恐怕谁也讲不清楚了。

然而，父亲余兴未尽，将后来收集到的史料，又扩展了一下，写了三篇纪实文学作品《齐学启仰光成仁》《方先觉衡阳脱险》《战琉球巴克纳阵亡》，在顾冷观和吕白华主编的《茶话》上发表了出来。

"文革"结束以后，曾经有些出版社打算重新修订出版《中国抗战史演义》，父亲也收集了一些资料，并且改写了此书的第一回，但是终于因为新的抗战史料不断涌现，当事人的回忆层出不穷，对于全面抗战的认识和评价，涉及方方面面，绝不是他一个人所能够解决和完成的。于是，他终于打消了重新写作的念头，将原稿束之高阁，不再问津。

而现在此书由江苏人民出版社重新出版，基本上保存了原貌，删去了一些不符合时代和前瞻意义的文字，这样更有助于读者的阅读习惯和思考，也有助于人们进一步了解当年的历史，了解整个亚洲地区人民奋起反抗的不屈意志，了解同盟国战友的无私帮助。缅怀以往，追念逝者，牢记历史，才能够面向未来。

原载《钟山风雨》二〇一八年第二期

《前哨》的疑案

《前哨》是由鲁迅和冯雪峰编辑的左联机关刊物之一，一九三一年四月秘密出版。创刊号题为"纪念战死者专号"，发表了《中国左翼作家联盟为国民党屠杀大批革命作家宣言》《为国民党屠杀同志致各国革命文学和文化团体及一切为人类进步而工作的著作家思想家书》、鲁迅的《中国无产阶级革命文学和前驱的血》等文章，纪念被国民党杀害的左联五位作家：李伟森、柔石、胡也频、冯铿、殷夫和戏剧家宗晖。虽然《前哨》是秘密发行的，但因揭露了国民党屠杀青年作家的罪行，在国际上引起很大反响，因此立即遭到国民党当局查禁。《前哨》第二期改名《文学导报》，出至第八期再次遭到国民党查禁。

当时谢旦如（又名谢澹如，新中国成立后出任上海鲁迅纪念馆副馆长）在虹口老靶子路（即今武进路）开办了一家公道书店，由孟通如负责邮购业务。那时候，冯雪峰经常来书店，将党内的机密文件交给谢旦如收藏。据孟通如介绍，鲁迅先生有时候也陪同冯雪峰来书店浏览书刊。有时候，谢旦如不在，就由孟通如接待。公道书店两边是一家花店，一家食品店，互相连通，一旦有警耗，来人伪装成买花人，或者是食品店的顾客，迅速离开书店。左联的机关刊物一般由冯雪峰组稿，谢旦如出资印刷。

《前哨》的刊头，是由鲁迅先生用毛笔写成大字，制作成木板作为封面题头刊印的，由于白色恐怖严重，一般的印刷所不敢印刷，孟通如说是谢旦如找的一家小印刷所，而楼适夷说是他找的凤阳路上的一家印刷所，老板原是商务印书馆的印刷工人。而冯雪峰在《冯雪峰回忆鲁迅全编》中提及，是他寻找的一个私人印刷所承印的，此印刷所在横浜桥附近（张小红的文章《冯雪峰在拉摩斯公寓》），老板是他的熟人。这是疑案之一。

因为《前哨》是秘密印刷，老旧的印刷机又是脚踏的方法，无法进行双色印刷，也无法校对和补植，所以柔石被印刷成柔桑，冯铿印成冯鉴。关于木板题头《前哨》的颜色，楼适夷说是红色的，而谢旦如保存的却是蓝色的。孟通如说，先是用红色的印泥，后来用完了，才用蓝色的。这是疑案之二。后来上海鲁迅纪念馆收集到一种紫色的，才算解决了这桩疑案，原来题头一共有三种颜色。

在一九六〇年第二期的《文学评论》上，楼适夷发表文章《记左联的两个刊物》，其中根本没有提及谢旦如和孟通如，他只是在《送别江丰》一文中说：公道书店是当时左联的一个联络点，当时他从东京返回上海的时候，就避居在公道书店的楼上，后来冯雪峰发现以后，觉得不安全，他对楼适夷说："你住在这儿不行，公道书店不是一家单纯的旧书店，我们党和左联的部分同志把它当一个联络点，楼梯直冲店堂，你住在这儿，上上下下，马上会被人发现。"（《送别江丰》）冯雪峰就介绍他移居到书店后面，公益坊十六号的楼上（原水沫书店的仓库）和江丰（曾担任过延安鲁迅艺术学校美术部主任、中央美院副院长、中国美术家协会主席）一起同住。

当时江丰还是美专的一个学生，那时已被学校开除，而且蹲过巡捕房。因为父亲是个木匠，住在杨树浦一带，家里零碎木板很多，取来使用非常方便，楼适夷说他："木头世家，与木头有缘。"所以江丰非常喜爱木刻。

楼适夷在白克路（即今凤阳路）找到印刷的地方以后，就和江丰守卫在印刷所外面，以防意外。刊物都印好了，工友叫了两辆黄包车，搬上印好的成品，通过几条大马路而去……一夜未眠，天一亮，就来了许多帮忙的朋友，在他和江丰居住的公益坊寓宅，很快地装折成册，盖印报头，贴上照片，《前哨》创刊号就这样出版了。这种手续连同折叠工作，足足花了好几个人两三天的时间。（楼适夷的《记左联的两个刊物》）

孟通如说，当年是他和楼适夷在一起工作的。那是一个春寒料峭的深夜，在公道书店楼上的一角，灯光荧然，由他揿印木板刊头的《前哨》，这块木板后来保存在他的哥哥，电影事业家孟君谋处，后来因为日寇轰炸，木板被焚毁了。而楼适夷当时是在一旁贴烈士照片的。至于楼适夷著文说有很多人来帮忙，是不可能的，如果这样，那还有什么秘密可言。

冯雪峰说，《前哨》是在他的家里，即当时他居住的拉摩斯公寓的地下室，将《前哨》的木刻制版一份一份揿印上去的，五位烈士的照片也是一张一张贴进杂志里面去的（《冯雪峰回忆鲁迅全编》）。这是疑案之三。

周楞伽与孟通如（左）

　　关于《前哨》的多种不同的说法，笔者只是提供以上这些史料，至于哪些说法是正确的？哪些说法是错误的？现代文学的爱好者和研究者完全可以见仁见智。有关《前哨》的说法众多不同，涉及党史、左联历史及中国现代文学史，值得重视并加以讨论，辩证清楚。

　　孟通如的说法，是父亲与他在上海鲁迅纪念馆的谈话（当时孟在该馆工作），事后有一张两人在馆外的合影。有关《前哨》刊物两人谈话的详细内容，也可见父亲的文章《回忆谢澹如同志》（《新文学史料》一九八〇年第二期）。事后，父亲曾经写诗一首赠孟通如，全诗如下：

似水韶光五十年，　　话来往事兴平添。
虫沙猿鹤云烟过，　　沧海桑田又变迁。
大字《前哨》惊宇宙，小楼灯光诉沉冤。
何时得供辒轩采，　　好时千秋史迹传。
赠孟通如指正

周楞伽

　　辒轩：是指天子使臣用的轻便车辆，这里指有关部门。

　　原载《新民晚报》二〇二三年九月二十一日

周楞伽在广州

　　一九三七年"淞沪抗战"爆发，不到三个月上海沦陷，成为孤岛。当时文化事业大为冷落，书店纷纷停业，就连偌大的生活书店也改名兄弟图书公司，缩小至只有一开间门面。父亲托生活书店代销的两部长篇小说《炼狱》和《风风雨雨》，不但遭受退货，而且，已经销售出去的书款，也分文未得。使父亲懊恼不已。

　　一九三八年四月，上海的出版商都酝酿去广州开辟市场，那时候广州代替了上海文化界的地位，热闹非凡。新钟书店老板李铁山（李雄、李盛林）想随同光明书店的王子澄，去广州做一番投机事业。他为了拉拢父亲帮忙，答应来回川资和食宿费用全部由他负担，编书和著述另外支付稿酬，于是，父亲在二十日与他一起登上了英商太古公司的太原轮先到香港，然后乘港九火车抵达广州。光明书店的编辑、创造社的小伙计邱韵铎，早就在书店代售处，惠爱东路附近租好了房间，安排大家住宿停当。

一天，父亲去浏览图书市场，见到英国作家威尔斯写的《未来世界》，是一本预言第二次世界大战的书籍，销路很好。父亲灵机一动，觉得他虽然胡说八道，但是，自己可以根据中国抗战的前景，预测第二次世界大战的可能，首先将世界分为东西两个战场，战争将延续四年，以中、法、英、美、苏联合阵线为一方，以德、日、意为一方。爆发大战，最终联合阵线将获得胜利。中间还包括各个战场的变化，由于父亲熟悉国际新闻，粗知世界形势，而读者又急于想知道中国抗战的前途和结果，于是，花了半个月时间撰写，很快出版，书名《第二次世界大战预测》，作者是父亲的一个化名——钱君实。

书籍出版以后，引来邱韵铎的嘲笑，说父亲是个伟大的预言家，王子澄却不这样认为，觉得此书很能够符合读者心理，暗地里也想请父亲编书。就在这时候，广州的《救亡日报》编辑汪馥泉来访，说他正在替现代书局老板卢芳编一套《抗战建国》的文艺丛书，希望父亲能够替他编一本上海沦陷以后社会生态的面面相，属于报告文学，每千字稿费三元。父亲花了半个月不到的时间，在五月二十八日全部竣工交稿。其间，父亲还在《救亡日报》上发表过《从上海到广州》的文章，叙述了来到广州的原因和体会。看到广州在战争爆发之前沉着镇定的气氛，马路上常常见到经受训练的男女壮丁，高声唱着救亡歌曲，以自己的生命去保卫广州的视死如归的决心。而在广州的高层，却可以用文恬武嬉来形容。灯红酒绿、纸醉金迷，父亲也应朋友的邀请，每隔几天，就有一次文酒之会，难免不受到良心的谴责。

那天早晨，父亲去盐运西《救亡日报》报馆，找到汪馥泉，正在交谈之中，突然，空中响起警报，汪馥泉二话不说，夹起皮包匆匆下楼，此刻能够看见窗外飞机在低空盘旋，机翼掠过屋顶，翼下日本的太阳膏药旗清清楚楚的映入眼帘。接着，轰炸声大作，震得地皮不断的跳动，硝烟直冲云霄。楼里的人纷纷奔跑出去，房屋接连倒塌。

盐运西这里有一块空旷的废弃场地，场地中央，蔓草和瓦石之间，树立着一个只能够一人进出的门户，上面竖着一块木牌，写着"广州市市民防空壕"，父亲由于好奇曾经走入门户里面去观看底细，发现里面的深度和宽度，远远不是想象之中的那样坚固，一股干燥阴森的气息令人窒息，这样的防空壕简直是在糊弄老百姓，毫无效用。贪官污吏的拆烂污，简直是草菅人命。终于，一个星期六的下午，这个防空壕遭到了敌机的空袭，一颗重磅炸弹，将四十多个无辜的市民和简陋的防空壕炸得灰飞烟灭。

警报解除以后，再去找汪编辑，回答说，已经去香港了。从这一天开始，日本飞机天天前来轰炸，一天比一天厉害。于是父亲和市民就有了一项功课，天天一早，起身去长堤，躲避轰炸。来不及去长堤，就躲到爱群大楼和白云大楼，这两座广州最高的楼层里去，每天人山人海，拥挤不堪，连铁门也挤坏了。

五月二十八日以后，日机更是疯狂，每天上午八点以后，下午两点以后，就有几十架飞机大摇大摆，视若无人地闯入广州，在空中乱扔炸弹，死难的市民成百上千。所以大多数的广州市民，为了预防不测，清晨就起来做饭，吃饱了就到长堤西濠和沙基一带去避难。大家称之为"走警报"。

六月六日，从上午七点半开始到九点半左右，日寇飞机轮番轰炸，两个小时之内，不知道有多少市民和房屋葬身火海。然而警报解除还不到半小时，五十来架敌机又一起闯进市中心，在汉民北路、惠爱西路、光复北路、东横街、黄沙等繁华的热闹市区投下百多枚重磅炸弹，它们丝毫不害怕国军的高射炮，狂妄低飞到了人人都能够看见猩红的膏药标志。万金油大王虎标永安堂的大楼，铁窗炸歪，玻璃全部震碎，一堆一堆的血肉，飞溅在墙壁上，堂前的水泥路上，堆满了断肢残腿的尸体，血肉模糊，在炙热的太阳光照射下，凝结成紫黑色的血块，引来了一群群的苍蝇嗡嗡营营地叮食，街道上有不少苦力拉着塌车，在搬运尸体去郊外埋葬。荔湾河里的小艇也被炸沉不少，许多活着的艇主人，正在染成猩红的河里痛哭着搜捞，海风吹来，传来一股股难以言状、令人呕吐的腥臭……这一天，是日寇轰炸最厉害的一天。应该成为广州市民难以忘却的市难纪念日。在广州居住的两个多月的时间里，父亲经受了一千四百多次的轰炸，这是多么残酷的侵略和惨无人道的行径啊！

为了对付日寇的夜袭，广州市政府和军区实行了灯火管制，当防空管制哨兵，一旦发现敌机的踪影，空袭警报立即会响遍全市，灯火也立即熄灭。海珠桥边，国军的高射炮，射向苍穹，在天空之中爆发出蓝色的火花，桥身也在炮声中，不断地颤抖。然而，同时，也有一条条红色流星，从地面升起，父亲非常奇怪的询问同路的朋友，这是怎么一回事？

他告诉父亲："这是汉奸施放的信号，指示日机轰炸目标。"

"广州也有潜伏的汉奸吗？"

"怎么没有，真是多得很，因为这里距离香港很近，汉奸非常容易地就能够混入进来，为了几个钱，他们什么都可以出卖。"

父亲无语了，只有仇恨和痛恨交织在他的心底。

当然，我国的空军也并非没有还手之力，空军壮士抱着必死的决心，终于出征复仇了。五月十一日正午，父亲与一位朋友正在哥伦布五楼茶话，突然发现人们争先恐后涌到窗口前，向天空望去，只见天空中，有一个大队十五架的飞机呼啸而过，庄严地向南飞去。看当天的晚报，才知道这一队空军是去轰炸三灶岛的日本兵营和军舰的，当场炸沉敌舰一艘，炸伤两艘。同时，还拍摄成电影，带了回来。后来，父亲在银幕上看到了《猛炸三灶岛》的影片，真是令人回肠荡气。

就在广州遭受大轰炸的日子里，父亲遇见了一位可笑而又自傲的人物，后来在柯灵主编的《文汇报·世纪风》上，父亲用《伟大的反面》，介绍了这位名叫吴望光的真实人物。

父亲认识吴望光先生，是在广州金轮酒家一位出版界朋友请客的酒宴上，由于主人的介绍双方握手之间互道久仰，就算是朋友了。此人身高马大，魁梧肥硕。酒席上，尽是他一个人用沙哑的粗嗓门，在夸夸其谈。广州的酒价很贵，他却把一小瓶一小瓶的五加皮，毫不在乎地倒进他那宽敞的玻璃杯里，也不在乎主人皱起的眉头。

酒席上，父亲正在与邻座谈及鲁迅的去世与目前上海文坛的近况，不料即使是低声细语，也被这位吴先生听见了。他回顾头来摇摇手道："鲁迅算得了什么……"酒席散去以后，父亲向邻座打听这位吴先生的来历，才知道他是香港一张小型报的编辑，每隔三天或者一周，都要发表一篇有关当前战局的论文，内容无非是山川形势如何险要，国军将士如何英勇，然后引申出结论就是"日寇必败，我军必胜"，成了文章的一大公式。

由于敌机轰炸厉害，父亲不得不每天去广州爱群大厦避难。一天，刚走进电梯，劈面撞见了吴望光先生，他紧紧握着父亲的手，高声道："幸会，幸会，到此有何贵干？"父亲脸红耳赤无地自容地嗫嚅，自己是来躲避轰炸的，他却高兴地说道："好得很，好得很，我也是，今天可谓是有难同当了。"

走进三楼，才寒暄了几句，紧急警报陡然响起，吴先生脸色惨白，赶紧一把拖住父亲，拉到供人休息闲谈的沙发和桌子附近，埋伏下身子，抬头仰望窗外，此刻，十来架日机从西关飞过来，发动机的马达声，清晰入耳，吴先生身体发抖，慢慢钻进桌子底下，因为肥胖的关系，他那伟大的屁股，竟然把桌子都高高的抬了起来，敌机并未投弹，只是在珠江上来回盘旋了几圈，就飞走了。警报解除，吴先生从桌子底下缓缓爬出，满头油汗，头发上沾满了蜘蛛网和灰尘，顾不上擦拭，却握住父亲的手，惨淡的笑着说："今天总算是死里逃生了。"

文章的最后，父亲表示描绘吴先生的形象，并不见得有害民族抗战的决心，但是，在遭受日寇疯狂轰炸的广州，文化界依然存在的一种夸大的风气，确实应该有所收敛和清除的必要。

父亲后来从广州，逃难去了香港，在港九道上，又遭遇了日寇的轰炸。在香港，他乘船出游南海，写下了《海燕》的散文，他写道：祖国的海岸，全部被敌人的军舰封锁住了，但到处活跃着英勇的游击健儿，使得敌人疲于应付。而广阔的海面上，最引人兴趣的，就是有着灰色翅膀银白肚皮的海燕，横飞斜掠，得意洋洋地穿越海洋，它们象征着中国的抗敌英雄，已经预唱出胜利的曲子，欢呼伟大的暴风雨的降临。我要歌颂如电一闪的海燕，它们能够冲风排浪地前进，冲破黑暗，迎接伟大的到来……

广州这座英勇而美丽的城市，在父亲的生前终生难忘，那绿荫如盖、花红似血的木棉树，那白云山、白鹅潭、荔湾河的美丽景色，那鲜美爽口的艇仔粥、云吞面、龙虎斗等，常常使得他向往不已。他生前曾经在文章里多次表示：何时能够再回到这迷人的南国啊！

原载《钟山风雨》二〇二二年第五期

张
冰
独
往
事

　　老克勒是指解放前上海滩的优秀白领，为人仪态大方，温文尔雅，而且能够引领中外时尚和潮流，开一代风气之先，不但有绅士的风度，并具有渊博的知识。上海有位名叫胡根喜的作者，写了一本《寻找上海老克勒》的著作，排名第一位的老克勒就是张冰独。

　　张冰独出身书香门第，祖父曾经做过徐州的教育局长，父亲是徐州中学的校长，后来，全家移居松江天马镇。

　　张冰独早年在江南书院和中国公学读书，毕业后，在南洋商科高级中学教书，当时，影星王人美也在该校任体育教师。后来成为影星的叶路曦、白虹、林莉也在这里就读，江青来到上海以后，化名蓝苹也经常来拜访学友，参加演出活动。该校很早就是电影、戏剧界人士聚会，活动和交际的场所，耳濡目染的张冰独很快也加入了这个队伍，成了一名影评人。

　　随着在各大报刊不断发表文章，他的名气渐渐遐迩听闻。凭着自己的一支生花妙笔，他被上海各大小报刊

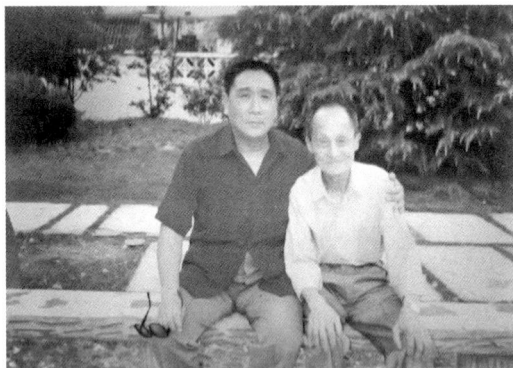

张冰独与作者

聘请为记者，活跃于文艺、影视、电台、舞厅等各个娱乐场所。光一条南京路上，就有新新公司、新都饭店、信谊药厂、鸿翔服装公司、中央舞厅等单位，都聘请他担任宣传广告部长，人送外号"南京路上的宣传部长"。

他曾经捧红过电影明星李丽华和上官云珠，李丽华在一九三九年的上海孤岛时期，还是个住在霞飞路上的小姑娘，她母亲是唱京剧老旦的张少泉，和周信芳搭档做成班子演出。一次，在西藏中路的宁波同乡会上唱堂会，正在跟张君秋学戏的李丽华，临时客串演出《六月雪》，妩媚的身段唱腔，引来满堂喝彩，引起了艺华影片公司老板严春堂的注意，特意委托杜月笙的徒弟，流氓律师余祥琴，寻找他的同学张冰独写文章，想法捧红李丽华。正巧非洲马戏团来沪演出，张冰独是文字和节目的总策划，本来是由陈云裳和顾兰君两位女影星剪彩的，张冰独却临时安排了李丽华参与，李丽华年轻貌美，轰动全场。此外，李丽华又打出广告，说是昨天看戏遗失钻戒一只，拾到交还者重金酬谢。结果由剧场经理交还，严春堂拿出两千大洋酬谢，并且将钻戒交还给李丽华。这样一来，顿时再次轰动上海滩，李丽华的芳名，不胫而走，红遍了大上海。

不久，张冰独的好友傅威廉托他帮忙，捧红一个叫韦亚君的小姑娘。韦是苏州人，国语讲不准，很难上银幕，但是，因为朋友相托，所以，他不得不想方设法地推出这样一个银幕的偶像。恰巧第三战区司令长官派遣上官云相来沪采购军用物资，一曲舞罢，张冰独做东宴请上官云相，韦亚君作陪，这位军官无意之中开玩笑说："这位美丽的小姐，不如随了我的姓，将来以兄妹相称好。"说者无意，听者有心，张冰独灵机一动给她起了一个上官云珠的艺名，使她后来也走红也上海滩。

一九四一年十二月，日寇因张冰独采访过保卫四行仓库的民族英雄，团长谢晋元为由，以赤色文化人的罪名，将张逮捕，严刑拷打。这有张冰独在《上海文史资料存稿汇编》发表的《上海日狱两月半》为证。

父亲周楞伽通过在丽都舞厅跳舞的妹妹周丽娟的介绍，结识了张冰独。敌伪时期文化冷落，家庭生活困难，又经过张冰独介绍结识了伪上海福利处副处长陈东白（此人系中统潜伏在上海的地下工作者，抗战胜利后，依然在上海社会局工作，还担任过张冰独的征婚人），由他出资编辑了一本综合性的文艺刊物《万岁》杂志。

出狱后，张去了福建南平，在陈培锟手下工作。因为和陈曾经在愚园路的建德坊是邻居，又因为工作关系，他和陈的女儿陈东生谈起了恋爱，此事被陈培锟发觉以后，坚决反对和阻止，并且告诉张，他的女儿已经许配给了国民党驻美武官，为了断绝两人的来往，将张冰独调到了江西。在江西赣州，张冰独曾在蒋经国主办的《青年报》任职，先后从事编辑等工作。之后，他前往桂林，在张发奎麾下负责青年服务相关事务。湘黔桂大战爆发后，张冰独辗转来到重庆，经昔日中国公学同学余祥琴（余祥琴与曾担任上海公共租界督察长的陆连奎有交集）介绍，获得新的工作机会。抗战胜利后，张冰独参与到上海相关接收工作当中。

抗战胜利后，张冰独返回上海，住在当年一起编辑《理想家庭》杂志的薛维翰的家中，薛是荣毅仁的外甥，住宅靠近复兴公园，条件很好。但是原中西大药房的老板周邦俊，因为在沦陷区时期担任过中日文化协会的理事，以及犯有经济汉奸的罪行，已经遭到陆京士等人的搜查，并且扬言要没收他的房产，于是周邦俊生拉硬拖的去拽拉以前有过一定交情的张冰独去他家居住。想让他做自己的护身符。

上海在孤岛时期，张冰独曾经与苏青在中西大药房相识，所以，通过周的明示，去了苏青后来居住在南京西路高士满舞厅隔壁里弄的寓宅，了解和讯问苏青有关编辑《风雨谈》杂志的柳雨生，开办过太平书店的陶亢德等文化人的具体住宅。同时让苏青陪同带路前去抓捕。苏青上车以后，内心很是恐慌，张安慰她，仅仅只是带路而已，陪同前往的还有一位叫陶佳的汪伪警察，因为是余祥琴的同乡，抗战胜利之后，被军统留用。当夜，因为天色较晚，就让苏青留宿在军统的招待所里。第二天就让中西药房的老板周邦俊签字交保释放了。

其间，让张冰独十分生气的是，有很多有关苏青人物传记和期刊里，发表的内容不仅失实，而且侮辱了他的人格。说他在威海卫路八十八号军统的审讯室里，审讯了苏青与陈公博的关系，苏青央求他开释陶亢德，而他想利用自己的身份，染指苏青，吃苏青的豆腐，占她的便宜，甚至挑逗她说："苏小姐，你准备怎样感谢我呀？"这些内容，完全是空穴来风，无稽之谈。苏青是一个有了三个子女的妇女，人也长得不是十分漂亮。他当时手握文化大权，想嫁给他的女人多的是，他何必去占苏青的便宜。

有的人是根据苏青自己写的《续结婚十年》，作为依据来写文章，难免以讹传讹。这本书里，苏青有许多美化自己、添枝加叶的地方。用他人的小说作为自己写作传记的内容，怎么能够不鱼目混珠、颠倒黑白呢？与此同时，张冰独还给我看了由复旦大学出版社出版的，贺圣遂、陈麦青主编的《不应该忘却的历史》一书。内中写到抓捕陶亢德的经过："O 小姐兴致很高，自愿坐在车里看这幕戏，O小姐还伸出手说，祝你成功。"有观点认为，这个O小姐就是苏青。

戴笠飞机失事发生后，受到当时相关局势变动与人员关系调整的影响，张冰独离开上海，前往台湾生活。在那里，他开办和初创了台湾的电影和戏剧事业。并且在一九四六年，于台湾出版和发行了他著作的《上海观剧杂记》，内中介绍了他流落到桂林之后，在一九四四年，观摩西南八省戏剧展览会的观剧心得体会，以及和田汉等人组成批评团，专门研究讨论戏剧评论的情况。还有一部分是抗战之前，留存在陈伯吹先生寓宅的，当时一些观剧的残余稿件，他认为此书的出版，对于台湾的戏剧事业，读者自有见仁见智的检讨。

后来，张冰独从台湾回到上海，担任了《物报》的主编。新中国成立后，因其过往经历，接受人民政府的劳教管理。在安徽黄山的劳改农场里，他潜心研究，竟然成了一名水利方面的专家，很多农场，都闻名邀请他去参观、商讨、研究当地的水利设施和灌溉布局。他当时器宇轩昂地对我说，他虽然年老了，但想重振雄风，写信要求政府批准他重返农村，参加水利建设。真是老当益壮的豪言壮语，当然这是不可能的事情。谈到他个人经历时，他提到自己曾在特殊时期经历政策调整，于一九七九年获得平反，之后以上海市粮食局退休干部身份生活。说到这些，他还拿出了红皮的退休证给我看，表示他的话语并无任何虚假。

我曾经通过《上海鲁迅研究》杂志编辑李浩的介绍，去了他释放以后在杨浦区国和新村的寓所，结识了他，并且了解和闻听了解放前他与父亲的交谊。在这段时期里，他曾经与我谈及许多往事。现在，老先生早已去世，现在仅就他与我叙述的以往，撰写出他生平的趣事一桩，以飨读者。

一九四五年的夏天，以杜月笙大徒弟陆京士为首的工作小组，开始抵达第三战区的总部安徽屯溪，为接收上海开始进行准备工作。张冰独是当时四人小组中主管文化事务的成员。他曾经告诉我一件事情，当时军统特别刑侦组闻讯上海沦陷时期，勾结日寇的电影界汉奸，曾经任职日汪合作的"中华电影联合股份公司"经理和制片部主任的张善琨，正向浙江富阳的场口镇逃逸。于是决定由组长刘人文上尉前往抓捕，因为刘不认识张善琨，临时决定由张冰独陪同前往。到达场口镇，张善琨雇佣的一只小船，已经被当地军警扣押。张冰独和张善琨打过招呼以后，便将张和他的妻子童月娟，带往军统马山指挥所驻留。

张善琨夫妻两人抵达马山村以后，便立即和行政院秘书长蒋梦麟联系，并且雇船经建德到淳安，会见了他的旧友流氓律师余祥琴。当余要张善琨参加军统组织的时候，张出示了国民党中央党部部长黄显光的电报，内容是要张归正党国的训示和慰问。并且再三强调，这封电报，是通过在安徽屯溪的国民党上海地下市党部主任吴绍澍转给他的。张善琨因为有了这道护身符，又看见了日寇必败的预兆，就准备冒险逃奔内地投诚。不料日寇有所耳闻，便将他传讯扣留。后来因为证据不足，再加上有关方面的活动，只得将他释放，但依旧派人监视张善琨的一举一动。他这次是借着为杭州的女儿主办婚事，送小夫妻外出，欢度蜜月的机会，乘人多不备，混入火车车厢，中途乔装改扮转车，最后坐船才逃到场口镇的。

抗战时期，弹丸之地的屯溪，早已成为江浙和上海偏安一隅的政治、经济、文化中心。迁入屯溪的国民党工作单位多达一百二十来个，各有各的后台和编制，经常和当地的行政机构发生矛盾和冲突。越到上层，矛盾就越发激烈。以皖南行署主任张宗良为首的皖南地方势力，和以上海市党部主任吴绍澍、中央宣传部东南办事处冯有真的 CC 系的斗争，早已纷争不休，臻于白热化。

现在张善琨在屯溪受到中统热情接待，视作上宾。根本无视皖南地方势力的存在，不仅激怒了张宗良，而且他的部下也愤愤不平。于是他挖空心思寻找出了一个把柄，准备实施谋定而动的抓捕计划。他名正言顺地提出了"肃清汉奸"的口号，直接指派当地的军警，包围了张善琨的住所，进行搜捕。同时组织军事法庭准备通过审讯，予以正法。消息传到吴、冯两人的耳朵，急得如同热锅上的蚂蚁，星夜商议之后，一方面急电重庆求援，一方面用自己的私人汽车开进招待所，接出张、童夫妇，藏入密室。

张宗良闻讯勃然大怒，责令屯溪警备司令楼月，务必将张缉拿归案，否则以放纵国家要犯论处。楼不敢怠慢，派出侦探四出打探。在严密搜查和四处打探之下，终于侦查出张、童两人逃往岩寺的方向，于是调动大批军警包围了黄山，终于，吃尽千辛万苦，在这个旅游胜地将这两人抓捕。并且将二人戴上手铐、脚镣，双双押回屯溪等待审讯。

轰动一时的肃清内奸的审理工作，正紧锣密鼓地按照张宗良的既定计划，即将开始举行的时候，张善琨的老朋友，青帮同门师弟余祥琴，悄悄地加入了幕后的活动，他打电报给军统头子戴笠，汇报此事的经过，请他出手援助营救，果然不到一周的时间，军委会办公厅发来一道十万火急的电报，责令张宗良将要犯押送至江西上饶第三战区司令部，由司令长官顾祝同亲自审讯。接着顾祝同也发来急电，委派调查处少将主任毛万里专程赴屯溪提押犯人。张宗良此时才明白事态已经扩大，自己已经无权处置犯人，只得顺水推舟，把这个人情送给了军统，反正此事从侧面打击了中统特务系统的威风，吐出了张宗良多年以来饱受欺凌的恶气，但事到如此，涉及上层的方方面面，他也无奈的只好善罢甘休。

于是，张善琨夫妇在众目睽睽之下，从监狱里拖着银铛的铁链，被押送上汽车离开了屯溪，而帮助附送的人员之中，就有这位上海的老克勒张冰独。这正是《捉放曹》的一曲现代翻版。

张善琨后来去了香港，拍摄了不少电影。一九五七年因患心脏病去世，他的夫人童月娟更是了得，除了拍摄大量的影片以外，还获得了金马奖的"终身成就奖"，晚年病逝在上海博爱医院，终年八十九岁。

原载《文史春秋》二〇二〇年第二期

向培良导演父亲的剧本《秦博士》

向培良，湖南黔阳人，生于一九〇五年，死于一九五九年，是现代著名的作家、戏剧家、美术家和翻译家。他早年毕业于北京中国大学。北伐时期，担任过武汉政府的机关报《革命军日报》的副刊编辑。宁汉合流后，他来到上海，和戴望舒合作编辑过《青春月刊》。一九三六年经人介绍，主持过上海大戏院，后任上海美术专科学校教授。抗战时期，先后担任国立戏剧学校研究实验部主任，中央文化运动委员会巡回教育第一队队长。抗战胜利后，他任教于无锡国学专修馆，苏州国立社会教育学院。解放后，在家乡中学任教。一九五八年被错划为右派分子，又因为在一九四七年出任国民党中国万岁剧团团长，发表过《彪炳千秋》的剧本，吹捧过蒋介石，被定为历史反革命，一九五九年病逝（《中国现代文学词典》说他死于一九六一年，房向东所著《鲁迅与他的论敌》说他死于一九五九年，故录此说）。一九七九年十二月，撤销撤销对他以往判决，向培良获得平反。

　　向培良早年与高长虹一起创办《狂飙周刊》，参加过鲁迅主办的莽原社，因为写作的独幕剧《终夜》未能在《莽原》杂志上刊登，于是，迁怒于鲁迅先生，两人反唇相讥。他讥讽鲁迅是"差不多已经是我们前一时期的人物"（《论孤独者》），鲁迅则讽刺他是由狼变成了巴儿狗，是翻着筋斗的小资产阶级。然而，向培良在中国文学史上，应该具有他独特的地位，他一生著述颇多，尤其是对于戏剧研究十分广泛深入，他对戏剧的研究涉及戏剧理论、创作、表演、舞台美术、戏剧评论、导演艺术等众多方面的造诣。

　　父亲曾经与他有一面之交，原因是他曾经执导过父亲在《东方杂志》一九三六年十二月发表的独幕剧《博士》，剧本描写了一位崇洋媚外的博士，种种令人发噱的故事。

　　该剧由大夏大学的学生剧社排演，具体内容刊载在《大夏周报》第十三卷二十三期（一九三七年四月）上面，标题是：《大夏剧社第一次公演——戏剧〈秦博士〉系周楞伽所编，徐公美先生任演台监督，王裕凯、向培良先生任指导，王校长特到场主持》。内容简单叙述如下：上月（三月）二十六号上午十时半，纪念周由王校长主席，到校全体学生千余人，欧副校长王秘书长……等均出席。首由王校长领导行礼如仪，次由群育主任王裕凯报告校务，旋即由大夏剧社公演独幕喜剧《秦博士》。该剧系描写一个留学新大陆的秦博士，醉心洋化失其国家民族意识，受一位张小姐的提醒感化，始懊悔自己的过失，演员共有五位……各演员均能显其特殊作风，成绩惊人。该剧由周楞伽先生编制，情节神妙，寓意深长，公演之后，观众至受感激，闻该剧由王裕凯、向培良二先生指导，演出时由徐公美先生任演台监督。

　　大夏大学是一九二四年，因学潮部分脱离厦门大学的师生，在上海发起建立的综合性私立大学。抗战时期西迁贵阳，曾经和复旦大学合并成联合大学。抗战胜利以后，迁回上海。解放后和光华大学合并成立了华东师范大学。

　　这里需要说明的是：王裕凯当时是该校的群育主任，所谓导演不过是挂名而已，真正的导演应该是向培良。另外剧本原先的结果，是秦博士死不改悔。后来，向培良与父亲商量，改为秦博士懊悔自己的过失，以符合当时流行的观点和教育意义，父亲也同意了。

　　事后，父亲用王易庵的笔名，在《大上海月刊》上，发表了一篇《向培良》的回忆文章，介绍了他所见过的向培良的形象。他是这样描写的：向培良很早就以戏剧家和批评家的姿态出现于文坛，他在泰东书局出版了《中国戏剧概评》一书，还出版过《人类艺术》《导演概论》《光明的戏剧》等对中国早期的话剧运动和剧本创作的论断精到，可以说是一时无两，他的剧本创作写得很好，但多半不过是独幕剧，所以没有田汉和洪深那样出名。此外他还著有许多小说、散文和翻译作品。

　　向培良平素不修边幅，总是蓄着一头披到后肩的长发，眼睛像金鱼泡泡一般鼓起，手中常常拿着一根曾经被丁玲称作是"法西斯蒂之棍"的手杖，大家谈到他，总喜欢提起他那根棍子。他自奉很俭，除了茶和卷烟之外，生活限度很低，终年穿着一件蓝布长衫。当年梅兰芳在上海国际饭店宴请熊式一时，向培良也是被邀者之一，人家都是西装革履，唯独他依然是一袭蓝布长衫。他最出名的是在一九三五年至一九三六年，除了在上海美专执教《艺术思潮》外，还编辑了一套戏剧丛书，每册两万字。还继陈大悲之后主持过上海戏院，指导演出过《巧克力姑娘》和《贫非罪》。

　　据有人撰文说，新中国成立后，他一直在洪江、黔阳等地的中学教书，郭沫若曾经通过田汉，希望向培良去北京工作，但被他婉言拒绝了，可见他为人之一斑了。

　　　　　　　　　　　原载《钟山风雨》二〇一七年第五期

正误陈沂先生二三事

　　陈沂，原名佘立平，笔名陈毅，贵州遵义人，早年在上海中国公学读书，后来转学去了北平，一九三一年参加北方左联，任组织干事，并于当年入党，一九三二年出任北平文化总同盟党团书记。在鲁迅先生回北平省亲期间，向鲁迅汇报工作，还邀请他去中国大学演讲。一九三三年因去南京参加示威活动，被捕入狱。后经其父和党内同志营救，一九三五年出狱，后返回故乡成婚。

　　网上有关他的人物简介，说他一九三七年春返回上海，是错误的，应该是在一九三六年夏之前，陈沂就返回了上海。其根据有三：一是一九三六年夏，与郭沫若接近的留日学生房坚，准备创办一本文艺性刊物，取名《文学大众》，十六开近二百页，曾在一家小酒楼邀请一些作者商议，其中陈沂也是参与的。二是当年九月五日出版的《文学大众》创刊号上，登有他的随笔《"九一八"在北平》，第二期登有他用陈毅的笔名写的小说《五月十八》，还预告第三期上将发表他的文章《尊贵的安慰》。三是父亲周楞伽还在一九三六年十一月一日的《大晚报》上，见到他写的文章《国防电影与影评人》。

另外一则错误说他在上海担任《救国日报》的编辑。《救国日报》是在南京创办的，是国民党龚德柏主编的报刊，不知道当时身在上海的陈沂，如何会去南京帮国民党编报？事实上，他担任的是上海各界救国联合会机关报《救亡情报》的编辑。该报的主编是刘群，早年在北平念书，因为参加学生运动，受到迫害，就转学到上海复旦大学来读政治经济学的，他的夫人朱涵珠在北平读中学的时候，就参加过反对军阀的学生爱国运动，陈沂与刘群夫妇在北平就熟悉，所以热忱邀请他担任了这个职务。该报还有一名记者是陆诒，笔名芬君，曾写过《访问鲁迅记》。这是鲁迅生前最后一次接受的采访。

刘群当时忙于写作二十多万字的著作《再告彷徨中的中国青年》一书，还要为《生活知识》《时代论坛》等杂志写稿，当时他在武定路紫阳里租下一栋石库门房屋，开办了一个名叫德范的平民小学，其他私立小学收费二十元，他只收两元，为贫民子女求学纾困服务。另外，他还要参加电影、戏剧和各种社会活动，分身乏术，所有一般性的编辑事务，均交陈沂处理。所以，陈沂经常来他家商议。

父亲一九三五年结识刘群，一九三六年春一起出资创办过一本提倡报告文学的杂志《文学青年》。当时，我父母两人租住在刘群的一间亭子间，所以和陈沂也经常见面。他身材瘦长，为人和蔼，父亲与他很亲热，还和刘群一起到他家去拜访过。他的妻子娇小瘦弱，似乎正是有病在身，躺坐在床上正在阅读父亲写的长篇小说《炼狱》，还把此书一扬，表示自己正在阅读。

不久陈沂前来黯然告诉父亲，他的爱人去世了，父亲大吃一惊，十分惋惜。后来父亲还在《中流》杂志一九三七年二卷四期上，读到过他写的悼念亡妻的《让悲哀永留在心间——哀念徐励》，提及他在上海卖文生活的艰苦贫穷，从小青梅竹马的妻子，寒冬出门泡开水受冷感冒，患病住院，终因心脏病吐血去世，当时还怀有身孕。

以上这些，也仅仅希望纠正陈沂先生早年活动的一些误解。

需要补充一笔的是，解放后，我母亲在报纸上看到上海市长陈毅，以为就是陈沂，曾经询问过父亲，父亲笑着告诉他，同名同姓却是两个人。

原载《新民晚报》二〇二一年五月五日

夏征农是在一九三三年，由陈君冶和祝秀侠两人介绍，加入左联的。编在闸北区的一个小组里。祝秀侠抗战爆发后，去了广州，任广东的地方官员，新中国成立后，去了台湾，出任教育和侨务方面的官员。

夏征农参加过《春光》和《太白》等刊物的编辑工作。《春光》是由陈君冶主编的，由于他去世很早，很多人不了解他，这里我想简单的介绍一下他和父亲周楞伽的交往。

陈君冶（一九一四——一九三五），江苏扬州人，曾经和江上青一起编过《新世纪周刊》，后来只身来到上海，通过中共党员方土人的介绍，认识了庄启东，一起创办了《春光》杂志。在这本杂志上，开展了《中国目前为什么没有伟大的作品产生》的大讨论，还发表过诗人艾青的成名作《大堰河——我的保姆》。

当时，《春光》第二期上，发表了左联作家魏猛克的文章，批评父亲在《新中华》杂志上的一篇小说《饿人》，指出："九一八事变"爆发以后，东北农民逃难来到上海，在上海工厂做工，资本家给工人有米贴，还有节赏，未免离事实太远，作者原意是想同情农民，但却误导了读者，实在是不正确的。"父亲认为魏猛克的批评是中肯的，态度也是诚恳的，只是有些地方太机械了一些。由此写了一封信给《春光》主编陈君冶，从此，两人开始通信。陈来信向父亲约稿，父亲写了一篇反映军阀残害老百姓的小说《夜》，寄给了他。不久，陈来信说《春光》已经停刊，已经将小说转给天津《当代文学》，目前他正在为《当代文学》写一篇介绍上海几个新进的作家，准备将父亲也列入，希望父亲能够带些作品来给他阅读，他家住在精武体育会的楼上。另外还想与父亲交谈一番。

当父亲拿了一大堆作品去拜访的时候，发现左联作家穆木天也在他家里。穆木天刚刚出狱，他是由丁玲和冯雪峰，通过我当律师的祖父出庭辩护，才被无罪释放的。因此一见父亲格外亲热，家长里短地唠个不停。一旁的陈君冶反倒插不上嘴。原来穆木天和陈君冶在《申报·自由谈》上，有关第一人称和现实主义发生了笔战。双方见面，就是为了进一步面谈讨论，澄清分歧。

当时李辉英正在编辑一本《漫画漫话》的杂志，在老板凌波的办公室里，见到了《新语林》的编辑庄启东，他首先向父亲道歉《新语林》被迫停刊而拖欠稿费的事情，并且拿出银行退票做证，取得了父亲的谅解。《漫画漫话》在组稿的时候，父亲见到过夏征农，双方握手，言谈了许久。创刊号上发表了一组小小说，有艾芜的《归来》，夏征农的《接见》，父亲的《医院里的太太》，然而这期的杂志，却遭到了茅盾先生的批评，他在《文学》四卷五期上发表了《杂志潮里的浪花》，指出艾芜的作品，除了当作风土画看，侨胞的痛苦未能被作者强调。《医院里的太太》，跟漫画中一些男女关系画，倒很臭味相投。还指责杂志缺少泼辣性的文字，让人觉得这本小小的刊物，总有点不过瘾。

后来父亲经常去庄启东家打麻将玩。同桌的方土人、胡依凡、王任叔等都是左联作家。

一九三五年三月父亲和庄启东、李辉英等人一起去吴淞郊游，庄告诉父亲，陈去了日本。过了两个月，庄又告诉父亲陈君冶因为肺病在日本去世了。父亲听了十分凄楚，后来在《每日小品》创刊号里，发表了《悼陈君冶先生》的文章。而当时的《东方文艺》一卷二期上，也发表了陈君冶的遗作《艺术的真实》，并且附上了一张他生前身穿西装的照片，藉以纪念这位早逝的左联作家。

原载《新民晚报》二〇二一年十月二十三日

程小青赠诗我父周楞伽

　　我国翻译介绍外国的侦探小说，始于清朝末年，到二十世纪二十年代，出现了翻译写作侦探小说的高潮，其中的代表人物就是有"中国的柯南道尔"之称的程小青。他的《霍桑探案》风靡一时。

　　程小青又名程青心，一八九三年出生于上海一个贫民家庭，因自幼丧父，家境艰难，十六岁就到南京路亨达利钟表店当学徒。他通过自学英语，很快就能阅读中英文报刊。

　　我父亲周楞伽在走上文坛的二十年代就耽读程小青的侦探小说，对他异常钦慕，但因我父亲从事的是新文艺的创作，虽与程小青声气相求，却无缘识荆。一直到我父亲在一九四〇年受上海市国民党及"三青团"地下宣传部长、霞飞路貂蝉茶室老板毛子佩之聘，在南京路的慈淑大楼五二八室和陈蝶衣、冯梦云一起编《小说日报》，才和上海滩的一批小报界和俗文学界的人物熟识起来。通过《社会日报》主编陈灵犀的介绍认识了程小青，并经常向他约稿。当时的《社会日报》搞了一次名人集锦小说，由谢啼红打头阵，范烟桥、程瞻庐、程小青等十人参与，合作写《胭脂印》，不料各个作者，随心所欲、信笔涂鸦，漫无边际地自由发挥，结果弄得头绪繁多，尾大不掉，以致最后程小青难以收尾，原来每人只准写一天，结果程小青写了三天也无法完稿，此事成为小报界的一大笑话。

一九四二年，我父亲编综合性的文艺刊物《万岁》（共出八期。撰稿人既有旧派文人包天笑，顾明道、张恨水等，也有新文艺作者丁谛、施济美、谭正璧等，还有影星周璇、孙景璐、陈燕燕等人的文章。此外，张秋虫和其他几位似也编过以《万岁》为名的刊物，但不是一家），特邀一批东吴系的女作家，刊出了一辑"女作家特辑"，写稿的有吴克勤、施济美、邢禾丽程育真等人。程育真是程小青的女儿，她写的小说是《风波》，内容讲的是一个强盗在海轮上抢劫少女，产生感情，终至被绳之以法的故事，文笔流畅，情节生动，颇有乃父家风。程育真后来去了美国，现在那里定居。

程小青后来在苏州定居教书并写作，他自己给寓所取名"茧庐"，不知道是否有作茧自缚的意思。据说当时他还是苏州市选出的江苏省政协委员。

时隔三十年，一九七三年冬正值"文革"后期。我的长兄结婚需要在沪操办几桌酒筵招待亲朋好友。那时上海菜场里的东西都要凭票供应，于是我父亲便去苏州的外甥家设法置办些菜肴和活禽。到苏州后打听程小青的"茧庐"在望星桥，离外甥的住处不远。于是在一个严冬的下午，父亲便很冒昧地去造访了程小青。程那时已受冲击，原来住的楼房已被人强占，只能蜗居在一间简陋破败的平房里，意志索然，做梦也没有想到会在这种时候有老朋友来拜访，其惊喜之情可想而知。两人谈及文坛沧桑和相继

程小青赠周楞伽诗作手迹

凋零的老友，不禁唏嘘感喟。那天两人谈了很久，程小青详细了解了我父亲耳聋致残，自学创作的经过。当他听说我父亲早年因为是失恋而步入文坛时也笑着告诉我父亲，两人如出一辙。他当年的失恋痛苦，周瘦鹃曾写过一篇哀艳感人的小说《情弹》，影射的就是他。他还介绍自己创作时先必须绘一图，由甲至乙，乙至丙，曲折如何，终点何在，非经再三研求，思考成熟，不肯轻易落笔。我父亲曾问他何以对侦探手段、犯罪心理把握得如此正确，程说他早年曾考入美国某大学的刑侦、犯罪专业当函授生，专攻这方面的学问。

当时我父亲曾断言，程小青的作品他日一定会重新问世的，因为即使在"文革"中，他的一些作品仍以内部阅读和出版的方式在公安人员之间借阅。程听后连连摆手说过去的东西都是废物了。我父亲临别前向他索字留念，他找了一张宣纸，凝神略思片刻，写下了：

卅年阔别喜相逢，如旧丰悝情意浓。
拙作纵多俱废物，独留青翠一枝松。

这幅书法字条现在复印下来，以飨读者。

我曾在《上海滩》杂志上见到，说是程小青女儿程育真在小青先生九十冥寿之际，曾自费精印了数百本《茧庐诗词遗稿》分赠在美国居住及海内外的亲友。不知这首诗是否收入了进去（编者注：未收此诗，因此这纸手迹，弥足珍贵。）现将这段文坛逸事写将下来，以备读者茶余酒后的谈资而已。

陆澹安其人其事

　　陆澹安（一八九四——一九八〇），名衍文，字剑寒，江苏吴县人，别署琼花馆主，世居苏州洞庭山莫厘峰下，家中筑有明志堂，以诸葛亮的"淡泊明志"之意取名。他原名澹盦，后因"盦"字笔画太多，将其改为"庵"字，仍嫌繁复，索性改为"安"字

　　陆澹安早年就读于上海沪南民立中学，与周瘦鹃同为班中作文杰出者，后来钻研法学。毕业于江南学院法科，历任同济大学、上海商学院、上海医学院的国学教授

　　陆澹安曾主编过《上海》《侦探世界》等期刊，据说有"鸳蝴派三骑士"之一的雅号，是当年的小报《金刚钻报》的五位笔政之一，其主要作品有《落花流水》和《游侠外传》等。他是著名的小说家和戏曲、电影编剧，二十世纪初以小说创作知名沪上，后翻译电影剧本、戏剧、小说多种，又为《新声》杂志撰写电影评论多年。

　　随着电影事业的发展，他把主要的精力都投入到这

一新创的艺术领域中来。他和洪深、严独鹤一起创办了中华电影学校和中华电影公司,培养出了一批像胡蝶、徐琴芳,高梨痕等早期的电影明星。他亲自主持教务,聘请洪深、汪煦昌为教授。一九二五年,他还和张新吾一起创办了新华影片公司,编写剧本《人面桃花》。一九二七年,又亲自编导了《风尘三侠》。他还将平江不肖生的《江湖奇侠传》改编成多集电影《火烧红莲寺》,播映以后,由于使用了多种特技手法和电影的蒙太奇,大受观众的欢迎,风靡了上海和江南地区。他还将顾明道的《荒江女侠》搬上了银幕。

陆澹安女儿陆祖芬曾为联合国工作,他本人也曾在法国人办的哈瓦斯通讯社工作过。上海沦陷时,他在大经中学任教导主任,当时大经中学的校长是严独鹤先生。

一九二九年,上海报界赴北京交流,新闻报》副总编严独鹤经钱芥尘的介绍认识了张恨水,约定由张恨水写一部反映北方市民生活的连载小说,即后来风靡一时的《啼笑因缘》,逐日刊登在《新闻报·快活林》上,深获南方读者的欢迎。当时的评弹双档朱耀祥、赵稼秋就特意聘请陆澹安编写了《弹词啼笑因缘》。陆本来就是苏州人,酷爱评弹,又做了多年的小说、戏曲编导,深谙民间艺术奥秘,于是在他笔下说噱弹唱,收放自如,使得《弹词啼笑因缘》在书坛上一炮打响,红遍大江南北。张恨水的这部著作,因着弦索走进了江南市廛街巷间的千家万户。我在读小学和初中时期对上海长征评弹团蒋云仙说的《啼笑因缘》真是沉溺其中,百听不厌的。

陆澹安在二十世纪五十年代末给上海古籍出版社(当时名叫中华书局上海编译所)送来了一部《小说词

语汇释》的书稿，审读之余，编辑室里形成了几种不同的意见：有的认为书稿质量不错，取材广泛；有的认为内容芜杂，有许多地方值得商榷。我父亲周楞伽审读后，力主出版，认为现在搞古典文学的学者和专家非常需要这样一部工具书，这部书稿现存的问题不少，需要加工整理、补充和调整，决不能一退了之，并写了一篇很长的审稿意见书交给领导研究。不久，社领导采纳了他的意见，决定由我父亲担任此书的责任编辑。

当时的责任编辑不是好做的，曾任上海古籍出版社总编的钱伯城先生撰文指出，责编就得负责全书的整理、边点、校勘以及撰写出版说明等工作。当时的责任编辑从不署名。做这些工作都是分内应做的，从未想到以此获取什么名利。

陆澹安的家在虹口区的溧阳路上，离当时我家的同加路相距很近，安步当车，不到十分钟就可抵达。于是我父亲和陆老两人为了这部书稿时相往来，切磋商讨，从体例、资料、注释、用语等方面都作了精益求精的雕琢，最后审定完稿竟迁延了将近一年之久，才正式发排付印。当时我在读初中，经常在周日见到陆澹安一人或携着一个小孙子来我家的亭子间里，商讨有关书稿的一些事宜。

陆老十分感谢我父亲的鼎力相助，曾送来一箱他子女从国外寄给他的猪油。那时正遇上三年困难时期，人人都饥肠辘辘，我正逢青少年的发育时节，对于因食品匮乏而带来的痛苦，十分清楚。这一天我母亲望着自己的一群嗷嗷待哺的子女那饥饿的眼神，马上到菜场高价买了两条河鲫鱼，塞上猪油红烧后，有鱼汤拌饭，饭里每人又加入了一汤匙的猪油。当洁白的猪油融入饭中，滋润着我的肠胃时，我才真正明白什么才是雪中送炭，什么才是久旱甘霖。现在作者与编辑礼尚往来已是人之常情了，但在二十世纪六十年代恐怕还是很少见的，这一点我是记忆犹新的。

陆澹安晚年还写了不少有关《水浒传》《三国演义》的著述，钩沉稽玄，发人之未道。这些书籍所用的笔名是何心，我家中尚有一本他签名送我父亲的有关评论《水浒传》的书籍。后来，陆澹安又在《小说词语汇释》的基础上完成了《戏曲词语汇释》一书。不料，正遇上"文革"，他审时度势，将这部书稿藏在家中秘不示人，一直到"四凶"剪除，才交由出版社于一九八一年问世。

现在这两部《汇释》成了阅读和专治古典小说和戏曲的必备工具书，已再版多次，堪称双璧，为后学揭示了一条捷径。

另外，据逸梅先生的文章说，陆澹安先生善书法，尤擅北碑，当时沪上有位天台山农，擅书榜额和市招。一次，有人请他作悬崖上的题字，硕大无朋，山农力不胜任，介绍陆澹安勉为其难，只见陆磨墨盈斗，运肘挥毫，居然写得天骨开张，超凡绝俗。见了这段话，我私下懊悔不已。早知如此，当年我尢论如何也要请父亲求陆老留下一点书法手迹，保存起来，以作纪念。

原载《苏州杂志》二〇〇四年第一期

吕骥与父亲合作的一首歌曲

　　一九三六年四月，父亲周楞伽与刘群出资，合作编辑出版了一本提倡写作报告文学为主的文学期刊，取名《文学青年》。在第一期创刊号上，发表了《我们要做一个新的英雄》的歌曲，词作者是我的父亲，他用的笔名是苗垆，曲作者是由救国会机关报《救亡情报》的主编刘群介绍的，刚刚从上海音乐专科学校毕业的学生吕骥。

　　歌词的内容是："我们要做一个新的英雄，重新创造一个新世界，不怕皮鞭和木棍，不怕大刀和水龙。大家挽着臂儿向前冲，要冲毁封建残余的堡垒；大家挽着臂儿向前冲，要冲破帝国主义的牢笼。冲！冲！冲！努力向前冲，我们要做一个新的英雄。"歌曲是 G 调，四分之二拍。

　　由于《文学青年》仅出版了两期，就被国民党图书审查委员会查封，所以歌曲在当时并未流行开来。

　　不料，在一九三九年，由国民党战旗社、绍兴战旗书店出版的《战歌》一书里，收录了这首《我们要做一个新的英雄》的歌曲。全书总共收录了八十九首流行于当时的歌曲。因为处于抗日救亡的高潮之中，大部分是有关抵抗侵略抗日图存的歌曲。词作者有田汉、唐纳、艾芜、欧阳予倩、田间等人，曲作者有贺绿汀、张曙、冼星海、聂耳等人。《战歌》一书的序作者是刘壹，可能是个化名，他的序言题目是《抗战音乐长大起来》，接着是刘良模写的《怎样指挥唱歌》。

《战歌》一书开头几首，是众所周知的《中华民国国歌》《抗战建国歌》《总理纪念歌》《三民主义歌》等，最后一首是光未然（张光年）作词、之秋作曲的《最后胜利是我们的》。

吕骥是湖南湘潭人，著名的作曲家、音乐理论家、音乐教育家。他谱写的最脍炙人口的歌曲，就是"黄河之滨，集合着一群中华民族优秀的子孙……"的《抗日军政大学校歌》。他曾任延安鲁艺音乐系主任，中央音乐学院党委书记，历届中国音乐家协会主席、名誉主席，是中国新音乐的先驱者和开创者之一。

原载《藏书报》二〇一八年八月十三日

古籍专家胡道静与父亲的交谊

　　著名学者、世界科技史院通信院士、古籍整理专家胡道静早已在二〇〇三年十一月去世。回想他与父亲周楞伽的多年交谊，总觉得应该写些文章，留下一些吉光片羽的回忆，才能为这个喧嚣的尘世，增添一抹静谧的曙色吧。

　　胡道静生于一九一三年的上海，祖籍安徽泾县，父亲胡怀琛（寄尘）和伯父胡朴安，深通国学，擅长诗文，精于小学，著述丰富，具有强烈的反封建的民主爱国思想。兄弟俩相继参加了反清的进步社团——南社，用笔为戈，为推翻满清专制政府，鼓吹民主革命，创立民国，建功殊伟。

　　胡道静自幼聪颖好学，十几岁就对做学问产生了浓厚的兴趣。他经常去涵芬楼藏书楼抄录具有学术价值的秘籍，在父亲和伯父的指导下，系统地学习了古文字学和校勘学，翻遍了家藏的《四部丛刊》，从中自行摸索出了版本学、目录学、校勘学的实践途径。十五岁，胡道静进入上海持志大学国学系，师从陈乃乾学习。并且

胡道静

广泛拜师学艺，不仅使得自己的知识领域逐渐扩大，同时也掌握了考证、整理、校勘和注释古籍的方法。十八岁的时候，竟然通过商务印书馆，出版了他著作的《校雠学》一书，真可谓一鸣惊人。十九岁又出版了《公孙龙子考》。

大学一毕业，他立即进入柳亚子主持的上海通志馆工作。编辑出版了《上海市年鉴》《上海通志馆期刊》《上海通志研究》，完成了《上海的定期刊物》《上海的日报》《上海新闻事业之史的发展》等文章，被誉为"上海新闻史"撰述的奠基人。

抗战爆发，胡道静分别担任过《大晚报》编辑、《中美日报》采访主任、《平民通讯社》编译，在"孤岛"上坚持宣传抗战和写作。太平洋战争后，他奉命撤离上海，途中遭遇轰炸，误传他被炸死，柳亚子闻讯写下了《怀念胡道静兄》的文章。抗战胜利，他又任上海《正言报》主编、上海《中央日报》副总编等职务。

解放后，胡道静被任命为华东军政委员会文化部图书馆科长，一九五八年调入中华书局上海编辑所，担任第一编辑室主任，和父亲周楞伽在同室工作。由于两家同住在虹口，相隔一条溧阳路。他住在浙兴里，我家在同嘉路永和里，跬步即至。平时逛街、买菜、去邮局、购置文具、看电影，经常会不约而遇。逢年过节，更是上门拜年、探望送礼络绎不绝。我读中小学的时候，父亲经常带我去他家拜访。他家的住房很是狭窄，只有一间二楼的统前楼，虽然有二十五六平方米，但孩子众多，拥挤不堪，为此，搭了一个阁楼，充作孩子们的卧室，孩子们聚在阁楼上，打打闹闹，至今我还记忆犹深。印象最深的是靠东墙的那几只用水曲柳做成的大书柜，玻璃镶框，清漆涂抹，既气派，又厚实。

　　胡道静第一次到我家来，在我童年的记忆中是非常清晰的。大约是一九五八年的春上，晚间七八点钟光景，一个面目清癯，身着淡灰色中山装的中年人，仿佛像一位慈祥淡定的老农，腋下夹着一大卷的大字报，来到我家。因为一九五七年的冬天，父亲患有胃出血，在虹桥疗养院医治了数月后，正按照医生嘱咐，在家静养，已经有半年的时间没有去单位上班了。这位衣着朴素，面容清瘦的人就是胡道静，他一进门，双手合抱，连连作揖不已，父亲因为自幼患伤寒症，耳聋失聪，于是撑起身子，靠着红木写字台，掏出纸张和钢笔，交谈起来。

　　原来中华书局上海编辑所的编辑钱伯城（后任上海古籍出版社总编辑，国务院特殊津贴获得者，现为上海文史馆馆员）、何满子（后为编审，著名杂文家）、王勉（笔名鲲西，文史作家）等人在一九五七年夏秋的多事季节，主张办同人出版社，以及在大鸣大放中出言不慎，遭到雷霆之击，不少人被戴上右派分子的帽子，被遣送去青海、宁夏的西北边区劳动改造。父亲当时正忙于整理注释所里交代的明人瞿佑的笔记小说《剪灯新话》，再加上耳聋，所以并没有深入参与，但是，他是寄同情于这些所谓的右派的。

　　尤其是他与何满子向对而坐，两人经常写条子浪虐嬉笑，《剪灯新话》的责任编辑是何满子，此书发排之前，得到了何的鼎力相助，父亲自然是感激万分。所以，父亲对何满子即将要被打成右派，深表同情，并且下班以后，还去何家通风报信，出谋划策地叫他去党支部书记那里承认错误，挽回影响，避免登报戴帽。不料，后来形势急转直下，父亲自己都陷入了大字报的声讨浪潮之中。正当此时，一场突如其来的大病胃出血，挽救了我的父亲。此刻，反右运动已经结束，但同事检举揭发的大字报都按照当时的要求，留存了下来，胡道静来我家，就是遵照党支部的委托，将这些大字报给父亲浏览观看，并且从中吸取教训，写出深刻的检查与交代。

"文化大革命"爆发，中华上编首当其冲，所长李俊民是张春桥亲自点名的反动学术权威，所里的红卫兵是一批刚刚从出版中专毕业的年轻人，抄家、批斗、贴大字报，火力极猛。整个编辑所处在互相揭发、互相批判、上纲上线的不正常氛围中。记得父亲曾经写过一张揭发胡道静的大字报，内容是说，胡道静在古籍出版领域工作，不知道为什么在办公室的桌子上放着一台英文打字机，真是匪夷所思，可见他是一个地地道道的苏修或者英美特务。革命群众应该提高警惕，将他揪出来。反正那个时代人人都会上纲上线，越是危言耸听，越是表现自己革命。

实际情况是，胡道静正在研究中国科技史，并且完成了宋代科学家沈括《梦溪笔谈》的校证工作，而当时蜚声海外的英国皇家学会会长李约瑟，又是著名的汉学大师、中国科技史专家。由于共同的爱好和趣向，鱼雁往返达十年之久，所以胡道静有时候用英文打字机，与他以及世界科技史学会通信。但父亲不管三七二十一，迫于红卫兵强迫每人必须写出大字报的淫威，只得无事生非，凭空捏造无端攻击了胡先生。

但这张大字报并没有影响两个人的友谊。反正胡道静也贴过父亲的大字报，可谓来而不往非礼也。

当时两人同在溧阳路邮政局附近，乘十四路电车去绍兴路上班，由于不便交谈，只是在车子上点点头，默契地交换着各种红卫兵小报和外界散发的传单阅读，用以判断这场运动的动态和走向。有时候，父亲还将这些传单带回家，让我阅读，并且叫我读快点，明天还要交还给胡道静，这种特殊时期结下的友谊和情感，正像庄子所说的涸辙之鱼，不能相忘于江湖，只好相濡以沫，以求渡过这个艰难困苦而又恐怖疯狂的浩劫时代。

不久，胡道静的儿子胡小静在上海师范大学的红卫兵小报上发表了《一切为了九大》的长篇理论文章，引起了社会上一场骚动，在万人大会上被点名，有人声嘶力竭地叫嚣要揪出红卫兵背后长着胡子的黑手。于是，胡道静作为反革命的后台，被关进大牢，判刑十年，士可杀而不可辱。胡道静为了抗争，跳楼自杀未遂，终于成了一个跛子。但当局仍然不肯罢休，依然要他拖着一条残腿，天天扫街。

一九七二年，英国科技史专家李约瑟来华访问，提出要见一见胡道静，上海主管宣传文化的徐景贤，竟然谎称他早已去世。追问家属何在？答曰："不知去向。"等到一九七八年，四凶剪除，日月重光，李约瑟博士二度来访，两位老友才得以顺利会面，握手言欢。

"文革"中，父亲听说胡道静判刑入狱，腿足致残的消息，感叹不已，由于自顾不暇也无力援手，只能够寄同情于他。

一个星期天的上午，我母亲神色慌张的从浙兴里菜场赶回家中，连小菜都没有买。原来她在菜场里遇见了胡道静的妻子，胡妻拉着她的衣襟不放，连连追问中华书局上海编辑所的情况。吓得她连忙回家，菜也不敢买了。父亲听罢，不禁皱起了眉头，说道：现在大家都是牛鬼蛇神，没有什么可以害怕的，能够活下去，比什么都强。另外，他交代我母亲以后见到胡道静的妻子，就告诉她，单位里的情况一切如常，一定要学会忍耐，坚

周楞伽与作者

持活下去。

一九八八年，我从东北返沪探亲，曾经与父亲一起去胡道静的新居，位于四平路的四平大厦海隅文库拜访。他的腿一瘸一拐，行走很不方便。父亲先为他送去了一位福建晋江文友的礼物紫菜，并且附上一卷宣纸，交代他为这位文友写一幅"抟风斋"的中堂字幅。

在交谈的过程中，我发现胡老的思维极为清晰和敏锐，耄耋之年还在为上海师范大学、华东师范大学、复旦大学三所高校的古代文献、版本目录、古籍整理，以及古代科技史带研究生。他的家中人来人往，都是一些研究生来求教和咨询问题的。见到这个情景，我只得向他提前告辞了。胡老倒有些不安，询问了我现在的情况，还讲到了当年经常见面的往事，然而他已经忘却了我的姓名，当我告诉他自己的姓名后，他立即说道："哦，允则厥中，允则厥中！"（孔子《论语》中的一句经典）可见胡老的记忆力之强。

一九八九年，上海出版系统重新评定已经离退休的专家职称，胡道静先生根据父亲多年来在古籍整理、校正、注释方面的业绩和作品，以及在古典文学方面的理论学术成就，写了专门的发言和鉴定，力主将父亲的职称评定为Ａ级正编审。评定结束以后，胡道静还给父亲写来了热情洋溢的祝贺信，为这两位老朋友的交往与友谊，写下了一个圆满的句号。

原载《钟山风雨》二〇一一年第五期

小报文人、评弹圣手

陈灵犀

一、编辑《社会日报》

陈灵犀（一九〇二——一九八三），又名陈听潮，笔名猫双栖楼主。广东朝阳人，是二十世纪三四十年代著名的小报作者和编辑，他一直担任主编的《社会日报》和《社会月报》，这是当时较有影响的小报之一，在社会上有良好的声誉，并且得到过鲁迅先生的赞许和批评。鲁迅先生曾经说过："因为先生信上提到《社会日报》，就订来看看，真是五花八门，文言白话悉具，有些地方却比大报活泼，写得有声有色。"林语堂也在该报上撰文表示："小报幸毋自弃，然若成群结队，其音亦可观。"

陈灵犀曾经将三日刊的《社会日报》首创改为日刊，以至后来的小报界纷纷仿效，这是陈灵犀在小报界"足以自豪的一页伟绩"（《小型报杂论》）。他而且摒弃陈见，积极沟通新文学与小报界的联系，热忱邀请徐懋庸等新文艺作者为《社会日报》撰稿。他曾经去信给曹聚仁先生："小型报深入社会各阶层，具有相当势力，是一种普通通俗的大众读物，也正是推进大众文化的一种最好的工具。"父亲周楞伽也曾经在报纸上赞誉他说："小型报中，我最爱读《社会日报》。这张报真不愧是小报界的白眉，战前我的朋友如鲁迅、曹聚仁、徐懋庸、郑伯奇、高季琳等，都曾为这报写过文章，其中有几个人在（七七）前后，还曾为这张报纸编过第一版。"小报界与新文学的这段因缘，现在已经引起了有关专业人士的注意，纷纷将目光投入这个领域，随着文化事业的发展，一定会有更多的创见和发现的。

《社会日报》初创时的寿命很短，大约只有两个月，当时共有十个人凑股发起，每股五十元，除了两个是商界人物之外，大都是小报界和鸳鸯蝴蝶派的旧式文人。创办的原因，是有鉴于当时各大报对社会新闻遗漏甚多，且都雷同，决心要把大报所无的有趣的社会新闻之中用"小报笔路，清醒排法，详细刊布"。然而创刊不久，就遇到了两大难题：一是新闻来源短缺，发表之后又容易引起社会各界的指摘和矛盾，造成不必要的纠纷。二是受制于当时的印刷条件，当时的小报都没有自己的印刷厂，大部分是在牯岭路周浩然开办的新新印刷所印刷。明日见报的稿子要到夜间十一点钟才能定夺，等到排字工排定上架开印，已经是凌晨两点钟，到清晨六点，至多只能印刷三千份，这些数量如何能够开销，想委托大报馆去印刷，却因为同行是冤家的缘故，每每遭到拒绝。所以，只得短命夭折。后来，由老股东中的一位，曾任《文汇报》发行广告部主任的胡雄飞愿意独资经办，所以，经过十个月之后，才重新复刊，并且由原来的单开报纸变成了四开版面的正规小报了。

《社会日报》既重视社会新闻，也重视文艺作品，小说和小品占据了报纸的大部分篇幅，像张恨水的《春明外史》《京城幻影录》《九月十八日》，网珠生的《人海新潮》，漱六山房的《大刀王五》，何海鸣的《故都残梦》，汪优游的《歌场冶史》，王小逸的文言短篇《鸢和散辑》（宁波话乱话三千）等，都不惜重金收罗，还优质征求小品文。如陈灵犀的《猫双栖楼随笔》，汪仲贤的《放嘴楼嘲谑》，周瘦鹃的《吹兰小品》，婴宁公子（陈蝶衣）的《低眉散记》等，还连续刊载过越剧名伶袁雪芬讲述自己生平的回忆文章。此外，该报还组织过所谓的集锦小说，从第一组《艳窟丽姝》开始，总共组织了七八次，广邀当时的文士名流分别执笔，每人一集，弄得到处悬念丛生，疑阵乱布，千头万绪，无从理清。直到最后一位作者煞费苦心，才能够将小说收尾结局，而且要合情合理，让读者拍案叫绝。这也是陈灵犀的神奇妙想。

二、《社会月报》事件

　　陈灵犀除了编辑《社会日报》之外，还编辑《社会月报》，这期间发生了著名的《社会月报》事件，造成了鲁迅先生极为不满。原因是一九三四年八月号的《社会月报》刊登了鲁迅给曹聚仁的一封信，内容是谈大众语的问题，此信原是鲁迅给曹的私人信件。曹后来交给陈灵犀主编的《社会月报》上发表，同期还刊有脱离共产党的"革命小贩"，鲁迅准备三嘘的人物杨村人的《赤区归来记（续）》。田汉认为这篇文章公开向国民党当局告密，之后就在《大晚报·火炬》上用绍伯的化名发表了《调和——读〈社会月报〉八月号》，挖苦鲁迅批判过的杨村人，现在却替他打开场锣鼓，谁能够说鲁迅先生气量狭小呢。田汉自以为自己是采用了激将法的妙计，却引起了鲁迅的愤怒和痛斥。后来，鲁迅在给《戏》周刊的信中说，我没有权力禁止别人将我的信件在刊物上发表，另外还有谁的文章，更无从预先知道，没有调和与否的意思，"但倘有同一营垒中人，化了装从背后给我一刀，则我的对于他的憎恶和鄙视，是在明显的敌人之上的"。这一事件，凸显了不同文人之间的思想分歧，到了后来"四条汉子事件"中，本是特定情境的表达，可在当时复杂的文化与政治环境下，鲁迅的相关话语被别有用心之人借题发挥。"文化大革命"中鲁迅的话更是被大做文章，完全背离本意，令人痛心。

三、提倡身边文学，成为评弹圣手

陈灵犀极力提倡写身边文学，他说："身边文学是产生于中国近代大都会的一种现代流行文学的形式，它以社会时尚为导向，以娱乐新闻报道为中心，供给城市居民消闲和猎奇之用。"这也可以说是当时海派文学的一种代表性观点，很值得现在研究海派文化的专家重视。

一九四九年以后，陈灵犀改行到评弹界搞创作，由于他长期从事小报和通俗文学的编著，平时又浸淫于对评弹的嗜好和研究，于是，一发不可收，大大小小的评弹创作竟然达到数百万字，有"评弹一支花"的美誉。有人粗略统计，他的长篇创作有五部，中篇二十部，短篇九部，弹词开篇超过二百段。他早在一九四九年，曾经与平襟亚、周行等人组织上海市评弹作者联合会。一九五一年进入上海评弹团任业务指导员。一九五四年出任上海评弹团文学组组长。生平还出版过一本有关评弹艺术丛谈的《弦边双辑》。

陈灵犀改编的长篇传统书目有《玉蜻蜓》《白蛇传》《双珠凤》《秦香莲》等，创作和改编的现代书目有《白毛女》《罗汉钱》《刘胡兰》《会计姑娘》《红梅赞》《一定要把淮河修好》等，他精心撰写的弹词开篇，很多已经成为评弹流派的经典唱段。例如，徐丽仙（丽调）的《六十年代第一春》《罗汉钱》《白毛女》《向秀丽》等，蒋月泉（蒋调）的《林冲踏雪》《南京路上》等，张鉴庭（张调）《芦苇青青》《张勇怒责贞娘》等，严雪亭的《一粒米》等。陈灵犀的作品题材广泛，风格多样，经过他整理改编的传统书目更是脍炙人口，功力非凡，赢得了广大听众的肯定和赞赏。他的作品感情饱满，通俗雅驯，顺畅生动，朗朗上口。尤其是他精心改编的《玉蜻蜓》，去芜存精，推陈出新，使得故事情节更加精练，唱词炉火纯青，成为享誉书坛的保留节目。

陈灵犀曾经担任过上海市文联委员。二〇〇二年，上海举办了《陈灵犀百年诞辰专场演出》，了却了评弹大师蒋月泉一生的夙愿："为陈灵犀举办一次作品回顾展，以纪念这位与他长期合作的亲密伙伴。"

陈灵犀不但能够创作，而且能够演出。一九四〇年，上海戏剧界和新闻界人士联袂演出话剧《雷雨》，这是一场专门救济难民的义务演出，导演朱端钧，周信芳演周朴园，高百岁演鲁大海，金素雯演繁漪，桑弧演周冲，陈灵犀演老仆人。演来惟妙惟肖，深受观众的欢迎。

四、与张若谷的矛盾

一九四〇年的夏天，因为陈蝶衣患病，毛子佩邀请父亲周楞伽担任《小说日报》第一版的主编，因而认识了陈灵犀。陈身材瘦长，人很忠厚，小报界人称活鲁肃，当时他正和《中美日报·集纳》的编者张若谷（鲁迅拟议写作的《五讲三嘘》中的三嘘人物之一）发生笔战。有一天，父亲主动向陈表示愿意去责问张若谷。当时的《社会日报》和《中美日报》，同在一栋大楼里，跬步即至，因为父亲耳聋，一番自我介绍以后，就用纸笔谈。父亲根据陈灵犀的理由向张提出质问，之后劝张认错了之。张若谷知道周楞伽是来替陈灵犀说话之后，脸色很是不快，但笔下却是一股劲的敷衍，说是很感激周的出面调解，理当遵嘱办理，停止笔战。张一面笔谈，一面将纸紧紧捏在手里。父亲如果稍有城府，应该把写字的白纸取过销毁，或者带回来交给陈灵犀观看，避免误会。结果上了张的老当，他藏起了纸张，在第二天的《中美日报》报纸上，刊登了两人的部分谈话，前面的客套话，全文发表，后面删去了父亲帮助陈灵犀讲话的内容，却捏造了许多有利于他自己的话，和周楞伽的原意完全相反。这一来给当时的上海小报界，找到了攻击的资料，说张若谷与周楞伽是一丘之貉，共同欺负老实人陈灵犀，陈不明真相，见了周之后，非但不理睬，而且气得眼睛都红了。这时范泉正在《中美日报》编副刊《堡垒》，父亲就求他，一起去寻找张若谷评理。俩人见了张若谷，父亲就迫不及待的要求张拿出笔谈的记录，和报纸上刊登的文章进行核对，张若谷推说排印以后未留底稿，无法满足阁下要求，结果一言不合，两人竟然扭打起来，范泉急忙过来劝解，张若谷趁机溜走。这时从报馆里走出了一位彪形大汉，摩拳擦掌，施威恫吓。范泉责怪父亲性子太急，无奈之下，父亲只好央求范泉和他一起去同陈灵犀说明情况。这样陈灵犀才明白了报上所载，全是张若谷的随意捏造，释然了对周的误会。

一九四二年，平襟亚出资出版了一本综合性的文艺刊物《万象》，并且请陈蝶衣担任主编。父亲刚写了一个短篇小说《空花》寄去，不久就收到了平襟亚和陈蝶衣联名的请帖，邀约赴宴，在宴席上遇见了柯灵、程小青、周炼霞、陈灵犀等作家。席间，陈灵犀向父亲做了一个落笔如飞的姿式，意思是询问周现在还在写文章吗？父亲微笑着点点头，但没有和陈做任何交谈。

五、因同情苏青，得罪父亲

一九四五年春，匿居在老家宜兴的父亲被人骗走现钞，无法养家糊口，只身一人来到了沦陷区的上海，在《社会日报》老板胡雄飞的相邀之下，用危月燕的笔名在《社会日报》上，开辟一个"危楼随笔"的栏目，逐日卖文度日，稿酬仅够自己的伙食开销。

恰巧当时的著名女作家苏青，在龚之方办的《光化日报》上，发表了一篇《谈折扣》的文章，对自己的作品在文汇书报社遭受剥削一事大为不平。于是父亲就在《社会日报》上写了一篇《与苏青谈经商术》的文章。内容是说苏青太急功近利，不懂得在商场建立信用的重要，以及和发行商搞好关系的必要。不料苏青见了，勃然大怒，写了《女作家》的文章，攻击周楞伽耳朵聋，嘴巴又讲不清楚，拿着鸡毛当令箭，搅卵搅皮。结果两人由此开始笔战，并且越演越烈，互相攻讦，苏青也被父亲戴上了一顶"犹太作家"的帽子。

不久，因为周楞伽买不到当时沦陷区分配给作家的五斗平价米，去泰晤士大楼的杂志理事会申诉，结果反被奚落了一场，于是，他模仿周作人的《狂言十番》的日本俳谐剧，写了《狂言一番——东方朔领平价米》的剧本，挖苦了一下苏青和她的妹妹苏红。不料陈灵犀却站出来打抱不平，他指责周楞伽是"项庄舞剑，意在沛公"，骂苏青是为了讨好文汇书报社。

于是，在一九四五年五月十二日的《社会日报》

上，同时登出了危月燕的《请教灵犀兄之前》和陈灵犀的《不堪回首》的文章。

周的文章指出：一九四○年冬，陈灵犀与张若谷发生笔战，周楞伽曾经为之调解，险遭《中美日报》保镖的殴辱，连带范泉也丢掉了《中美日报·堡垒》的职务。一九四三年周在上海编辑《万岁》杂志，陈灵犀就曾经冷嘲热讽过。近日，因为与苏青笔战，陈灵犀竟然说我有求于文汇书报社，这种躲在幕后暗箭伤人的做法为人所不齿，为此，准备在写满了"危楼随笔"一个月之后，向读者正式告别。

陈灵犀则说：一九四○年冬，由于《中美日报》上关于一年来的文化论著中，未提到小型报。于是他写了一篇文章，指明小型报也是文化界的一环，不料，张若谷误会了。后来，隔了数年，在一个茶话会上，双方已经握手言欢，并未有任何芥蒂。至于当年《万岁》杂志创刊号上，有篇文章谈及小型报，引起了同文们的不快，但这也是衅有彼开，我们是出于自卫云云。

几天以后，《社会日报》再次登出了周楞伽的最后一篇文章《回首话当年——再请教于灵犀兄之前》。谈及一九四○年冬，曾经在《小说日报》上发表了一篇《需要一个清洁运动》的文章，希望陈灵犀出来倡导反对小报界的色情文字，得到了陈灵犀的热烈响应，但是没有料到陈灵犀却有始无终，觉得他非大丈夫也……

拉拉扯扯写了不少文坛琐事，总觉得陈灵犀是一位不应该被人遗忘的海派文人，现在讨论和研究海派文化的同时，希望能够重视这些人的业绩，使得我们的文学史能够更全面正确的反映当时的现状。

原载《钟山风雨》二○○九年第二期

潘汉年与父亲的一次对话

一九二六年宜兴成立了中国共产党的组织，翌年十一月一日，宜兴农民秋收暴动爆发，一千多农民挥舞长枪短刀，一举占领了县城，建立了苏维埃政权，即工农委员会，红色的党旗在宜兴城头高高飘扬。这次暴动，震惊了南京反动政府，卧榻之旁，岂容他人酣睡。于是出动军队大肆镇压，这场起义仅仅只坚持了三天，敌众我寡，终于失败了。暴动总指挥万益，撤退至浙江长兴被敌军捕获，押回宜兴当众枪决。

陈云同志曾经高度评价了这场宜兴秋收暴动，认为是"江苏最早反对国民党的一个县"，"打响了江南农民武装反抗反动国民党的第一枪"。

目睹宜兴农民暴动的壮举，以及国民党的血腥镇压，当时仅满十六岁，拿现在来说，还是一个初中生的父亲周楞伽，给当时正在编辑《幻洲》的同乡潘汉年，写了一封长信，叙述了他当时亲眼看见的情景和难以忍受的感觉，潘汉年用《乡音》的标题，全文刊登在《幻洲》二卷第八期上。内容主要摘录如下：

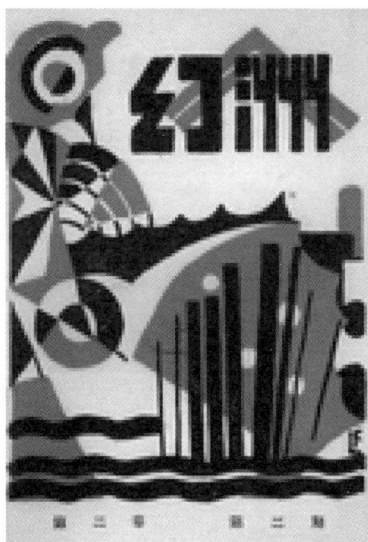

《幻洲》封面

几天前，在《申报》看了《幻洲》二卷五期上，登载的广告目录《血淋淋的头》和《宜兴共产党暴动后》，这两篇的标题，是何等的令我惊心动魄。……我相信人心没有死尽，在数百里之外的上海，看到这些标题，怎不令我惊奇而又拍手称快呢？……我与《幻洲》有过这样一段因缘，去年的数月前，在旧书店里看见两本《幻洲》，小巧玲珑，封面奇妙，买回家，一个夜间看完，莫名其妙地产生了同情，十月初二回到老家宜兴，就发生了共产党的暴动，幸亏我的脑子和脖子没有宣告绝交，但我亲眼看到了无辜农民的尸体和血肉，这些农民进城是为了请求减免租捐，却被砍下了头颅，我只能三跪九磕地去歌颂有枪阶级的威风。

宜兴这样暮气沉沉的社会，要能够来次革命，未始不是黑暗中的一丝光明，宜兴实在有玷于这样好听的名字。顽固守旧的势力，尽力压迫青年的行为，应该被叫做"宜打倒""宜消灭"，大清已被消灭了十六七年，背后拖着豚尾的人到处可见，虽然我也是地主阶级出身的一员，不能感受农民阶级的感受，勉强作些无谓的呻吟，也像革命文学家狂呼革命文学一样可笑，我不是这样的人，汉年，你也不是这样的人吧？所以我想要告诉你一句，我劝你不要在书桌上，空想你那《十字街头》（按：《幻洲》的下半部分），假如你真想代这些惨死的农民吐口气，我希望你能从"象牙之塔"跳入"现实的海"，再把亲身的体验写一部创作，宣传农民阶级的痛苦。如果只是在《十字街头》高谈血淋淋的头，那也就如同伪善的革命文学家一般。

我热诚地希望你能够在《幻洲》上复我一信，至于我的姓名，此刻不愿告诉你，只当我是你同乡，富有反抗性的热情青年就是了。

经过变乱的宜兴，无善足述，只有土豪劣绅多了，口喊革命眼看女人的多了。天色比从前格外黑暗，太阳和月亮也少欠光明，社会的污浊和你编的《十字街头》一样，毫无变动。

宜兴一个无名青年写于暮气沉沉万恶不化的社会上。余意未尽，再献诗一首——《啊！汉年！》（略）

汉年按：我愿这位同乡把姓名告诉我，我虽然是宜兴人，却不相信我的故乡会兴起来，然而我相信"血淋淋的头"，是我故乡今后会常见的事情。今年这一次革命的事实，告诉我们，革命之所以不会马上成功，就是因为的头尚未一概杀光，所以他们目下已在努力"杀光"的工作！

我不是什么革命家，更不是什么革命文学家，只是尚未杀光的青年中的一个。我们这位同乡希望我"不要在书桌上空干那《十字街头》的工作，这话十分合于我的意旨，可惜现在我们是听命被杀的弱羊，哪里还有工夫来体验已死的别人，我们哀挽自己尚且不暇，至于深深地宣泄出农民阶级内心所含的痛苦，自然有革命文学家衔起雪茄烟，抱着女人坐在火炉边去写，绝对不是待死的我们，胆敢担当的一件事！这一点，我要说我们的同乡，希望于我是错了。

况且所谓的农民阶级是什么猪狗羊，我认得咱们贵国革命伟人某，曾经说过中国有什么阶级，可见鄙同乡说农民阶级几个字，已经有反革命的嫌疑，更何况要宣泄他们的苦痛，要知道，被杀的都是"祸国殃民"的暴徒，被杀了的正是吴老爹所说的"免得我们做犹太种"，如此看来我们歌颂杀者的伟力尚不暇，又何暇去体验被杀者的惨痛，鄙同乡大概真是血气方刚的青年，所以处世立身的世故尚不及我，我尽乡友之谊，在今天呈这封信的后尾，告诉你一点新世故，免得人家说你是甘为犹太种。"

十二月廿夜

《幻洲》是当年叶灵凤和潘汉年主编的一本小杂志，一九二六年十月出版了第一期，一九二八年一月被国民党反动政府禁止出版并且封存，一共就出版了二十期。《幻洲》共分为两部分，上部称之为《象牙之塔》，由叶灵凤主编，下部曰《十字街头》，由潘汉年主编。两人可谓是泾渭分明，阵营毕现，连页码都是各算各的，文风和内容也大相径庭。《象牙之塔》风情缠绵，浓得化不开。《十字街头》大都是一些泼辣辣的骂人文章。潘汉年在第一期上，就明亮地喊出《新流氓主义》的口号。

父亲的这封信，是向潘汉年叙述了他亲眼看见的农民暴动，以及起义领袖被屠杀的惨状，也反映了经过反动派镇压以后，当时暮气沉沉的宜兴城乡的现状，并且寄希望于潘汉年能够藉此创作一部长篇小说，来反映农民暴动被镇压的血腥事实，以及眼下他们痛苦的生活和悲惨的命运。而不是在《十字街头》光喊一些革命的口号，成为当前那些空想的所谓革命文学家。

而潘汉年的回答却是：革命不会马上成功，我虽然在编辑《十字街头》，但明白自己不是革命家和革命文学家，而父亲所谓的创作，应由他人去担当。

接着，潘汉年明确的对父亲说，你大概是一位血气方刚的青年，不懂得处世立身的要义。我尽乡友之谊，在今天呈这封信的后尾告诉你一点新世故。

实际上，潘汉年是在告诫父亲，要看懂当前的社会，同时他旗帜鲜明地表示，他是支持鲁迅先生一贯主张的对于反动派，要用韧性的战斗和巧妙的周旋去应付，而不是逞一时之勇的莽撞，所能够毕其功于一役的。

他的这些话，实际上也是他人生道路的写照和反映，正是他在祖国的危难时期，用巧妙的周旋，韧性的战斗，身处敌、我、友的复杂境遇之中，成功的胜利突围，造就了他辉煌的一生。

原载《点滴》二〇二四年第一期

巴金谢绝写序的内情及其他

　　上海文史馆和中央文史馆联合出版的《世纪》二〇〇二年第一期上，刊登了我的文章《巴金谢绝为他人写序》，其中诸多情况语焉不详，现在我想再次讲述一下具体经过。以飨读者和文学爱好者。

　　文章的缘起是这样的：当年上海沦为孤岛后，巴人（王任叔）与其他一些文人大大小小发生了三次争论，一次是与阿英。阿英在一篇《守成与发展》的文章中表示，"近顷模仿鲁迅之风甚深"，他批评这些作家"只为守成，不求发展，只知模仿，忘却创造"。当时，巴人正在编辑《申报·自由谈》，他认为阿英的话是在讽刺他，于是撰文反击道："鲁迅的精神还没有到被扬弃的阶段，抗战时期仍有战斗意义和指导作用。"巴人认为只有经过学习和战取这两个阶段，才能够超越鲁迅。

　　一个月后，作家庞朴在《华美晨报·镀金城》上刊载《风雨杂奏》的文章，指责一些所谓的鲁迅风的杂文家，"杂文造句奇谲，内容浅薄，造成恶劣倾向"。同时杨晋豪也在《译报·大家谈》上，发表了《写给谁看》

的文章，指责一些"鲁迅风"的文章"咬文嚼字，转弯抹角，劳动大众看不懂，知识分子见了也味同嚼蜡，要求作者写文章深入浅出，把大众化实践起来"。此后，均遭到鲁迅风等作者的批驳和反击，庞、杨两人均宣布退出争论，而宣告结束。

一九三九年一月，经许广平和巴人资助的《鲁迅风》正式出版，由金性尧担任主编。第七期上发表了陶亢德的文章《关于无关抗战的文字》，指出抗战文章有两种，一种是军事政府机关的，即使不符合读者需要，也是当然之事，另一类是宣传文字于抗战未必增加力量。……其他作者与其妄论抗战，不如写写"莎士比亚与什么的"之为好。

巴人见了甚为生气，写了《一个反响》，指出："我与陶亢德和梁实秋的不同之点，便是任何文字不应该离开抗战，来个无关，总想立异以为高，听人开口抗战，闭口抗战，就头疼起来，以为是赶时髦，趁风气，还名之曰'抗战八股'。但可怜的是，中国多少穷乡僻壤里的老百姓，还需要这些'抗战八股'。"

不久在《鲁迅风》第十一期上发表了被后人称之为鬼才，"飘泊都市之魂"的徐訏的杂感《晨星两二》，隐晦曲折地指责和抨击那些——巴人为自己辩护的那些所谓"抗战八股"的文章。

在这种背景下，一九三九年第十二期的《鲁迅风》上，父亲周楞伽用苗埒的笔名，发表了《从无关抗战的文字说起》，其中有几段针对巴人文章的意见是：

但我对于巴人先生的以及也有一点需要补充，希望于"抗战八股"之外，能够注意到更深入与提高。

直到现在还不知抗战为何物的老百姓，总在相对地减少下去了罢，这时倘还坚持"抗战八股"，不思艺术底地深入与提高，未知将何以理解事物的本质底矛盾的发展的法则。

不能以"抗战八股"为己足，而不思超越。

巴人先生在尚未能确切断定自己的文章必能下乡之前，实未可以老百姓还需要为托词，不思把握工作的对象，去加以深入与提高。

这些言词深深惹恼了巴人。一方面过去他在《每日译报·大家谈》上逐日发表一篇宣传抗战的杂文，由于是率尔操觚的急就章，被人讥讽为"抗战八股"，同时有人在香港化名写文章，反对这种不讲究艺术特点的"八股"式杂文。针对此，巴人在《文汇报·世纪风》上提议，应该废除文坛上妄论的所谓"抗战八股"的这一名词，他认为抗战文艺确实存在一些公式化的缺点，但是有人却将这类杂文和随笔名之曰"抗战八股"是别有用心，将抗战文艺贬斥为八股，借以取消抗战，达到为主子效劳的不可告人的目的。

于是他在《鲁迅风》上发表《不必补充》的文章，强调指出：苗坼先生反对"抗战八股"是想打击和消弭抗战的论客。"抗战八股"并非文字的丰碑，何必去超越它，真是奇谈。并且将苗坼"这时倘还坚持（抗战八股），不思艺术底地深入与提高，未知将何以理解事物的本质底矛盾的发展的法则。"这句话挖苦道："这种洋八股我倒是直头反对。"接着又攻击徐訏在《晨星两三》杂感上所写的"千千万万的精虫只有一个可以成为人，而这还有赖于卵子的结合"，"医生把人当作一只表，看护把人看作一只鸟"。这种文章一味以炫奇为目的，同时讽刺这两人，一以洋八股为标准，一以趣味为目的；洋八股需要融化，趣味须有涵养……貌似学者貌似哲人，但不过貌似而已。

尤其是攻击徐訏在《文汇报·世纪风》上的一首诗

《私事》内容是这样的：

我探问过生，探问过死；探问街头葫芦里卖的药，探问流行文章里说的人事。我从乡村走到都市，没有带一只认识的字，于是我问对门的漆匠借个刷子，问隔壁老婆婆讨一个手纸。这样，我用这硬性的刷子涂划着稀松的手纸，跟人学一横一竖的字，学读流行文章里的人事。如今我虽然学会了字，学会了读漂亮话里论生谈死；可是我知道街头葫芦里都没有药，而流行文章里争的都是私事。

读了这首诗，巴人大为生气，抨击说，作者的艺术手腕再高妙不过了，但他的主题却是非常有毒的。

接着《鲁迅风》却不断发表了指责父亲的文章，什么《脸谱主义者》《站在壁角里的人》《机械性》等。甚至攻击父亲是托派、汉奸、第三种人、文化叛徒、臭虫、壁角里的阴魂。

不久，《文艺阵地》因为茅盾去了新疆，刊物从香港转道来到上海出版发行，由楼适夷主编。在三卷一期上，发表了巴人的长篇巨论《展开文艺领域反个人主义斗争》，文章共分五个部分，批评和涉及的文人有数十位。其中指责父亲的有两则：一则是"在尚未能确切断定自己的文章必能下乡之前实未可以老百姓还需要为辞，不思把握工作的对象，去加以深入和提高"。另一则是"今天这个，明天这个，无非是学学时髦，——抗战抗战出风头罢了"。

针对此文，苗埒也在《选萃》月刊上发表了《最近上海文化工作的错误倾向》的长篇文章，批评当前上海文坛存在着宗派主义和关门主义的倾向，存在着风头主义、官僚主义的作风。甚至无端诬陷他人是托派，第三种人等，无形之中减损了抗战的力量，这种排斥异己，钳制言论的手段真使人痛心不已。

为了给自己寻找一个发表言论的地方，父亲在一九三九年七月创办了《东南风》杂志，创刊号上发表了他的长篇文章《给楼适夷先生的一封公开信》，逐条回答了巴人先生对他的指责和批评。文章一是引述鲁迅的话指出：个人主义这所发出的子弹，和集体主义所发出的子弹，是有同等效力的。二是针对没有量的增大，就没有质的提高，他认为光有量的提高，而不思质的提高，就不能够收到更大的效果。抗战八股不是要消灭它，而是要更充实提高。三是针对沈从文先生所说的"中华民族要抬头做人，先还得埋头做事"。巴人却说此话是要停止抗战，在敌人的鼻息下建国开始。如此深文周纳，如何巩固和扩大统一战线。既然要在文艺领域开展反个人主义的斗争，却又说并不拒绝各种意识形态者团结抗战，岂非南辕北辙？

这场争论卷入的人越来越多，一方有巴人、蒋天佐、楼适夷、满涛等人；一方有苗埒、徐訏、冒舒諲、罗洪等人，后来经过父亲的同乡蒋锡金的劝和，双方才停息了这场争论。

《东南风》创刊号出版之前，也就是关于这场争论最激烈的时候，冒舒諲从香港来信告诉父亲，巴金在香港曾经撰文反对过抗战八股的文章。他在香港《改进》杂志一卷三期上发表了《公式主义者》的文章。冒舒諲并且将登载巴金全文的杂志，寄了一册给了父亲。现在将巴金此文简略介绍如下：

抗战的八股文，谈得太多了，渐渐地叫人讨厌起来，这是一个朋友最近对我说的话，其实向我表达过这种意见的人不只是他一个。

我前些时候买到一批内地出版的读物，约有七八种，我把它们全部从头到尾地翻阅过了，结果我觉得仿佛只读了一篇文章，起初我很惊奇，我禁不住责备自己的鲁钝，后来才恍然明白那许多文章有着差不多的内容，到这时候我才相信，那朋友的话是有道理的。

公式文章是这样写的——头一段讲述日本征服中国，征服世界的野心，积贫积弱的中国如何受到强邻的侵略而忍辱偷生。第二段讲述中国由发愤图强而至发动抗战，引起全世界的尊敬。第三段讲述抗战的各个阶段。第四段讲述日本帝国主义即将到来的经济和军事的崩溃。最后的结论是："最后的胜利一定属于我们。"

写这种公式文章的人，自然和我说的"最后胜利"的朋友是一类的。不过这中间还有一点小小的区别，我那位朋友是准备死守武汉的，写公式文章的人却早已连人带刊物一起搬到重庆和昆明去了。……以后也许会搬到巴安和拉萨去，坐等最后的胜利。

……我把专门写上面那种公式文章的人称之为公式主义者，他们写出来的都是一般人承认的公式，他们所顾念的却是自己的利益。我们的壮丁在沦陷区被活埋，民众被强迫服役，不把民众组织起来，笼统说一句"抗战第一"，其实等于不说。

至于惩治贪污腐败，进行各方面的改革，动员和组织民众，而这一切都是公式主义者所没有谈到的。……

父亲闻讯读罢之后，为了争取巴金支援对所谓"抗战八股"的争论，曾经去信文化生活出版社，向巴金先生说明了当时上海文坛的情况，并且希望巴金能够替他出版的《东南风》撰文发表。巴金为人十分谨慎，为了避免当时敌伪的注意，给居住在武定路紫阳里的父亲来了一封信，信封的具名是周木加，把楞伽两边各去掉了一个偏旁。可见他是十分关心他人安危的。

来信的内容是希望各派各种的文人，在统一战线的旗帜下团结起来。辱骂和恐吓决不是战斗，何况谩骂和诋毁更是要不得。至于对双方的争论因为不熟悉，也不便参与，也希望不要把他的信件公之于众。这段话总的精神是不会错误的，可能言语上有所出入。

"文革"中，父亲受到的冲击极大，大字报从亭子间一直贴到灶披间。空闲的时候，一直与我谈论过去与许多文人的往事和恩怨。我提及巴金，他就告诉了我这件往事。我的记忆力很强，对这封来信的内容，绝无胡编乱造之意。

不过巴金却同意了，在父亲创办的《东南风》创刊号上，发表他对一个作者的复信，题名《谢绝写序书》。

那位作者的来信，具体内容如下：

巴金先生：

恕晚生冒昧，写这封信给先生，先生的文章德行，现在足以给爱好文艺的青年效法，所以晚生对先生历来的伟著，罔不拜读殆遍。晚生以为先生可以出而为师，领导爱好文艺的青年，从事文化工作，所以，晚愿占得先生阶前盈下，恭聆教益。

晚亦是个爱好文艺的青年，时时写些无聊的文章，到现在已积有十万余字，想收集起来，汇订成帙，以备他日展玩，聊慰私情。苦在无画龙之人点睛，今冒昧上书，想请先生惠赐鸿文，草序一篇，想先生写来有似吹灰，水到渠成，则拙著他日纸贵，有赖先生一助。所为附骥尾一致千里，良有以也。

晚才陋学浅，阅历不深，草此不恭，原在意中。唯望先生不弃，下赐鸿文，谨在这里恭候回示。此祝

晚生××敬上

巴金的回信是这样的：

××先生

信由书店转来，我身体不大好，日内就要离开上海，我只能够给您写这简短的回信。您把我看得太高了，其实我不过是一个正在学习写作的年青人。到现在为止，我的作品还是很幼稚的。以后也许会有一点进步。我实在没有资格为别人的集子写序，事实上我就没有写过一篇这样的序。而且我不会写。我素来不喜欢不赞成替别人写序的办法。我自己的译著也不曾要别人写过序。所以在这上面我无法给您帮忙，请您原谅。

在上海有些作家常常替人写序，他们都比我有名。倘使书店老板出书不看内容，只看写序人的名气的话，我觉得把书给这样的书店是很可惜的。　　好祝

巴金

五月二十五日

当年，父亲刊登巴金的这篇文章，也是有一定的目的和意图的，当时巴人喜欢替别人出版的书籍写序。如《边鼓集弁言》《程造之作〈地下〉序》《小癞痢序》《牛皮阿狼序》，等等，父亲还写了一篇文章《写序世家》讥讽巴人，而利用这封巴金不替别人写序的复信，一方面表明巴金的高风亮节。另外也旁敲侧击的影射一些喜欢写序的人。说句题外的话，当前对于喜欢攀龙附凤的人，名家更应该惜墨如金才是。

《东南风》创刊号封面上的作者：辨微是著名杂文家周木斋，风子是唐弢，东方曦是孔另境，文宗山即吴崇文（《新民晚报》编辑）。《东南风》第四期《新阶段的文艺界统一战线问题》中的作者，舒湮即冒舒湮，海岑是

陆清源，名医、名作家陆士锷之子，解放后任上海文艺出版社编辑，旅冈即卢豫冬，著名杂文家。罗洪和朱雯是大家都知道的一对夫妻作家。

父亲与巴金的另外一桩交集，是在袁殊创办的《杂志》上，那是一九四二年第九卷第六期上。他写了《巴金的〈家·春·秋〉及其他》，在这篇文章中，父亲批评了巴金。首先他认为当前的青年都十分喜欢巴金，因为他有丰富热烈的感情，爱憎分明，所以能够引起读者的共鸣。然而巴金的作品的缺点是暴露黑暗多于光明，缺少正确和进步的浪漫主义气氛。巴金的性格是矛盾的，有相当的缺点，事实上我们自身的矛盾和缺点比巴金更多。有一个青年读了巴金的《死》，感到很奇怪，送了一张海上日出的照片给巴金，希望能够安慰，鼓励他。巴金表示他作为一个弱者，一定会在重重矛盾的苦斗中，成为一个强者而达到生之完成。

另外，巴金以异国情调为背景的小说，风格笔调的优美，在中国小说中是罕见的，而长篇小说就逊色得多。当然巴金的作品最受到欢迎的是激流三部曲《家》《春》《秋》。这部记载封建大家庭制度毁灭的历史，正是现代中国人所经历的，使得大家一掬同情之泪。同时人物个性描写相当成功。成为雅俗共赏的作品。不过在同类人物个性的描写上，就很难分辨出各人个性的差异点来，如觉民、琴、淑华等的个性刻画难免有些模糊。

然而利用读者喜爱三部曲的心理，故意把《家》拉长下去，这却未免是巴金的君子之过。巴金在《家》以后准备续写的是《群》，这在初版中说得很明白。事实上，《家》实在是一部结构严谨完整的艺术品。有了《家》，不必再有《春》和《秋》了。《群》将以出走以后的觉慧和他的朋友为主体去描写。可是，因为《家》

的卖钱，便不惜损害了自己的艺术。画蛇添足，堕入市侩主义的庸俗圈子。萧军曾经批评巴金有一些市侩气，但我以为这也是社会环境所造成的。正和他所具有的矛盾和缺点一样，不足以为巴金所病。这是我们所希望于巴金的。

以上这些评论，是过去作家相互之间的批评和反批评，也是文坛繁荣的一个标志。是好说好，是坏说坏，不留分寸。这种在艺术上的分歧和争论，确实在今天是值得人们提倡的。

原载《点滴》二〇二三年第四期

刘叶秋教授与父亲的交谊

"山僧不解数甲子，一叶落知天下秋"，《辞源》三位主编之一的著名学者刘桐良教授，字叶秋，以字行。生于一九一七年，一九八八年因突患心绞痛，不幸去世。今年正好是他去世的三十周年。

刘叶秋先生是北京人，家学渊源，祖上曾经任国子监训导，因此，得以居住在虎坊桥清朝著名文人纪晓岚的隔壁。他早年毕业于辛亥革命的元勋黄兴创办的中国大学文学系，受教于著名学者俞平伯的门下，并且因为经常讨教学问，两人成了忘年交。

刘叶秋教授是著名的辞书学、笔记小说、编辑学等方面的专家，曾经担任过天津《民国日报》副刊编辑，商务印书馆编审，天津南开大学兼职教授，中国楹联协会顾问，主要作品有《中国字典史略》《历代笔记概述》《魏晋南北朝小说》《中国古代的字典》《类书简说》《孔尚任诗和桃花扇》等著作。

刘叶秋幼承庭训，刻苦自学，尤其是他的祖母生性仁慈，爱人爱物，胸襟宽宏。其祖母的父亲李如松是晚清同治、光绪年间著名的文士，刘从小听祖母讲述经史，博览诗词，饱受熏陶，精通文墨。蒙学初开就在祖母的教导下，记日记、读古书、练书法、学绘画、刻印章，为他日后博学多才奠定了良好的基础。他年轻时候就初露锋芒，仿效《聊斋志异》和《阅微草堂笔记》所写的文言小说，投诸报刊，均得以发表。

一九八四年，父亲周楞伽，收到天津南开大学中文系宁宗一教授的邀请函，盛情邀请父亲出席全国第一届古小说研讨会，并且宣读相关的论文。父亲因为年老，而且耳朵自幼失聪，婉言谢绝了。不久，刘叶秋教授来了封热情洋溢的信函，盛赞父亲注释整理的明代传奇小说《剪灯新话》精湛老到，再次盛意邀请与会相聚，以免失之交臂。

于是，父亲解除了忧虑，夜间乘卧铺抵达天津，在南开大学结识了刘叶秋教授，两人晤谈欢怡。作为会议的召集人和主席，刘教授交代了这次会议的资助者，是北京的文化艺术出版社，他们想出版一套《历代笔记小说丛书》。因为笔记小说自汉魏以来，在我国的历史文化发展之中，源远流长，展现了当时社会各个层面的广泛的政治状况、思想潮流、典章制度、民情风俗及宗教信仰。是我国古代文化遗产中的瑰宝之一，值得认真发掘整理，为后来者和历史研究者提供一份资料。有鉴于此，希望父亲也能够拨冗编辑注释一本。

于是，父亲当即允诺辑佚《语林》一书，因为这是我国第一部志人小说，成书于东晋哀帝隆和元年，比《世说新语》更早，但因为当时的宰相谢安的诋毁，使得此书没有流传。而《世说新语》和《幽明录》就采袭了该书其中不少的条目，《世说新语》中曾经记载此书初出时候的盛况，"裴郎作《语林》，大为远近所传，时流年少，无不传写，各有一通"。可惜此书在隋朝亡佚，但唐宋以来的各种类书都有引征。因而编辑此书意义重大，责无旁贷。刘教授闻讯欣然抚掌，不胜感激。

《语林》在鲁迅的《古小说钩沉》中辑得一百七十余条，而父亲经过钩沉辑佚，得辑一百八十五条，多了十来条，并且以《裴启语林》的书名出版。在此书的前言部分，父亲明确指出：《裴启语林》一书补充了史书的缺漏，丰富和刻画了当时名人的言行，研究六朝志人小说的人，只知道《世说新语》，却不知道《裴启语林》，实在是数典忘祖。《世说新语》传世一千多年，经过后人的串改，已经面目全非，《语林》因为亡佚的缘故，却在类书之中保存完整，未遭篡改，足以订正《世说新语》中的谬误。

父亲落笔很快，大约在一九八五年的年初，《裴启语林》的书稿已告竣工。刘教授审读之余，对书稿大加赞赏，认为改正了不少前人以讹传讹和妄加篡改的地方，注释也十分精湛，尤其是前言对鲁迅先生辑佚的得失，评价公允得体。

古小说研讨会期间，刘教授还向父亲了解上海能够整理古籍的一些专家，打听一下他们是否有空注释编辑一部古小说，父亲向他推荐了何满子、钱伯城等名家，并且答应回沪以后，代他向他们约稿。可惜，这些人都因为琐事缠身而未果。

会议期间，父亲向他们介绍了过去和陈伟达的交往，以及和天津警备司令方之中在三十年代一起办刊物，写文章的往事。大家听了，都颇感兴趣。尤其是陈伟达同志，当时正担任天津市委书记。抗战期间，在上海暨南大学就读的时候，是上海学生抗日救亡协会的领导人之一，曾经和他以及范泉、钱今昔一起办过刊物，也可以算是老朋友了。刘教授当即请父亲写信给陈书记，邀请他莅临南开大学，争取在古小说研讨会上指导讲话。最后，因为陈伟达去北京开会，公事繁忙等原因，未能出席，但他却给父亲写来了一封热情洋溢的信函。内容如下：

周楞伽同志：

　　您好！惠书收到，迟复为歉。

　　听南开大学宁宗一同志说，您年逾古稀，但思维敏捷，身体康健，且著述甚丰，实为我国古文学界之幸事。

　　来信溢美之词，当归党的三中全会路线正确。您所提建议，我已向报刊发行部门提了要求。

　　老同学一别四十余载，愿下次来津时能见面叙谈。

　　　谨颂

夏安

　　　　　　　　　　陈伟达（在上海是用王经纬）

　　　　　　　　　　一九八四年七月三日

　　会议期间，刘叶秋教授得知父亲长期患有胃溃疡，多次叮嘱食堂多煮些稀烂的面条，给父亲食用。早饭，天津人爱吃火烧，他又关照伙房，每餐必备一些松软的馒头和花卷。会议结束，他又嘱咐同路返沪的李剑国教授，路途多多照顾父亲。

　　父亲在古小说会议上宣读的论文，后来，经过我整理和打印，通过上海师范大学教授孙逊先生的帮助，在上海师范大学的学报（哲学社会科学版）二〇〇四年第二期上发表，发表时的题目为《中国小说的起源和演变》。

　　　　　　　　原载《钟山风雨》二〇一八年第五期

冒舒湮给周楞伽的几封通信及注释

楞伽我兄：

久未通问为念。时于期刊上拜读大著。足下写作之勤不减少壮，弟衰惫，何胜钦佩！前收到尊著，致谢。我国古典文学如无诠释，势必失传。青年理论水平低于往时，亦时代使然。兄等重任在肩，教诲后学，义毋容辞。前览杭大徐溯方、杨笑梅诸君校注的《牡丹亭》，亦颇见功力，至性尧兄之《新注唐诗三百首》，更嘉惠士林，启迪后进。毋怪其会畅销也。弟以为兄嗣后宜着力古典名著之校注，以短文为闲笔可矣，未谂妥当否？

弟入夏以来，因心肌供血不足，赴海滨疗养。上月下旬始返京，至今时感胸闷头晕，一直在家休息。偶有涂鸦之作，亦因"气候"关系，未便刊登。

柯灵兄等主编《抗战时期上海文学丛书》闻实际负责者为沪社科院文研所，该所曾来信编稿，弟当时以所撰散文，大都无保存价值，随写随弃，只有长风书店出版之《万里风云》（笔名"江上青"）蒐集若干通讯报道，拟选其中一部分汇编付之。但该书出版未几，即被租界当局查扣，不久渝国民党图书杂志审查会又通令查禁，是以流布在外有限，弟至今手头亦无片纸，曾托人向上海图书馆及北京图书馆多方查询，均无此书，目前唯一办法只有请留沪老友帮忙，试以检阅私人书匣中尚有幸存之孤本否？兄当时在沪，是否庋中藏有是册，其他文友处，便中请一询之。（性尧兄函收到，云藏书大都于"文革"时散失。）弟沪上友人虽尚不少，但多年甚少通信，长风老板徐启堂闻已故，当时介绍该书出版之黄峰亦不悉其下落。兄熟人甚多，与文坛亦多往还，只得以此来信相恳，叨在数十年老友，谅或不见却也。

近有何撰述？

匆问

文祺，并俟　回函！

弟　　舒諲

一九八一年九月十五日

附笺：请查明柯灵兄住址，并请加封代为府邮，并告我地址，至感。

按：冒舒諲先生是中国早期的戏剧家、电影评论家、现代作家，明末四公子冒辟疆的后裔。父亲和冒舒諲相识在一九三五年初春。当时国民党上海市党部整理委员，电影演员姜克尼介绍父亲周楞伽，参加编辑《文艺电影》，并且因此认识了《晨报·每日电影》的主编姚苏凤和特约撰稿人冒舒諲，抗战爆发，父亲和投机书商李铁山一起南下广州，准备开辟新的发展天地，不料，和冒舒諲不期而遇，于是，一起冒着大雨去新华电影院看了《台儿庄歼灭战》，还经常在永汉南路浏览，购置书籍，成为了一对好朋友。上海沦为"孤岛"以后，父亲返回了上海，冒舒諲也才从延安考察归来，从《文汇报·世纪风》编辑柯灵处，了解到父亲的地址，前来拜访，于是两人又经常在一起饮酒喝茶。同时在座的常常有话剧演员冷静，但后来，冒舒湮始乱终弃，去了重庆。这段经历，冒舒湮先生自己也在晚年的著作《微生断梦》之中，追悔不及。当时的冷静痛苦万分，到父亲工作的《小说日报》前来哭诉，造成了父亲对冒的极端不满和愤慨，于是，在《小说日报》上写了一篇骈文，予以断交。直到一九八〇年《新文学史料》第二期发表了父亲的回忆录《回忆谢澹如同志》以后，冒才来信恢复了过去的友谊。信中提及的黄峰是邱韵铎，左联的发起人，创造社的小伙计之一，当年他也在广州，三人经常来往，解放以后黄峰在重庆的出版界工作。现在，将父亲当年发表的那篇骈文转录如下，以飨读者：

莲娘来，为道施某负心，始乱终弃事，闻之怒不可遏！施某亦吾友，其人恂恂儒雅，饶有书卷气，初不料乃属登徒流亚，暗室欺心，至于斯也。惜其人今远在韶关，乃不能唾其面而数之，送莲娘去后，余怒犹未尽平，遂以治稿余暇，试为骈体文，作于施某绝交书曰：

"施某足下：握别以来，倏又数月，缅怀往昔，感慨良深！始仆以足下为知己，是故薄游羊城，追踪旧雨，披肝沥胆，俨然管鲍之交，置腹推心，再订缟纻之雅，两心相契，一无间言。迨夫申江返棹，重契苔芩，倾盖言欢，班荆道故，慨遭时之不造，忧家国之多艰。孤岛索居，形同禁锢，海隅寄迹，莫奋孤忠，爱借酒以浇愁，效刘伶千日之醉，复瀹茗以解闷，生卢仝七碗之风。等是涸辙之鲋鱼，江湖难得，遂谋煦濡以沫湿，勉竭驽骀。借著以进一言，旧藁半交剞劂，前席而介片语，新著尽付梓人，此仆之于足下，不无微劳足录也。原夫朋友相交，正其义而不谋其利，同辈互助，明其道而不计其功，此乃为人小节，原难期乎苟同，纵令荃察中情，亦未望夫报答。然而亢口所以建文明，革命所以求进步，作百川之屏障，挽狂澜于既倒，同属时代之宠儿，敢辞艰难之缔造，仆所愿与足下同勉者此也。何图足下貌似圣贤，行同狂且，采兰赠芍，惟思桑濮之行，握雨携云，竟赋高唐之梦，窬墙而搂处子，色胆包天，巧言以欺蛾眉，斯文扫地。不思矢一不二，宋弘不负糟糠，竟而蛇尾虎头，韩寿窃偷香泽，始乱终弃，王魁竟负桂英，送旧迎新，登徒原具别抱。剧怜伶仃弱质，负屈难伸，薄命青鸾，谁呼将伯？等齐妇之含冤，类西子之蒙垢，绮情重忏，泣残杜宇声声，庚癸频呼，难诉愁肠乙乙。凡属含生负气之伦，畴无披发撄冠之慨？足下名门之后，阀阅世家，不思作扬名显亲之图，乃为此蹂玉躏花之举，正义之感何在？战士之风何存？遑云名士风流，实属作奸犯科！仆自束发受书，粗知礼仪，弱冠橐笔，欲靖时艰，惟求人类之光明，不辞微躯之尽瘁，今足下所行所为，乃与仆背道而驰，此非仆之绝足下，实足下自绝于仆也。嗟乎！知音难得，徒美伯牙之摔琴；志趣不同，惟效管宁之割席。愿移孔稚圭北山之文，刊刘孝标绝交之论。而今而后，浮沉异路，永离绝矣！横竖为书，不复求文。华严谨白。"

书虽成而未寄，盖一则施某远在韶关，二则下走宅心仁厚，实不欲予人以难堪。昔人诗有"惟有潜离与暗别，彼此甘心无后期"之句。予以为此实绝交之妙法，今予与施某，亦惟有潜离与暗别，彼此永无后期而已。

第 二 封 信

楞伽吾兄：

示悉。原以久未示及，甚为挂念。今奉手教，洋洋洒洒，俱见为弟恩托之事，多方查询而无着落，至感隆情。目前出版界不景气现象，诚如所谈。固然书刊太滥，个人精力财力有限，看不过来，实质是一般人精神空虚，追求刺激。而且青年受十年内讧影响，思想水平与文化水平均低，有人竟然不知道辛亥革命为何事。有人讲句笑话，看了电影和戏剧，竟以为是小凤仙促成和领导反袁护国斗争。不知有汉，遑论魏晋，出版社因为正经书赔本均不出。夏间在青岛见新华书店设摊售降价书，凡学术专著，古典文学，不少廉售三四折。臧克家新出的诗集一元卖三角，尚无人问津。《当代》原为畅销杂志，过期减售至六折……有些没有奖金的文教单位，如北京图书馆竟然以文献出版社的名义，印售《宋宫十六朝演义》等通俗小说，以此收入，作为职工的福利金，可悲也。

嘱询《新文学史料》事，经过电话该刊李启伦。据答：因来稿多而人手有限，致有积压，该刊是史料性的，时间性不强，有时要凑集数篇同类性质的文章一块发表。尊稿已交查，至于赠书事，亦允将第三期补奉云。

江上青《万里风云》一书，据北京图书馆查及，国内仅重庆市图书馆有藏本，大约即国民党所检扣充公移交图书馆者。盼查各家存书已经无望，沪上私人中或有收藏者，一时也不易找出。请兄便中留意一询是感。

匆及，只盼

著安！

弟　舒湮

一九八一年十一月二日晚

按：父亲的文坛回忆录《回忆谢澹如同志》在《新文学史料》上发表以后，还曾经写了两则文章寄给此刊。但一直没有发表，而且，外界传说，他的回忆录不实，使他非常苦闷和愤忿，尤其是回忆他在胡也频编的《中央日报》副刊《红与黑》上发表文章时，拜访胡也频和丁玲的往事极具史料价值，可惜一直没有发表。信中催问的就是这篇稿子。父亲去世以后，我在出差的时候，也去过朝内大街的人民文学出版社，想要回那几篇稿子，可惜编辑告诉我，已经丢失了，那时，还没有电脑，文章全靠手抄，也没有保存底稿，所以这是很遗憾的事情。那么，父亲的文章为什么不能发表了呢？最近，我在《上海鲁迅研究》上，找到了答案。原来是《新文学史料》的顾问楼适夷反对的缘故。他在给赵家璧的信里提及，《新文学史料》里发表了周楞伽的文章，楼很不满意，信中提及："最近周楞伽又出来活动了。那几天，他正在生病，没有看样稿，竟然被他漏了过去，今后，绝对不会再发他的文章。"

另外，楼先生还给当时上海社会科学院文研所孤岛文学组组长，上海鲁迅研究专家陈梦熊写过先生一封信，这封信主要是他作为人民文学出版社的社长身份回忆孤岛文坛的，这信是在一九七九年二月发出的，其中谈到上海"孤岛"时期，文学界的现状，专门提及当时由王任叔（巴人）牵头组织的"文艺座谈会"的活动。其中参加者有满涛、林淡秋、钟望阳、姜椿芳、柯灵、唐弢等人。当时斗争的对象有胡山源、周楞伽、张若谷这班家伙⋯⋯

据我知道，胡山源当时是与有国民党中统背景的詹文浒交往，而被认为与中统有染。另外，他创办了一本《红茶》的杂志提倡闲适和趣味，来消磨人们的抗日斗志而备受攻击。父亲周楞伽是因陈蝶衣的介绍，受国民党"三青团"宣传部长毛子佩的邀请，主编《小说日报》第一版，由于又曾在《鲁迅风》上撰文指责巴人的作品是"抗战八股",遭到了新文艺界的严厉批评。王任叔写了万言长文《展开文艺领域中反个人主义的斗争》,重点批判的对象就是周楞伽与徐訏。张若谷过去与鲁迅曾有论争,是鲁迅计划写作的《五讲三嘘集》中的人物之一,他编辑的《中美日报》副刊《集纳》,在当时环境下有着特定的倾向与立场。

这里我不想为尊人避讳,在当时的历史条件和背景下,父亲脱离进步的文艺界,转而和小报界同人沆瀣一气,所造成的影响自然是恶劣的。不过,由此我也产生了几点感想想公诸于众。

首先的一点是,抗战爆发后,是国共合作时期,即使这三个人都参与了有国民党背景的报刊编辑,也不至于成为进步文艺界斗争的主要对象。大敌当前,斗争的主要锋芒应该指向汪精卫之流。回想五四以来,文坛纷争不休,左翼文坛也存在内部矛盾,各类文艺论争,批判运动接连出现,直至"文革"浩劫。

楼适夷是我尊敬的长辈,若能有海纳百川的胸襟会更好。否则,《新文学史料》或许难以全面展现文学全貌。最可惜的是,当时张爱玲曾经给父亲来过四封信,父亲一直想写文章回忆此事,考虑到没有刊物可以发表,就此作罢。这是十分可惜的事情。

第 三 封 信

楞伽兄:

四月二十六日手示知悉。兄于忙迫中抽出作出如此详细答复,至感厚意,且记忆力如此强健,作书一笔不苟,成为排印之三号字体,足见精力充沛,目力腕力一似年少,此乃长寿之征兆也!来信所云种种,经覆按当时的报刊,大致吻合实情,兄之博闻强记真是惊人。

现有下列诸事求教：

（一）左联发动众多力量从事影评，一时包罗夏（夏衍，整理者按）、郑（郑正秋）、钱（钱杏村，阿英）、陈鲤庭、赵名彝、林林、欧阳山、司徒慧敏、许幸之、章泯、王尘无、宋之的、柯灵、张庚、袁文殊等人，何以重视此项工作如此？

（二）夏文中多次提到初期的《每电》（指《晨报》副刊《每日电影》），实际是由党员负责的（指一九三四年春夏之间），故我文把《每电》之进步作用亦以此划线，而不及嗣后的演变，《大地》（指《人民日报》副刊《大地》杂志）自行将之列入纪念左联栏中，夏公亦见此文，未对我提出意见，拙文标题是出自编者，故贤明如兄者亦难免误会。因此我早有意写一续篇，记该刊后来转而沦为软性论者主要阵地的经过，以及双方论争之焦点，以显示全貌，适逢《年鉴》（指《中国电影年鉴》）也有这需要。我昨日晤黑婴兄（张又君），他原在《光明日报》编《东风》因年老退居二线，据他说，软性论者内部也复杂，不可一概而论。刘呐鸥办过水沫书店，出过进步书籍，翻译过弗里采的《艺术社会学》，同左翼素有往来，但此人实系台湾人，向与日本关系密切。穆时英在光华大学时是左翼作家，写过《南北极》，很有文学才气的，何以忽又赤膊上阵，甘当反共急先锋。叶灵凤是"现代派"，……曾经参加记者团回来观光过，闻已去世。"江兼霞"即叶和戴望舒、杜衡、施蛰存等在《现代》上的共同笔名，至于黄天始，是个糊涂人，未必有政治色彩。真正与国民党有瓜葛的是姚苏凤。克尼一度参加改组派（汪精卫）故当过县党部监委，不久脱离，抗战时期一直经商，解放后在天津外贸部门工作。于一九七四到一九七五年间因癌症病故。另一被鲁某（指影评人鲁思）指为软性绅士的钱台生与流冰，实际是冤枉了人，流冰姓孙，是党员，现任广东哲学研究所副所长，何致与软性论客合伙！我最近检阅《民报》，其立场固在维护左翼，而有的人思想上犯了严重的左倾幼稚病，十足的机械唯物论（以鲁某为典型），即尘无的杂文也是谩骂，秽语连篇，不足为训。我不为《每电》溢美，亦无必要为极左思潮辩护也。（夏衍在几次报告中也自承当时受左的思潮影响）

（三）兄当时确用过苗圩笔名在《每电》上写文章。史枚与枚史之论多，发生于一九三四年四月，兄以枚史笔名写的《答客疑》（一九三五年四月十八日至一九三五年四月二十七日），首段即以"机械唯物论者"为小标题，提出"今日中国进步电影有两方敌人。一是软性论者，一是机械论者。前者不堪一击，而后者势力不容轻视，密布各副刊，阴谋中伤，造谣诬蔑更是他们的惯技"。（大意）同时，孙流冰也说，"号召叫人去当东北义勇军的，自己自然不会去做，因为他们明明知道这是骗人的呼喊……"云云。我在一篇杂文里，也指出：躲在租界里写些似乎慷慨激昂的文章换稿费，如鲁思之流。题目《锐然的影评人》（刊《文艺电影》），也指出有人"把标语口号像百灵膏似的到处贴上去……用几个现成的公式，他们有的是大帽子，往人头上套去"。因此，鲁某之流也把我们列入"软性阵营"了。的确，我当时对机械论者的狂妄自大，唯我独左是有反感的，但不能因此而唱对台戏，客观上为软性论者助长声势，混淆了敌我友。我自认居中间，以致两面受敌，心中苦闷，不得不于一九三五年五月退出并且离沪了。但这段我不点出作者名字，仅记其事而已，尊意以为可否？

（四）穆时英在后期直言不讳，提出消灭"文化红军"的口号（《檄文》一九三五年八月二十四日，《每电》），即所谓"文化围剿"也，当时我早脱离《每电》，不在上海了，软性论客中，以穆的反动最为露骨，他后来又参加汪伪政权被暗杀了。

（五）克尼主编的《文艺电影》资方不是"国民党政客"，据我了解是两个小开季仲燕、邵湘舲，他们何以约克尼接办而排挤凌鹤、唐纳，以后续刊仅两期又忽停刊？徐懋庸是克尼在"劳动大学"的同学，执笔人李辉英、叶君健、沙汀是否通过徐之介绍？兄亦列名七编委之一，当了解更多。

（六）我于一九三四年六月去青岛谋事未就（市立中学约我教初中），归来以后，姚苏凤挽我协助其编务，实在是挂名，姚一手包办，我写稿不给稿费，按月支五十元作薪金。当时与萍华（东吴同班）商议是否就任，他与宋之的谈后，认为退出阵地可惜，应该站在岗位上与软性论斗争，并且拉了宋之的和沙汀（有可能即文研所的四川作家沙汀，因《文艺电影》上也有他的文章，《每电》上多次发现署名沙汀的影评）支持供稿，而兄是克尼推荐的，我这才有胆量接受姚的邀约，但以后箭簇旁及我身，我自忖何必为姚分谤，我与姚发生矛盾，即步兄与萍华之后，于五月退出了。看来，这一段和兄所云，由李辉英问徐懋庸是一事抑两事？盖我参加《每电》在一九三四年九月，克尼接办《文艺电影》在一九三五年二月，时间相隔半年，而经过又几乎完全相似[又鲁思有一文记《艺社》事，将大名苗埒括弧（周木斋）之误]。

宗彬夫人现名朱涵珠，已经退休，其子朱雷任武汉大学历史系讲师，其女朱虹任外文系讲师。

先父译著出版事，春节前由上海古籍出版社主动提出的，杨友仁兄知其事，刻未闻动静，故恳兄便中了解一下究竟，拜托拜托！

小款随章。

切盼明年大驾北游快晤，弟如身体好转（四月间冠心病连续发作四次），拟十月南来小驻，正办离休手续，如果批准即可成行。近日宿疾稍稍缓解，原拟住院观察一个时期。住院如软禁，远不如家居自在，非不得已不上圈套也。匆此

著祺

弟冒舒湮

一九八二年四月十四日灯下

按：《晨报·每日电影》发刊于一九三二年七月八日，它是以"中国电影艺术研究会"的名义编辑的，共有十六个发起人。大多数是潘公展的手下，另外还有旧派文人严独鹤、周瘦鹃、姚苏凤，责任编辑是姚苏凤，挂帅人物是洪深，不久，因为发表了《我们的陈诉》，遭到了南京卜少夫的指责。于是，夏衍、郑伯奇等人退出了这个阵地，改由宋之的和刘群（萍华）接替。一直到一九三五年夏天，才由"软性电影"的论客刘呐鸥、穆时英，现代派文人叶灵凤掌握。

《文艺电影》早先是由石凌鹤和唐纳编辑的，后来他俩和老板发生了矛盾，遭到辞退。姜克尼邀请父亲和黑婴编辑文艺版，父亲征求了李辉英的意见，他建议在保护色之下办成左翼同人刊物。为了征稿，父亲从《新中华》杂志的编辑钱歌川处找来了大批作者的地址，按图索骥的去信索稿，不久李辉英、何德明、予且、伍蠡甫、宋之的都寄来了稿件，李辉英还转送来了欧阳山、

沙汀的稿件。经过相当时间的准备，《文艺电影》终于隆重推出。徐懋庸和姜克尼是劳动大学的同学，但徐非常看不起姜，一天，姜克尼与父亲一起乘了出租车去拜访徐，徐竟然避而不见。后来，他听说父亲在编《文艺电影》，才托李辉英转交来一篇散文《饭》。《文艺电影》革新版，只出了两期，就停刊了。但父亲和姚苏凤却交情不散，时不时在他编辑的《晨报·每日电影》上撰稿。

《新女性》电影放映以后，父亲针对影片中女主角韦明以自杀为结局，单纯暴露黑暗势力的情况，在《晨报》上发表了《新女性评》的文章，反对当时那种只暴露不批评，徒然使人产生悲观失望情绪的电影。正巧宋之的也有一篇文章谈到《新女性》，于是，唐纳以编剧孙师毅的辩护人自居，在《民报·影谭》上著文反驳，他从宋之的的文章出发，将矛头直指父亲周楞伽。结果在一九三六年围绕电影《新女性》，展开了一场轰轰烈烈的大论战。针对史枚（后任《读书》杂志主编，据叶永烈著的《江青传》中的介绍，他是隐匿在唐纳家的地下党员佘其越，和马季良在写作时共署一个笔名唐纳）在《民报·影谭》上的《答客问》，父亲用笔名枚史（颠倒姓名，针锋相对）写了万言长文章《释客疑》，予以反击。文章强调："今日中国进步电影有两个虐害的大敌人。一是软性论者，一是机械论者。前者不堪一击，后者密布各报副刊，阴谋中伤，造谣污蔑，更是他们的惯技。"这场笔战延续了一年，后来在《救亡情报》的主编刘群女儿的满月酒上，唐纳和父亲共同举杯，浮一大白，才了却了恩怨。苗坪是父亲的笔名，不是周木斋。后来，冒舒湮先生在给上海《世纪》杂志撰文时，又将他误忆成是周黎庵，不知道是什么原因。

第 四 封 信

楞伽兄：

多日未通音问，时见各地学报目录刊有大著篇名，可惜未及拜读也。（邮局不零售）故人朱宗彬（萍华）之遗孀及遗孤去冬在京，曾走访，询及当年故交尚有谁健在，弟即举大名见告。总彬夫人原任武昌区委区长，已退休，一子一女均在武汉大学任教（留苏）。弟去年为《新文学史料》写稿，翻检旧报，曾在《文汇报·世纪风》（一九三八年九月二十四日）见到兄的旧作《怀亡友刘群》一文，即指宗彬也。

现有一事奉读：《中国电影年鉴》约我写文，谈当年软性电影论争的经过。弟检当时上海《晨报·每日电影》见一九三五年初，兄曾以苗坼的笔名发表文稿多篇，弟现在记忆不清，兄为《每日电影》写稿是否姜克尼介绍（克尼已于年前在津病故）抑谁之关系？自夏衍等在一九三四年八月退出《每日电影》后，弟约宗彬为该刊经常撰写评论，宗彬代约宋之的，沙汀（是否今文学研究所所长一人）等写稿。这一阶段（即与软性论者之斗争）的情况，据兄回忆，有些什么事情可谈的，弟于一九三五年夏因软性论者之盘踞，姚苏凤之右倾色彩日益暴露，即行退出。嗣后亦不见大作在该刊上发表了。有一篇报道云：我曾将苗坼的一封信面致萍华云云，时隔多年，这究竟是什么信，已经毫无印象。兄能忆及否？

总之，希望兄能够将记忆所及有关萍华、宋之的、沙汀与《每日电影》的情况，从速函告，因年鉴限定五月初即截稿，弟的稿子已初步写出，专候回函补正也。拜托拜托！

先严遗著已由上海古籍社编辑部编出一个集子，是该社自己办的，舍侄曾看见选目。不知此事进展如何？便中请探询一下为荷！

　　匆问

撰安

　　　　　　　　　　　　　　　弟　舒湮

　　　　　　　　　　　一九八二年四月二十一日

　　按：萍华的遗孀朱涵珠在"文化大革命"中受到冲击，当时我的一个表姐夫，叫吴泰成，在一九六七年曾经来信向父亲询问她的往事。父亲严肃地回信给他，告诉他，她的丈夫朱宗彬是一个正直的革命者，叫他不要随便去揪斗别人。

　　冒先生提及的那封信，估计是当时《每日电影》正登载穆时英的一篇长文，为软性论者张目，宋之的很愤慨，叫大家都不要为《每日电影》写稿。当时，父亲正和唐纳笔战，少不了这块地盘，所以，当面不好意思拒绝萍华和宋之的。事后婉转的写了一封信，托冒舒湮转交给刘群。表示自己仍然要为《晨报·每日电影》写稿。

　　　　　　　　　原载《芳草地》二〇〇六年第十二期

父亲与郑逸梅的交谊及通信

大约在一九八一年年底，父亲周楞伽曾写给文史专家、补白大王郑逸梅一封信。写信的缘由是当时郑逸梅曾介绍河南《今昔谈》编辑沈伟方来访并约稿。于是，父亲在去外甥家茶叙途中拜访了郑逸梅先生，事后，父亲想起之前的种种旧事，心情难平，坐在写字台前深思良久，写了四首七绝以赠郑老。我在整理他的旧物时，不经意中发现了它，觉得这是文人之间的交谊，也是一段文史佳话。于是将他的信函和手书的旧体诗一并写将出来，以便留存后世，供治学诸家及爱好者哂阅。

父亲给郑逸梅的信件内容如下：

逸梅先生座右：

元旦午后，弟应舍甥之请，往曹杨新村茶叙。归途趁（乘）六十三路公共汽车，终点站距尊寓不远，故便道奉访。时已薄暮，未克畅谈，颇以为憾。弟过去所辑刊物均如执事之所遭遇，即发表弟作品之刊物，亦一无存留，所存者胥属古籍，故无法应命，至歉。天笑（包

天笑）先生噩耗已由澹翁（陆澹安）告我。寿达期颐，亦邦家之瑞也。附奉拙作《江南杂咏》四绝，尚希哂正，专此布覆，顺颂

年厘

弟周楞伽顿首

四首七绝如下：

江 南 杂 咏

一

买田阳羡东坡隐，
射虎斩蛟是吾先。
犹忆荆溪垂钓乐，
飘零书剑几经年。

二

故乡第二是苏州，
软语吴侬水样柔。
一种风情忘不得，
兰桡载酒五湖游。

三

鼋头渚上快登临，
山色湖光慰素心。
欲效黄州片帆去，
渔樵鸥鹭日相亲。

四

余杭名胜是灵隐，
万壑千岩泉树萦。
无处重寻苏小小，
惟睹柳色傍山青。

　　父亲和郑逸梅的交谊颇深，来往大约始于一九四〇年秋。当时，因为陈蝶衣患病住院，父亲受毛子佩的聘请，担任《小说日报》第一版主编，从此，有了邀约稿件方面的来往。一九四三年一月，父亲编辑综合性文艺刊物《万岁》，向郑逸梅约稿。他寄来了《梦余漫札》的散文，谈到的也仅仅是一些生活琐事和文坛掌故，和他平时写作的补白文章类同。蝶衣和平襟亚创办《万象》杂志的时候，曾经设宴邀请一批作者吃饭，父亲和郑逸梅同在被邀之列，说明他们之间碰头的机会不少。

　　二十世纪六七十年代，由于众所周知的原因，文艺界的人士大都不再来往，以避免不必要的麻烦，但相互之间的情况还是了解的。后期，父亲患上老年性痴呆症，病卧床榻达两年之久，郑逸梅还是知晓父亲的一些情况，并在他著的《艺林散叶》（正集），第三百〇四页三千九百三十五条中记叙道："周楞伽于四凶横行时，伪装精神病，卧床数年以避祸。"可见他们之间的笔墨友情。之外，尚有着相互关爱的同好之情。

原载《世纪》二〇一二年第六期

一九三九年春，父亲周楞伽通过《文汇报·世纪风》编辑柯灵结识了金性尧。后来金性尧主编《鲁迅风》，父亲在《鲁迅风》《东南风》等报刊杂志上，与巴人（王任叔）因"抗战八股"和"无关抗战"等问题，展开过一场范围广泛的笔战。

巴人与父亲相识在一九三五年，是经过东北作家李辉英的介绍认识的。他们在一起打过几次麻将牌，巴人还在家中设宴招待过大家。后来巴人还到父亲寓居在南京路的大沪大楼来拜访过，当时先施公司的屋顶花园游乐场正在演戏。锣鼓声大作，巴人曾经笑谑道："你的成功全在于耳聋，能在闹市中取静，我若住在这样的闹市中，恐怕连一个字都写不出来。"《鲁迅风》创刊之前，由柯灵主编的《文汇报·世纪风》，倡议举办过一个作家聚餐会，父亲和巴人也经常在一起喝酒交谈。

然而，时隔不久，在《鲁迅风》第十二期上，父亲用苗埒的笔名发表了一篇《从"无关抗战的文字"说起》的杂文，内中有这么几句话深深刺激了巴人：

但我对于巴人先生的意见也有一点要补充，希望于"抗战八股"之外，能够注意到更深入与提高。

这时倘还坚持"抗战八股"不思艺术底地深入与提高，未知将何以理解事物本质底矛盾的发展的法则。

巴人先生在尚未能确切断定自己的文章必能下乡之前，实未可以老百姓还需要为辞，不思把握工作的对象，去加以深入与提高。

这些话惹恼了巴人，于是双方开展了一场笔战，父亲当时曾经多次写信给《鲁迅风》的主编金性尧，要求发表他反驳巴人的文章，却多次遭到金的拒绝。一怒之下，父亲与文宗山（即吴崇文，解放后在上海《新民晚报》工作）创办了《选萃》月刊和《东南风》杂志，连篇累牍的发表文章反击巴人。这几封信件就是当年写给金性尧的。

因此对王任叔更加不满。于是就有了前面提及的在十二期《鲁迅风》上批评巴人的文章。不料却因此掀起了上海文艺界的一场轩然大波。一方以巴人、蒋天佐为主，一方以周楞伽、徐訏为主。双方各持己见，大张挞伐。以致《鲁迅风》主编金性尧不堪烦劳，辞职了事。

现在将父亲当年给金性尧的这些信略加注释，目的就是为了使大家更加了解当时的情况。

一

性尧吾兄：

迭奉手教，敬悉一是。《鲁迅风》二期并收，久思动笔，只缘近来忙懒加甚，致迟迟未有报命，良用歉然。昨日复偶撄小极，胃脘作痛，颇苦伏案，已嘱柯灵将《世纪风》存稿任择其一交吾兄发表。吾侪交非泛泛，且我亦龙华会上人，决无什么不同意之处也。恐滋误会，特扶病握管，申明一二。《鲁迅风》以后仍盼续寄，一俟贱躯略觉轻松，自当源源贡拙不误。敬布腹心，诸维谅鉴，专覆。顺颂

俪安

弟　周楞伽顿首

一月廿五日

　　胃脘作痛：父亲常年患有此病，晚年就是因为胃出血去世。

　　龙华会：清末浙江的秘密会党之一，会众达数万人，后经陶成章改组，成为光复会发动武装起义的骨干力量。

二

性尧吾兄：

　　久违雅教，无任驰系。近维春深绣幔，伉俪谐燕婉之欢；笔走龙蛇，文字增珠玑之价。下风遥祝，允符私颂。弟常年作客，到处因人，人似死灰，形同槁木。愁闻鹧鸪之声，乡关何处？爱吟放翁之句，九州孰同？乃蒙不弃葑菲，时投桃李，每周来《鲁迅》之风，握管惭刍荛之献。盖昔如何涓，赋一夕之潇湘，今则潘纬，吟十年之古镜。对客挥毫，秦少游流风不作；闭门觅句，陈无已腹负空嗟。凡此皆属实情，并非虚话。乃中情未蒙荃察，绿衣忽断好音，秋水望穿，良风不至。在他人或反喜逋负之轻，而弟则转增鄙吝之气。爱抛断烂之砖，期引无价之玉。辟"抗战无关"之论，势夺"教授"之"秋"魂；作深刻批判之谈，气吞《宇宙》之《风》度。大类初生之犊，妄效吞象之蛇。倘不欲以覆

瓻之作，重苦梓人，则请葬字纸之篓，再谋獭祭。专此
布臆，顺候

俪祉。

弟　周楞伽拜启

一九三九年三月十日

久违雅教，无任驰系：客气话，意思是很久没有收
到你的来信，私下一直很想念你。无任，意即非常。

春深绣幔，伉俪谐燕婉之欢：春天来到了夫妇下榻
的绣帐，同效于飞之乐，一定很愉快吧。

愁闻鹧鸪之声，乡关何处？爱吟放翁之句，九州孰
同：听到鹧鸪的鸣叫，自然会思恋家乡。吟诵陆放翁的
诗句，却不见神州统一。

不弃葑菲，时投桃李：葑菲即茭白的根茎，味略苦。
本意是指夫妻相处，以德为重，不能够因为女子颜色衰
退而遗弃。这里是指自己没有出息，如同葑菲，却没有
遭到唾弃，还时常收到金性尧主编寄来的《鲁迅风》杂
志。但惭愧的是自己一直没有奉献好的文稿发表。

盖昔如何涓，赋一夕之潇湘，今则潘纬，吟十年之
古镜：何涓，唐代诗人，原籍湖南湘潭，才思敏捷，业
辞。尝作《潇湘赋》天下传抄。潘纬，北宋诗人，秦少
游国学同时者，有古镜诗著名，或曰："潘纬十年古镜
诗，何涓一夜赋潇湘。"（见《升庵诗话》）

对客挥毫，秦少游流风不作；闭门觅句，陈无已腹
负空嗟：秦少游即秦观，北宋诗人，苏门四弟子之一，
有《淮海集》传世。陈无已即陈师道，北宋词人，江西
诗派三宗之一，熙宁十年与苏轼相识，交谊由此开始，
人称"闭门觅句陈无已"，这里作者暗指自己学识空乏，
难有佳作奉献。

中情未蒙荃察，绿衣忽断好音，秋水望穿，良风不至：内心的衷情未蒙谅察，绿衣人突然断却了书信，使得我秋水望断，也不见《鲁迅风》的来到。

他人或反喜逋负之轻，弟则转增鄙吝之气：其他人恐怕会产生从此可以卸却文债的轻松，然而我却反而会鄙吝他们。

写来一篇有关"与抗战无关"的批判文章，意在夺梁实秋先生的魂魄，也意图气吞风行一时的《宇宙风》杂志：这恐怕也是初生牛犊不怕虎，妄效蛇吞大象的行为。表示自己的文章类此举动梁实秋曾提议应该写些无关抗战的文字。

倘不欲以覆瓿之作，重苦梓人，则请葬字纸之篓，再谋獭祭：覆瓿即倾倒的酒器，梓人即木工，獭祭即堆积典故。意思是如果不因为我的文章如同倾倒的酒器，不堪入目的话，就请予以发表，免得让我重新当一次木工，再造楼台。否则，就请扔进字纸篓，让我寻思谋篇，重新再写文章吧。

三

性尧吾兄：

手教敬悉，拙作稍后刊载不妨。惟文中末段稍有涉及巴人处，然此乃勉励性质，与一般妒忌中伤者不同。弟对巴人始终敬爱有加，惟其爱之深，故不觉责望之切，今颇恐因此引起误会摩擦，请兄再看一遍，如觉无妨，可照登，否则请于刊登时稍加删改为感。

下月起，弟可多多为《鲁迅风》写些散文，决不失约。惟有一事须询吾兄者，即《鲁迅风》之发行人来小雍，是否即《自学旬刊》之编辑人来复，亦即以前为小报界中之来岚声？以《鲁迅风》之编辑人为小报界之冯梦云推断，似必属此公无疑。弟去岁由粤返沪，即遇此公于沪上，当时曾约弟写一文艺理论小册子，据说拟出一套丛书，每册约三万至四万字光景，稿费每千字二元，先付稿费三分之一，并请弟代邀文化界诸名家。弟素以诚意待人，故未之疑。当即为代邀任叔、景深、唐弢、黄峰诸兄，不意此公过河拆桥，目的不过欲利用弟为媒介，以与文化界联络，既遂其愿，忽将出版丛书计划根本打消，而另出《自学旬刊》。然弟已将该文艺理论小册子全部写成，所费时间在一月以上，当然不能受此无谓损失，故即与之理论，并将尚为代约他人，不能代人受过之意告之，讵此公出言不逊，弟乃负气与之割席。后一度遇之于京城茶室，询其究竟如何办法，亦无确复。弟当时本拟将所收三分之一稿费当面掷还，然细思殊不甘心，且觉其行为可恶，遂权为扣留，以观其后。荏苒半年，此公竟音讯杳然，似欲以不了了之。然弟平生不取非义之财，三十元至今尚原封未动，欲待其出而解决，今生恐已无望，不若由弟自出解决之为愈。故今特函询吾兄，如《鲁迅风》之发行人果为此公，则弟现有一解决办法，即今后陆续供给《鲁迅风》一万五千字，不取稿费，即以此三十元为酬，否则亦请兄费神代询此公究将如何解决，弟固无时不可将此三十元返还，然已经费去一月以上之写作时间损失将如何取偿，则非此公确实答复不可。弟甚抱歉，将此不相干之事，琐琐奉渎吾兄，惟弟义不欲再与此公往来，故不得不烦吾兄为仲间也。如有结果，甚盼示知。弟亦亟思一晤吾兄，稍暇当再相约也。专此布达，并盼回玉。顺颂

俪祉

　　　　　　　　　　　　　　弟　楞伽顿首
　　　　　　　　　　　　　　三月二十八日

四

性尧兄：

　　屡次寄稿及附函，均未蒙赐复，至以为念。昨日午后友人约晤于锦江茶室，散后便道至尊寓访兄，不意兄适公出，缘铿一面，惆怅奚似。任叔先生文已见及，弟初意原欲避免摩擦，前已与兄言之，不意终不能免于摩擦，然彼既以恶意视弟，弟亦雅不欲报之以善意。且观其原文，曲解及矜夸之处，不一而足，尤不容弟不辩，故弟特草《不必补充欤，还需补充欤?》一文以答之，请兄平心静气，将前后文献，对照观之，评其理之长短。抗战首重民主，谅兄决不致厚于任叔而薄于弟。不容弟有发言权也。弟无状，不善酬应，致常得罪人而不自觉，然对诸兄态度，始终一贯，即过去未能为《鲁迅风》写稿，亦系事实所限，观于今日之源源寄稿，即可知弟毫无芥蒂也。入春以来，屡思晤面，然彼此似各怀成见，使弟欲白而无径，长此乖离，终非福兆，弟之弃诸兄欤? 诸兄之弃弟欤? 然静言思之，过去现在，态度始终一贯，未尝稍更，其间虽一度为他报写稿，然仍无碍于弟之严正立场也。友朋有规过之义，倘弟果有错误，何妨直言。倘能约一日期时间地点，彼此一晤，使弟得披沥其所信，则幸甚矣。专此布臆，顺颂

俪安

　　　　　　　　　　　　　　　　　　弟　楞伽顿首

　　　　　　　　　　　　　　　　　　四月十三日

五

性尧兄：

　　来信及退稿都已收到了，读了来信，使我不禁

莞尔。

兄要我"自酌"，我已经"自酌"过了一下，除了佩服兄手段的高明以外，没有别的话说。兄说"对双方都是极友善，决不敢有所袒护"，这我也相信。但我要问：登了任叔的《不必补充》，却不登我的《还需补充》，是不是有所偏袒？说是"为息争着想"，其实我和任叔哪里有什么争端。上星期在文艺座谈会见面，大家还很客气的握手，后来选举到他时，我也是举手者之一，这足够证明我和他之间，根本就无所争，更无所用其"息争"，倘说有所"争"，则一切争端都是任叔神经过敏白昼见鬼引起来的，兄应该去对任叔说，不应该来对我说。既然"觉得此种文字总以少载为妙"，为何要把任叔的《不必补充》"载"出来？兄可以"忍痛退奉"我的《还须补充》，难道就不能"忍痛退奉"任叔的《不必补充》？兄在任叔面前可以不必"忍痛"，在我面前就要"忍痛"，我要请问兄：所"忍"的是什么"痛"？殊不知我所"忍"的"痛"，比兄还要超过万倍。兄一面在读者面前"痛"打我的耳光，一面却又在我面前装笑脸，说"对不起"，还要我"自酌"，我就是最没出息的阿Q，也不能忍受这种耻辱。忍耐应该有一个限度，这却超过了我的忍耐限度之外。

抗战以来，我常常感到我辈文人仅用一支笔，力量还太薄弱，尤其是去年六月六日广州靖海路上为我所亲眼见到的被敌机轰炸死去的同胞的鲜血，更加重了我这信念。再想想目前敌人托派汉奸以及汪精卫一流无耻的动摇分子，正在联合向我们进攻，我们的笔杆一致对外，展开反敌反托反奸反汪的运动还来不及，自己人中间更何忍再有摩擦。我那篇《从"无关抗战的文字"说起》并非专对任叔而发，不过顺便附带一笔，并且希望于全体文化界同人的，不料任叔的个人地位欲太重，竟误认我有恶意，那我也就索性"恶意"一下，不见得我对任叔个人有所"恶意"，便要和汉奸托派同样治罪罢？

然而我却没有料到，兄等钳制言论的手段竟有如此厉害，我有十足充分的理由，却不容我说话。如若我说错了，那受大家的批判倒也是应该的，无奈我并没有说错，无论如何，任叔那样信口妄说"中国有多少穷乡僻壤的老百姓还需要抗战八股"这话是不对的，照辩证法的眼光看，一切现象都是"动"的，不是永远静止不变。抗战已经念二个月，中国穷乡僻壤的老百姓决不会直到现在还不知抗战为何物，还需要抗战八股，这用不着去找寻实际上的材料，尽凭常识也可以知道，所以任叔后来也自动改正了他的话，先在《不必补充》里说，"乡下老百姓也许已经给抗战抗醒了，不必八股"，再在《综合》半月刊里说他所说的老百姓是大部分而不是全部，他既然自知错误，我本来可以不必深求，不过他还要哓哓置辩，为了维持他个人的地位，不惜出之以最卑劣的匿名构陷手段（见四月念三日《译报·大家谈》），这却使我再也不能忍受了。

我要告诉老兄，任叔说我没有中心思想，这是他的倚老卖老，不肯用心考察，其实我的中心思想是有的，那就是"反不凡主义"。过去我反对徐懋庸，现在我反对王任叔，前后的精神是一贯的。我始终记着鲁迅先生的宝贵经验，"一哄而起的人也最容易一哄而散"，所以我们所需要的是能够坚实而有韧性地工作，不尚虚名，不出风头的人物，在这艰难困苦的抗战时代，我们更应该脚踏实地的切切实实去努力。我们的工作，只是发动于我们爱国的天良和责任，我们应该不希望夸耀，不希望赞扬，也不需要鼓励，而埋头努力于更切实的工作，越是不求人知的工作，功效越大。我们应该从艰苦踏实的工作中，去做无名的英雄，不求个人的荣誉，而以群策群力求得国家民族的荣誉，这就是我的中心思想。

我更要敬告老兄，言论自由是不能钳制的，关着的门也终须打开。兄可以"忍痛退奉"我的稿子，我也可以"忍痛"在别的地方发表我的稿子，你们能够办《鲁迅风》，我也能够办《苍蝇风》，即使你们把全上海的报纸刊物都统制住了，包办住了，我也自有办法发表我的见解和主张。"自反而不缩，虽千万人，吾往矣！"我何惧哉。

请抛弃了看人而不看事的眼光，我和任叔私人之间绝无什么嫌怨，我也决不一概抹煞，承认他有许多地方和许多工作是值得敬佩的，但他既为一种风气的代表，"抓到一面旗帜，就自以为出人头地，摆出奴隶总管的架子，以鸣鞭为唯一业绩"，那就是最亲密的朋友，我也不能无言。我宁愿蒙"不会做人"之诮，但不能在真理和信念的面前低头。我看你们大家把我也当做一事不做说冷话浇冷水的无聊之徒，那是看错了，我有我的事实表现，而且选定了一个目标，就决不放松。任叔可以"信笔纵横"，任意向别人挑衅，但碰着了我，是不能像别人一样随便放松他的，我将要以韧性的精神和他周旋，在这时期里，我不希望朋友调解，也不接受调解。

不过兄不要以为我将以全部时间放在笔战上面。我只利用余暇一为，而且想不提他的名字，只指摘他所代表的那一种风气，我每天仍将以十分之九的时间，把笔杆放在最重要的工作上面。如若任叔能够幡然悔悟，从此艰苦踏实地工作，不求个人的荣誉惟求国家民族的荣誉，则我马上可以搁笔。我认为在现状之下，已经没有再为《世纪风》和《鲁迅风》写稿的可能，趁此四月的最末一天，郑重地宣誓，以当息壤。

弟　周楞伽　四月三十日

文艺座谈会：中共地下文委组织的，有郑振铎演讲。

靖海路上：广州的一条街道，日寇飞机大轰炸，炸死无辜平民百姓不计其数。

匿名构陷：是指一九三九年三月二十四日巴人用化名写了《第三种人的心眼》，文章用书信体的方法，指责周楞伽在《人道旬刊》上发表的《因风想》，是冷淡了人们抗战的热情，企图替托派张目，是第三种人分散着人们抗战的意志。

反对徐懋庸：两个口号争论时期，父亲对徐懋庸好出风头，十分不满。曾经为此发生过争论。

息壤：战国秦邑名，秦武王与甘茂曾经誓盟与此，后以息壤作为信誓的代名词。

<h2 align="center">六</h2>

性尧兄：

前函多有冒犯，因弟富有感情，理智常易为感情所驾驭。知我如兄，当勿见责。前已托柯灵代道歉意，谅蒙鉴察。兹有恳者，《选粹》月刊拟于第四期出一文学专号，容量八万字，稿酬按千字二元计算，务恳吾兄及尊夫人惠赐大作，以光篇幅，字数及体例不拘。又，弟等拟于七月一日出一纯文艺半月刊《东南风》，内容与《鲁迅风》同，亦请赐稿，创刊号截稿期为本月二十日，惟稿酬较薄，因须持广告销路为挹注也。专此，即请

俪安

弟　周楞伽顿首
六月六日

太平洋战争爆发以后，父亲和金性尧合作编辑了一本综合性的文艺刊物《万岁》，不知道什么原因，出版了四期以后，金退出了编辑，后来因为纸张价格飞涨，这本杂志只出版了八期，就告终结。此后父亲通过陈蝶衣的介绍，主编《小说日报》第一版，父亲多次向金性尧约稿，他寄来了《婆娑居日记》的文章予以发表。解放以后两人都在中华书局上海编辑所工作，父亲在一室，他在二室，两人在工作方面还是有很多的交往。可惜他在"文革"中，无意提及了江青，被打成了反革命分子。

金性尧生前曾经给我写了六封信，都是我收集的父亲写作的文坛回忆录《伤逝与谈往》中的一些疑问。尤其是第六封，是《世纪》杂志编辑张鑫想拜访他，让他回忆一下过去文坛上的往事，尤其是沦陷区的文坛往事，金是这样回答我的。

允中兄：

接诵来信，且感且愧，因弟小病，未及时上复杭州的书中收有拙文，不知其具体地址如何？

张鑫先生的《世纪》收到，是隔年的，张爱玲谈的人太多了，苏青之事可谈不多，因为我已有文写过，我编《文史》，考虑到袁殊的政治结论，到底怎样，我自己一直这样想的。欢迎张鑫先生等来，时间请在上午九时，或下午三时后。近来精力衰颓，懒于握管，阳历的元旦我也过忘了。不知阴历新年如何，怅怅。专此尚请明鉴。

并请

冬安

弟金性尧

二〇〇二年一月七日

事后我想听他回忆一些沦陷区女作家的往事，他表示很多事情都涉及袁殊，解放初他去过北京曾经见到过袁殊，现在确知袁殊是潘汉年圈子里的人物，到底怎么样，他心里没有数，云云。其实是金先生再也不想谈及过去那些往事了。

原载《老照片》第一百二十二期

陈梦熊与我父子两代友谊

陈梦熊（一九一七—二〇一二），笔名熊融，现代文学研究专家，鲁迅研究专家，上海作家协会会员，上海社会科学院文学研究所副研究员，孤岛文学组组长。

一

新中国成立初期，陈梦熊出任上海新文艺出版社助理编辑。一九五四年，他响应国家号召，以调干生的身份，考入厦门大学。离沪之前，他委托出版社俞鸿模副社长、耿庸编审，写了几封介绍信给当时厦门大学的老朋友予以照顾。一九五五年全国开展了反胡风集团的运动，厦大党委要求，凡是持有胡风分子的信件，必须交出来。于是，陈梦熊将与耿庸来往的几封信，交给了学校当局。不料，过了几天，全校召开大会。在会上宣布陈是胡风反革命集团分子，当场由校警押出会场，隔离审查。后又转入厦门市警察局正式批捕，关押了近一年之久，在查无实据的情况下，予以释放，但停止了他的学业，送回上海了事。

后来经过多次申诉，再加上上海市出版局党委的干涉，厦门大学才给予了初步的平反。但是，依旧在他的档案材料上，做出"受有胡风反动思想较深的落后群众"的结论，受到内部控制使用。

直到"四人帮"被粉碎，胡风当选为全国政协委员后，陈梦熊作为内控对象的重负才算彻底解除。一九九一年，他听说国务院有文件，凡是过去遭受冤假错案的大学生，平反以后，可以补发文凭，他去信厦门大学，才领到了迟到近四十年的大学文凭。而此时，陈梦熊已经光荣退休了。

二

"文革"时期，陈梦熊曾经以跳入新闻出版系统干校，在奉贤的大粪坑自杀而出名。原因是他收集了许多不同版本的《毛泽东选集》（以下简称《毛选》），进行堪比，找出不同点，提高编辑驾驭文字和思想的能力。如《纪念白求恩》，老版本是《学习白求恩》。《在延安文艺座谈会上的讲话》中对优秀的文学遗产，老版本只有继承，通行本上改为批判继承，这种研究在当时就成了破坏《毛选》的罪行。

在《毛选》第二卷《上海太原失陷以后抗日战争的形势和任务》中，注释引用了《联合政府》的文章，原来是"希望失败了"，后来改为"希望落空了"，于是，他写信给中央毛选出版委员会，提出意见，希望文字能够一致。这样一来，引起了造反派的注意，对他的藏书进行搜抄，结果发现他在《毛选》中，留有涂改、添加的文字，于是，立即召开大会，宣布他是破坏毛主席著作的现行反革命。他跳入粪坑，寻求自尽，却被抢救出来。按犯有严重错误，依照人民内部矛盾处理。

三

陈梦熊是一位热心藏书的人，尤其是现代文学的书报期刊，他都设法搜罗，但也经历了三聚三散的命运。

他念初中的时候，常常在马路上淘旧书，日积月累竟然也达近万册。不料读大学期间，他的一位冯姓朋友，在反胡风期间，为了怕株连自己，竟然出卖朋友，告诉校方，将陈的藏书全部抄走，包括他多年收藏的各种鲁迅研究资料。

"文革"中，因为被打成现行反革命，书籍全部抄走，后来发还的时候，只有劫后余生的一部分。大多数被人窃去，还有的被人自说自话的卖给了上海旧书店。原先的藏书已经七零八落了。

第三次，是一批附近邻居的中学生，早已知道陈的藏书极为丰富，因为那个时代精神生活，极为贫乏，于是，这些中学生就聚首商量，布置了一个缜密的计划，在陈梦熊去干校的日子，趁陈的妻子下楼洗衣服，一些人上去搭讪分散她的注意，一些人偷偷溜进他家偷窃，等到陈妻回屋才发现大批书籍已经被偷盗了。后来经过报警调查，学校老师的耐心教育，学生们承认了错误，书籍虽然陆续返还，却也流失了不少。实在令人痛心。

四

陈梦熊在二十世纪五十年代，才十三岁左右，就开始搜集研究鲁迅及其著作，自编了油印本的《鲁迅书目著录》，将它赠送给了当时坐落在上海虹口武进路的"鲁迅著作编译社"，受到专家王士菁的赞赏，并且将他推荐给了海燕书店，当上了校对。

此后，他益发精心专研，发表了大量的鲁迅研究文章，后来结集出版了《鲁迅全集中的人和事》。

"文革"结束，他调入上海社会科学院文学研究所，结识交往了大量的作家和名人，发表了一大批不为人知的现代文学奥秘，被钱锺书先生喜称为"擅长发掘文墓和揭开文幕"。后来他将所有这些文章结集出版，干脆将书名取为《文墓与文幕》。

五

二十世纪八十年代开始，陈梦熊着手整理编辑《上海抗战文学丛书》《孤岛文学作品选》。尤其是《上海孤岛文学回忆录》一书的编辑整理，使他范围更广地结识了大量的文学前辈。通过与这些文学史上的名家的通信，不仅使他掌握了众多错综复杂的文学史料，而且经过他的一番爬梳剔抉，发表了为数可观的文章。尤其可贵的是，留下了与这些名人来往的众多书信手迹。

抱着学习和鉴赏的心情，我曾目睹了陈先生的珍藏。据粗略的估计，与陈梦熊先生有书信往来的名人有近百人。如今他保存着的有周作人的手札十一通，郭沫若的亲笔手书若干，茅盾的书法题诗手迹，赵景深的部分日记，还有丰子恺的书信和漫画，吴伯萧的旧体诗条幅，顾廷龙的篆书条幅。另外，有汪静之、戈宝权、孙用、赵家璧、黄源、李俊民、萧乾、王元化、施蛰存、柯灵、钱君匋、金性尧、周黎庵、周楞伽、范泉、沈寂等无数文人的往来手迹。尤其是与李俊民、于在春（语言文字学家）的通信，帮助我们了解和弄清楚了江上清，当年是如何与顾民元等人创办《阅读与写作》杂志的经过。

周楞伽（左）和陈梦熊（中）、中华上编编辑徐稷香（右），摄于松江佘山

作者与陈梦熊

陈先生曾给我看过一只精致的锦匣,内藏茅盾的手迹端庄有力,钱锺书的书法娟秀玲珑,这些手迹和信封都放在透明的塑料袋里,加上内衬,显得十分的精致和可爱。

六

我最早知道陈梦熊,是在一九五七年,当时,他和父亲周楞伽一起供职在中华书局上海编辑所,常常在一起聊天,叙谈当年文坛往事,其间,他赠送父亲一九四一年五月出版的《沉沦》一书,并且盖上了他的红色印章和手书墨迹。一九六四年,单位组织春游松江佘山,留下了一张当年的合影,殊为珍贵。

我和陈梦熊先生交往起于二〇〇一年,当时我整理了一本父亲的文坛回忆录,交由黑龙江人民出版社出版,取名《伤逝与谈往》,送往他在梅陇的寓宅(此寓宅系王元化任市委宣传部长时期分配给他的)。当时他刚刚再婚,于是便留下了他和我的合影,以及他和新婚妻子的合影。

陈梦熊先生已经驾鹤西去,谨以此文,作为悼念吧。

原载《老照片》第一百四十五期

图书在版编目(CIP)数据

周楞伽与文友 / 周允中著. -- 上海：文汇出版社，
2025.8. -- (聚学文丛 / 周伯军主编). -- ISBN 978
- 7 - 5496 - 4539 - 8

Ⅰ. I267.1

中国国家版本馆 CIP 数据核字第 2025RD6905 号

（聚学文丛）

周楞伽与文友

主　　编 / 周伯军
策　　划 / 鱼　丽
篆　　刻 / 茅子良

著　　者 / 周允中
责任编辑 / 鲍广丽
封面装帧 / 王　峥

出版发行 / 🅼 文匯出版社
　　　　　上海市威海路 755 号
　　　　　（邮政编码 200041）
经　　销 / 全国新华书店
排　　版 / 南京展望文化发展有限公司
印刷装订 / 上海颛辉印刷厂有限公司
版　　次 / 2025 年 8 月第 1 版
印　　次 / 2025 年 8 月第 1 次印刷
开　　本 / 889×1194　1/32
字　　数 / 230 千字
印　　张 / 10.25

ISBN 978 - 7 - 5496 - 4539 - 8
定　　价 / 68.00 元